Керстин Гир

Таймлесс

Рубиновая книга

Москва
РОБИНС
2014

УДК 087.5
ББК 83.8 (2 Рос=Рус)
Г 51

Перевод с немецкого *Светланы Вольштейн*

Г 51 Гир Керстин
Таймлесс*. Рубиновая книга / Гир К. – М. : Робинс, 2014. – 349, [3] с.

ISBN 978-5-4366-0168-7

Что бы вы делали, если бы вдруг оказались в прошлом?

Гвендолин Шеферд не задавалась этим вопросом, пока не узнала, что унаследовала от своей пра-прабабушки ген путешественника во времени. И теперь ей предстоит каждый день переноситься в прошлое… и с каждым днём тайн и загадок становится всё больше и больше. Что такое Тайна Двенадцати, кто охотится на путешественников во времени в прошлом, и почему все вокруг думают, что она обладает какой-то «магией ворона»?..

Трилогия «Таймлесс» – бестселлер немецкой писательницы Керстин Гир – для читателей всех возрастов!

УДК 087.5
ББК 83.8 (2 Рос=Рус)

*Timeless (англ.) - вневременный, вечный (прим. ред.)

Пролог

Гайд-парк, Лондон
8 апреля 1912

Она стояла на коленях и плакала, а он тем временем судорожно оглядывался по сторонам. Как он и предполагал, парк в это время суток был совершенно пуст. Утренние пробежки в моду пока не вошли, а для бродяг, которые ночуют на лавочках, скромно прикрывшись газеткой, было ещё слишком холодно.

Он осторожно завернул хронограф в платок и положил его в рюкзак.

Она опустилась на сиренево-жёлтый ковёр из отцветших крокусов и прислонилась спиной к одному из деревьев, украшавших северный берег озера Серпентин.

Плечи её сотрясались от рыданий. Этот безутешный плач был похож на стон зверя, попавшего в ловушку.

Ему было невыносимо тяжело видеть её в таком состоянии. Но он уже успел убедиться, что самое разумное – это оставить её в покое. Поэтому он просто присел рядом на траву, влажную от утренней росы, окинул взглядом гладкую как стекло поверхность воды и стал ждать.

Он ждал, когда её боль притупится. Но сердце подсказывало ему, что эта боль останется с ней навсегда.

Он чувствовал себя таким же несчастным, но изо всех сил пытался этого не показывать.

Не стоит ей сейчас тревожиться ещё и о нём.

– А бумажные платочки уже изобрели? – наконец пробормотала она и подняла на него своё заплаканное лицо.

– Не знаю, – сказал он. – Могу предложить тебе настоящий шёлковый платок, с оборками и монограммой. В духе времени.

– «*Г.М.*». Ты что, украл его у Грейс?

– Она сама мне дала. Можешь сморкаться, сколько хочешь, принцесса.

Когда она возвращала ему платок, на её лице появилась слабая улыбка.

– Кажется, теперь его придётся выбросить. Прости.

– Да ну, перестань. В этом времени платок можно высушить на солнышке и потом использовать ещё раз, – сказал он. – Главное, что ты больше не плачешь.

На глаза ей снова навернулись слёзы.

– Мы не должны были оставлять её в беде! Мы нужны ей! Мы нс знаем, сработал ли наш план, и у нас нет никакой возможности проверить это.

Её слова больно ранили его.

– Мёртвыми мы бы ей точно не пригодились.

– Наверное, мы могли бы скрываться с ней за границей, под чужими именами. Пока она не подрастёт…

Он прервал её тираду и обречённо покачал головой.

– Они бы нашли нас где угодно. Мы ведь обсуждали это с тобой уже тысячу раз. Мы не бросили её в беде, мы сделали единственно правильный выбор: мы помогли ей пожить некоторое время в безопасности. Хотя бы до шестнадцати лет.

Она молча посмотрела на него. Где-то вдалеке послышался цокот копыт, со стороны дороги донеслись голоса, хотя вокруг было ещё совсем темно.

– Я знаю, что ты прав, – сказала она наконец. – Но мне так больно осознавать, что мы её никогда больше не увидим, – она вытерла слёзы.

– По крайней мере, скучать нам не придётся. Рано или поздно они разыщут нас в этом времени и пришлют за нами хранителей. Он так просто не сдастся и не уступит нам хронограф.

В её глазах блеснула жажда приключений. Он заметил это и слабо улыбнулся: значит, теперь она понемногу успокоится.

– А вдруг нам всё-таки удалось его провести, или, может, тот второй экземпляр выйдет из строя. Тогда он останется ни с чем.

– Да, хорошо бы. Но если этого не случится, то мы будем единственными, кто сможет ему помешать.

– И потому мы поступили правильно.

Он встал и отряхнул джинсы от травы и грязи.

– А сейчас нам пора. Тут так мокро, а ты совсем себя не бережёшь, – он помог ей подняться и нежно её поцеловал.

– Что будем делать? Поищем укрытие для хронографа?

Она нерешительно перевела взгляд на мост, который отделял Гайд-парк от Кенсингтон-гарден.

– Да. Но сначала мы найдём тайник хранителей и заберём деньги. Тогда мы сможем купить билет до Саутгемптона. Оттуда в среду отправляется «Титаник».

Она засмеялась.

– Вот, значит, как я должна себя беречь! Ну что ж, поехали!

Он был так счастлив снова слышать её смех, что не мог удержаться от нового поцелуя.

– Я тут подумал… Ты знаешь, что капитаны кораблей имеют право заключать браки, когда выходят в дальнее плавание? А, принцесса?

– Ты что, хочешь, чтобы мы поженились? На «*Титанике*»? Ты с ума сошёл!

– Но это же так романтично!

– Особенно айсберг – такая романтичная штучка, – она положила голову ему на грудь и спрятала лицо в его куртку. – Я так тебя люблю, – прошептала она.

– Ты выйдешь за меня замуж?

– Да, – сказала она, всё так же пряча лицо на его груди. – Но только если мы не поедем дальше Квинстауна.

– Готова к следующему приключению, принцесса?

– Если ты готов, то готова и я, – тихо сказала она.

Неконтролируемое путешествие во времени характеризуется следующими симптомами: за несколько минут, часов или даже дней до прыжка появляется чувство головокружения и тошноты, дрожь в ногах. Многие носители гена жалуются также на мигрень. Первый прыжок во времени – инициация – происходит на семнадцатом году жизни путешественника.

Хроники Хранителей,
Том второй, Общие положения.

Глава первая

Впервые я почувствовала это в понедельник за обедом в школьной столовой. На миг в животе что-то сжалось, появилось такое чувство, будто я взмываю ввысь на американских горках. Это продолжалось лишь пару секунд, но их хватило, чтобы перевернуть прямо на школьную форму тарелку картофельного пюре с подливкой. Вилка и ложка полетели на пол, а тарелку я едва успела подхватить.

– Всё равно еда сегодня такая мерзкая, как будто её с пола по тарелкам раскладывали, – пыталась меня утешить моя подруга Лесли пока я пыталась убрать за собой это безобразие. Ясное дело, вся столовая только на меня и глазела.

– Хочешь, можешь и мою порцию размазать по блузке.

– Нет уж, спасибо.

Школьная форма в Сент-Ленноксе как раз была такого цвета картофельного пюре, но пятно всё равно сразу бросалось в глаза. Я застегнула надетый поверх блузки голубой пиджак.

– Так-так, должно быть, малышка Гвенни снова забавляется со своим завтраком? – насмешливо протянула Синтия Дейл. – Только не вздумай садиться возле меня, грязнуля!

– Ну, конечно, Син! Так я рядом и сяду!

К сожалению, со мной в последнее время постоянно случаются всякие неприятные истории во время еды. Вот только на прошлой неделе фруктовое желе выплеснулось из формочки и приземлилось прямо на спагетти карбонара одного пятиклассника. Ещё неделю тому назад перевернулся мой вишнёвый сок, и у всех за столами был такой вид, будто они одновременно заразились корью. А как часто я окунала во всевозможные соки и соусы дурацкий галстук, который мы тоже обязаны носить – и не сосчитать.

Вот только голова при этом не кружилась ни разу. Хотя, может, просто показалось. Последнее время у нас дома слишком уж часто говорят о головокружениях. Но я тут не при чём, речь о моей кузине Шарлотте. Вот она сидит рядом с Синтией, как всегда страшно красивая и неприступная, занята своим картофельным пюре. Вся семья ждала, когда же у Шарлотты начнутся головокружения. Иногда леди Ариста, моя бабушка, теребила её каждые десять минут вопросом, не почувствовала ли Шарлотта себя как-нибудь необычно. В перерывах вступала моя тётушка Гленда, мама Шарлотты, и спрашивала точь-в-точь о том же. И каждый раз, когда Шарлотта отвечала, что с ней всё в порядке, леди Ариста поджимала губы, а тётя Гленда вздыхала. Иногда наоборот: тётя поджимала губы, а вздыхала бабушка. Нам, остальным членам семьи – моей маме, сестре Кэролайн, брату Нику и бабушке Мэдди, – вся эта ситуация порядком надоела. Никто не спорит, любопытно, конечно, кому же из нашей семьи достался ген путешественника во времени, но с годами все уже заметно подустали от ожиданий. Весь этот балаган вокруг Шарлотты давно уже сидел в печёнках. Сама же она по обыкновению прятала свои чувства за таинственной улыбкой Моны Лизы. Я бы на её месте тоже не знала, радоваться или огорчаться, что это злосчастное головокружение никак не приходит. Хотя… нет, я бы радовалась. Я-то человек робкий, нерешительный. Люблю спокойствие.

– Рано или поздно время придёт, – каждый день повторяла леди Ариста. – Мы должны быть начеку!

Время пришло как раз после обеда, на уроке истории у мистера Уитмена. Ко всем бедам того дня в моём десерте – крыжовниковом компоте с ванильным пудингом – обнаружился чёрный волос, и я всё размышляла, из моей он головы или из головы дежурной поварихи. За такими раздумьями аппетит сам собой улетучился.

Мистер Уитмен раздал нам результаты контрольной, которую мы писали на прошлой неделе. «Вы, определённо, хорошо подготовились, ребята. Особенно Шарлотта. Ты получаешь пять с плюсом!» Шарлотта откинула с лица волнистую рыжую прядь и вымолвила лишь скромное «Ах…», как будто такой результат был для неё хоть сколько-нибудь неожиданным. Везде и всегда оценки у Шарлотты были самыми лучшими.

Но на этот раз нам с Лесли тоже было чему порадоваться. У обеих стояла пятёрка с минусом, хотя наше «хорошо подготовились» заключалось в том, что мы посмотрели фильм про Елизавету с Кейт Бланшет, налегая при этом на мороженое и попкорн.

О да, к истории мы относились серьёзно, не то, что к остальным предметам.

Уроки мистера Уитмена были настолько интересными, что не оставалось ничего другого, кроме как внимательно слушать. Мистер Уитмен и сам был человеком особенным. Почти все девочки были тайно или явно в него влюблены. И наша учительница географии миссис Каунтер тоже была влюблена в мистера Уитмена. Каждый раз, когда он проходил мимо, она краснела, как помидор. Но выглядел он так хорошо, что и не подступиться, в этом все были солидарны. То есть, все, кроме Лесли. Она считала, что мистер Уитмен похож на бельчонка из одного мультика. «Когда он смотрит на меня своими большими карими глазами, мне хочется покормить его орешками», – говорила она. Лесли даже перестала называть белочек из парка просто белочками, а величала их «мистеры Уитмены». Глупо, конечно, но эта привычка оказалась жутко заразительной, и вскоре я сама пищала что-то вроде: «Гляди, вон ещё один толстый маленький мистер Уитмен, ой, какой миленький».

Вот из-за этой придумки с белками мы с Лесли и были, наверное, единственными девочками в классе, которые не сохли по мистеру Уитмену. Я всё пыталась уговорить себя тоже в него влюбиться, потому что все мальчишки из нашего класса были какими-то малявками, но в голове крепко засело это смешное сравнение с бельчонком. Не питать же романтических чувств к белке! Синтия пустила сплетню, будто мистер Уитмен в свободное от преподавания время подрабатывает моделью. Вместо доказательства она потрясала вырезанной из журнала картинкой, на которой ослепительный мужчина, действительно немного похожий на мистера Уитмена, намыливался гелем для душа. Никто кроме Синтии не верил, что мистер Уитмен и есть тот самый мыльный супермен. У мужчины в рекламе есть ямочка на подбородке, а у нашего мистера Уитмена нет.

Мужская половина класса не разделяла девчачьих восторгов по поводу мистера Уитмена. Больше всех его не любил Гордон Гельдерман. До того как мистер Уитмен пришёл к нам в школу, все девчонки сохли как раз по этому Гордону. Должна признаться, что и я тоже. Но ведь мне тогда было всего одиннадцать, а Гордон был таким милашкой. Сейчас, в шестнадцать, он стал просто невыносимым. К тому же, у него затянулся период ломки голоса. Вот уже два года, как Гордон то блеет, то чирикает, но это ему, к сожалению, ничуть не мешает постоянно нести всякую ерунду.

Он ужасно разозлился, когда увидел свою двойку за контрольную.

– Мистер Уитмен, это дискриминация! Моя работа заслуживает как минимум четвёрки! Вы меня опять валите только из-за того, что я мальчик.

Мистер Уитмен снова забрал у Гордона его контрольную и прочёл всему классу: «Елизавета Первая была такой уродиной, что мужа себе подцепить не смогла. Поэтому все называли её самой уродливой старой девой». Все захихикали.

– И что такого? Неправда, что ли? – защищался Гордон. – Ехидный взгляд, кривая улыбочка, глупая причёска.

Мы должны были основательно изучить картину с семейством Тюдор в Национальной Галерее, и надо признать, что с Кейт Бланшет у Елизаветы Первой не много общего. Но, во-первых, может быть, тонкие губы и длинные носы были тогда идеалом красоты, а во-вторых, одевалась она отлично. И в-третьих, хоть у Елизаветы Первой и правда не было мужа, но зато она постоянно крутила романы, среди её ухажёров был, например этот, как же его, сэр… ну… в фильме его играет Клайв Оуэн.

– Сама она называла себя самой юной из всех старых дев, – сказал мистер Уитмен Гордону. – Потому что… – он остановился. – Шарлотта, тебе плохо? Что случилось? Голова болит?

Все посмотрели на Шарлотту. Она сидела, подперев голову руками.

– Нет, не болит, просто… кружится, – она выразительно взглянула на меня, – всё переворачивается перед глазами.

Я глубоко вздохнула. Итак, время пришло. Бабушка сейчас переполошилась бы ни на шутку. Хотя сначала, наверное, тётя Гленда.

– Вот круто, – прошептала Лесли. – Теперь она станет прозрачной? – несмотря на то, что леди Ариста с малых лет строго-настрого запрещала нам рассказывать кому бы то ни было о событиях, которые сопровождают нашу семью, я для себя решила, что в нашей дружбе с Лесли никаких тайн быть не может. Она же моя лучшая подруга, а лучшие подруги ничего друг от друга не скрывают. В первый раз за всё время нашего знакомства с Шарлоттой (то есть за всю мою жизнь) у неё был такой беспомощный вид. Но я знала, что делать. Тётя Гленда меня давно научила.

– Если можно, я отведу Шарлотту домой, – попросила я мистера Уитмена. Он всё ещё не сводил глаз с Шарлотты.

– Полагаю, это неплохая идея, Гвендолин. Выздоравливай скорее, Шарлотта! – пожелал он.

– Спасибо, – отозвалась Шарлотта. Она побрела к двери, немного пошатываясь. – Что же ты, Гвенни?

Я поспешила взять её под руку. Впервые мне довелось почувствовать себя хоть немного значимой персоной в жизни Шарлотты. Это было приятное чувство, для разнообразия можно было бы испытывать его и почаще.

– Обязательно позвонишь и всё расскажешь! – шепнула на прощанье Лесли.

Перед дверью беспомощность Шарлотты снова рассеялась. Она хотела ещё вытащить свои вещи из-под парты. Я крепко держала её под локоть.

– Оставь их, Шарлотта! Мы должны попасть домой как можно скорее! Леди Ариста сказала…

– Ой, кажется, прекратилось, – прошептала Шарлотта.

– Ну и что? Это всё равно может случиться в любой момент, – я потянула Шарлотту в другой конец класса. – Куда подевался этот кусок мела… – на ходу я шарила по карманам куртки. – Да вот же он. А вот и телефон. Позвонить домой? Ты что, боишься? Ох, прости, глупый вопрос. Просто я так волнуюсь…

– Да всё в порядке уже. Я не боюсь.

Я оглядела её со всех сторон, чтобы проверить, так ли это. Но Шарлотта нацепила свою маленькую, стеснительную улыбочку Моны Лизы, разглядеть за которой её чувства было совершенно нереально.

– Так мне домой позвонить?

– Ну и зачем? – ответила Шарлотта вопросом на вопрос.

– Я просто подумала…

– Позволь мне самой за себя подумать, а?

Мы спустились по лестнице до арки, где всегда сидел Джеймс. Он, завидев нас, сразу поднялся, но я лишь улыбнулась вместо приветствия. С Джеймсом дело обстояло следующим образом: никто, кроме меня, его не видел. Джеймс был привидением. Поэтому я предпочитала с ним не разговаривать в присутствии других людей.

Только при Лесли я делала исключение. Она ни секунды не сомневалась в его существовании. Лесли всегда мне верила, и это было одной из причин, почему она стала моей лучшей подругой. Она так расстраивалась, что не умеет видеть и слышать Джеймса. Я, в общем-то, была этому рада. Поскольку первое, что сказал Джеймс, увидев Лесли, было: «Боже праведный! У этого бедного ребёнка веснушек больше, чем звёзд на небе. Если она срочно не купит себе отбеливающий лосьон, то никогда не найдёт себе суженого!», «Спроси его, не закопал ли он, случайно, где-нибудь поблизости клад?» – первое, о чём спросила Лесли, когда я представила их друг другу. К сожалению, Джеймс никаких кладов не закапывал. И вообще, это его оскорбило. Ещё его оскорбляло, когда я проходила мимо, делая вид, что не вижу его. Джеймса вообще многое оскорбляло. «Он прозрачный? Или чёрно-белый?» – осведомилась Лесли при первой встрече. Да нет, всё в Джеймсе было совершенно обыкновенным. Кроме одежды, конечно.

– А ты можешь пройти сквозь него?

– Не знаю, не пробовала.

– Ну так попробуй! – предложила Лесли.

Но Джеймс как-то не горел желанием, чтобы кто-то сквозь него ходил.

– Что это ещё значит – «привидение»?! Никто не смеет унижать Джеймса Августа Перегрина Пимпелботтома, наследника четырнадцатого графа Хардстдейла. Никто, и маленькие девочки в том числе.

Как и многие другие привидения, он просто-напросто не хотел верить в то, что больше не был человеком. Даже при большом желании он не вспомнил бы того факта, что когда-то умер. Мы познакомились пять лет назад, в мой первый день обучения в Сент-Леноксе, но Джеймсу казалось, что всего несколько дней тому назад он играл в карты с друзьями и болтал о мушках и париках. (Он, кстати, носил и то, и другое, но выглядел вовсе не так ужасно, как может показаться из этого описания.) То, что за время нашего знакомства я подросла на двадцать сантиметров, мне поставили, а затем сняли брекеты, и у меня появилась грудь – всего этого Джеймс старательно не замечал.

Равно как и того обстоятельства, что дворец его отца давно уже стал частной школой с электричеством, водой и батареями. Единственное, что он, кажется, всё-таки замечал – это длину юбочек у воспитанниц школы. В его-то времена женские ножки увидеть было непросто.

– Не очень-то вежливо с вашей стороны, мисс Гвендолин, не поприветствовать господина, который по статусу намного выше вас! – крикнул он вслед, совсем ошарашенный от такого невнимания с моей стороны.

– Прости, но мы спешим, – сказала я.

– Если могу чем-нибудь быть полезен – извольте, я всегда к вашим услугам! – Джеймс поправил старомодные воланы на рукавах.

– Нет, большое спасибо. Нам просто нужно как можно скорей попасть домой.

Да уж, «к нашим услугам»! Джеймс сам и дверь-то открыть не мог, не то, чтобы другим помогать.

– Шарлотта плохо себя чувствует.

– О, как это печально, – Джеймс был неравнодушен к Шарлотте. В отличие от «той невоспитанной веснушчатой», как он обычно называл Лесли, моя кузина казалась ему исключительно «обворожительной и грациозной». Сегодня он тоже отпустил парочку высокопарно-льстивых комплиментов. – Пожалуйста, вырази ей мои наилучшие пожелания. И передай, что сегодня она снова обворожительно выглядит. Светлый лик её немного бледноват, но загадочен, как у эльфийской принцессы.

– Я передам.

– Прекрати уже общаться со своим вымышленным другом! – сказала Шарлотта. – Так и в психушку загреметь недолго.

Ладно-ладно, ничего-то я ей не передам. Хватит уже задаваться.

– Джеймс не вымышленный, он просто невидимый. А это большая разница!

– Ну как знаешь, – пожала плечами Шарлотта.

Она и тётя Гленда считали, что я просто выдумала и Джеймса, и других духов, чтобы казаться значительней. Я уже жалела, что разболтала родственникам про привидений. Но когда я была совсем маленькой, то уж никак не могла смолчать. Особенно если железные фигурки, украшавшие водосточную трубу, подтягивались на крышу и строили мне оттуда рожи. Те ребята были, по крайней мере, весёлыми. А иногда вот встречались и мрачные создания, которых я, откровенно говоря, побаивалась. Прошло года два, прежде чем я поняла, что привидения не опасны для людей. Единственное, что они могли сделать, так это нагнать страху. Джеймс, конечно, такого не вытворял. Он был совершенно безобидным.

– Лесли думает – хорошо, что Джеймс умер молодым. С такой фамилией как у него – Пимпелботтом – жену он себе в жизни бы не нашёл. Ну кому захочется зваться Пимпелем? – Шарлотта нервно заёрзала. – Но выглядит он совсем неплохо, – продолжала я. – К тому же, если верить его словам, Джеймс страшно богат. Только некоторые привычки у него были немножко немужественные – постоянно прикрывал нос напрысканным духами платочком, расшитым по последней моде.

– Как жаль, что никто кроме тебя не может им восхищаться, – сказала Шарлотта.

Да я и сама так думала.

– Ну и глупо же ты поступаешь, если рассказываешь про свои странные способности каждому встречному, – продолжала Шарлотта. Это был один из её типичных ударов ниже пояса. Он был рассчитан на то, чтобы задеть меня. И задел.

– Нет во мне ничего странного!

– Нет, есть!

– О себе подумай, ты – носитель гена!

– Я хоть не болтаю об этом где попало, – сказала Шарлотта. – А ты у нас наоборот, как чокнутая бабушка Мэдди. Она даже молочнику любит порассказать о своих видениях.

– Ты подлая, подлая!

– А ты наивная!

Препираясь, мы бежали по вестибюлю мимо застеклённой кабинки нашего вахтёра, прочь со школьного двора. Дул сильный ветер, небо хмурилось так, будто вот-вот брызнет дождь. Я уже жалела, что мы не забрали вещи из-под парт. Пальтишко бы сейчас вовсе не помешало.

– Прости за это сравнение с бабушкой Мэдди, – сказала Шарлотта немного сдавленным голосом. – Волнуюсь немного.

Я была поражена. Она никогда раньше не извинялась.

– Понимаю, – быстро проговорила я, давая понять, что извинение принято. На самом деле, о понимании между нами не могло быть и речи. Я бы на её месте тряслась со страху. Сейчас я тоже волновалась, но не очень сильно – как, например, перед походом к стоматологу.

– Да и вообще, мне бабушка Мэдди нравится, – это была чистая правда. Бабуля Мэдди была порой чересчур болтливой, могла по четыре раза повторять одно и то же. Но мне такие странности были куда милее, чем дурацкая таинственность всех остальных. А ещё бабушка Мэдди всегда угощала нас леденцами. Лимонными. Но что Шарлотте до каких-то там леденцов! Мы перешли дорогу и побежали дальше.

– Ну не пялься ты так! Заметишь же, когда я исчезну. Тогда накорябаешь свой дурацкий крест мелом на бордюре и побежишь себе дальше домой. Но сегодня этого не случится, точно тебе говорю.

– Ты этого знать не можешь. Любопытно тебе, наверное, где ты окажешься? То есть, когда?

– Конечно, – сказала Шарлотта.

– Надеюсь, не в центре Великого Пожара 1664 года.

– Великий Лондонский пожар был в 1666, – сказала Шарлотта. – Ну как можно не запомнить такую лёгкую дату! Кроме того, эта часть города тогда была не очень-то застроена, следовательно, не могла и сгореть.

Я уже говорила, что Шарлотту ещё называли занудой и спойлером? Но я держалась спокойно. Это было, конечно, жестоко, но мне хотелось хоть на пару секунд стереть с её лица эту дурацкую улыбочку.

– Сдаётся мне, наша школьная форма отлично горит, – заметила я вскользь.

– Я знаю, что делать, – сказала Шарлотта, так и не улыбнувшись.

Я не могла не восхититься её хладнокровием. Уже от одной мысли о том, что скоро я могу очутиться где-то в прошлом, мне бы стало жутко. Всё равно в каком времени – в прошлом всегда кошмар творился. Всё время войны, чума, оспа, а скажешь что-то не то – сразу обзовут ведьмой и сожгут. Вместо туалетов – дырки, блохи у всех подряд, а по утрам каждый плюхал содержимое ночного горшка из окна прямо на улицу. И не важно, шёл там внизу кто или нет.

Шарлотту всю жизнь учили, как не растеряться в прошлом. У неё никогда не хватало времени на игры, подружек, походы по магазинам или на мальчишек. Вместо этого она занималась танцами, фехтованием и конным спортом, иностранными языками и историей. Начиная с прошлого года она стала, вдобавок ко всему, каждую среду после уроков уезжать с леди Аристой и тётей Глендой неизвестно куда. Возвращались они только поздно вечером. Мои родственники называли это «занятия по тайноведению». Нас никто в известность не ставил, какой там мистике обучали Шарлотту, даже она сама ничего не рассказывала.

Когда Шарлотта только научилась говорить, то наверное, первой её фразой было: «Это секрет!» А сразу за ней: «Это вас не касается». Лесли говорит, в нашей семье больше тайн, чем у секретных служб США и Великобритании, вместе взятых. Вполне возможно, что она права.

Обычно мы ехали домой на восьмом автобусе, он останавливался у Баркли-сквер, а от него до дома было совсем близко.

Сегодня мы пробежали эти четыре остановки пешком, как учила нас тётя Гленда. Я всё время держала наготове мел, но с Шарлотой ничего особенного не происходило. Когда мы подошли к двери, я, можно сказать, почти разочаровалась. Моя миссия во всей истории на этом месте подходила к концу. За дело бралась бабушка.

Я дёрнула Шарлотту за рукав:

– Гляди, тот мужчина в чёрном снова здесь.

– И что с того? – Шарлотта даже не обернулась. Мужчина стоял прямо напротив, у входа в дом номер восемнадцать. Он был, как обычно, в чёрном пальто и шляпе, надвинутой на глаза. Я вообще-то долго считала его привидением, но потом заметила, что Лесли и мои родственники тоже видят чёрного человека. Последние месяцы он почти круглые сутки дежурил возле нашего дома. А может, это были несколько таких вот одинаковых дядек в чёрном. Все мы спорили, кто он: вор-налётчик, частный детектив или злой волшебник. Последняя версия принадлежит моей сестре Кэролайн. Ей девять лет и она обожает истории про злых волшебников и добрых фей. Моему брату Нику двенадцать, истории про волшебников и фей он терпеть не может, поэтому Ник был за версию с вором. Лесли и я отстаивали детектива. Каждый раз, когда мы хотели рассмотреть чёрного человека поближе, он либо быстро заходил в дом, либо садился в чёрный «Бентли», всегда припаркованный рядом, и уезжал.

«Это специальный сказкомобиль, – утверждала Кэролайн. – Когда никто не видит, он превращается в ворона. А волшебник становится малюсеньким человечком, седлает своего ворона и летит по воздуху».

Ник на всякий случай переписал номер чёрного «Бентли». «Хотя они, конечно, перекрашивают машину после того, как взламывают дом, и цепляют новый номер», – сказал он. Взрослые вели себя так, словно не было ровным счётом ничего подозрительного в том, что чёрный следил за ними днём и ночью. Шарлотта, собственно, тоже: «Ну что вы пристали к бедному мужчине! Курит себе спокойно, вот и всё». Да уж, конечно! Я скорее поверила бы в волшебного ворона.

Пошёл дождь, чего и следовало ожидать.

– Ну хоть голова-то кружится? – спросила я, ожидая, пока кто-нибудь нам откроет. Ключа от дома у нас не было.

– Не действуй мне на нервы, – сказала Шарлотта. – Это случится, когда случится.

Нам открыл мистер Бернхард. Лесли считала мистера Бернхарда, нашего швейцара, окончательным доказательством того, что мы почти такие же богатые, как группа «Quenn» или Мадонна.

Я и сама толком не знала, кем был мистер Бернхард. Для мамы он был «бабушкиной правой рукой», а бабушка называла его «старый друг нашей семьи». Для нас, детей, он был просто противным слугой леди Аристы. Увидев нас, он удивлённо приподнял бровь.

– Привет, мистер Бернхард! – сказала я. – Кошмарная погода, не правда ли?

– Абсолютно кошмарная.

Пенсне в золотой оправе на крючковатом носу, большие карие глаза – своей внешностью мистер Бернхард напоминал мне сову, точнее, филина.

– Следует надеть пальто, если выходишь из дому в холодную погоду.

– Ээ… да-да, конечно, – согласилась я.

– Где леди Ариста? – спросила Шарлотта. Она никогда особо не церемонилась с мистером Бернхардом. Наверное, потому что Шарлотта, в отличие от нас, ещё ребёнком не слишком его уважала. Хотя у нашего мистера Бернхарда и была черта, которая могла внушить уважение кому угодно. Он умел появляться из ниоткуда и тихо стоять у тебя за спиной. Двигался по дому он бесшумно, словно кошка. Ничто, кажется, от него не ускользало: в любое время, что бы ни случалось, мистер Бернхард всегда был на месте событий. Появился в доме он задолго до моего рождения, а мама рассказывала, что помнит его ещё со времён, когда сама была маленькой. Потому мистеру Бернхарду, наверное, было столько же лет, сколько и леди Аристе, хоть он и не выглядел таким старым. Жил он в комнате на третьем этаже. Туда можно было попасть по отдельной лестнице с бокового коридора. Нам запрещалось даже заходить в этот дополнительный коридор. Мой брат был уверен, что мистер Бернхард оставил там открытые люки и прочие ужасные ловушки, чтобы только остановить нежелательных посетителей. Но доказать этого он не мог. Никто из нас ни разу в жизни не решился на то, чтобы переступить порог коридора.

– Мистеру Бернхарду необходимо личное пространство, – часто повторяла леди Ариста.

– Да-да, каждому из нас оно тоже не помешает, – говорила моя мама. Но говорила так тихо, что леди Ариста её не слышала.

– Ваша бабушка в музыкальной комнате! – доложил мистер Бернхард Шарлотте.

– Спасибо! – Шарлотта оставила нас у порога и бросилась по лестнице наверх. Музыкальная комната находилась на втором этаже, и никто толком не знал, почему она так называется. Там ведь даже пианино не было. Это была любимая комната леди Аристы и бабушки Мэдди. Там всегда пахло фиалковыми духами бабушки Мэдди и дымом от тонких сигарет леди Аристы. Проветривали там редко. Если долго находиться в этой комнате, то непременно начинало тошнить.

Мистер Бернхард закрыл входную дверь. Напоследок я успела ещё раз поглядеть на другой конец улицы. Мужчина в шляпе всё ещё был там. Ой, что это? Мне показалось, или он действительно поднял руку, как будто помахал кому-то. Может, мистеру Бернхарду? Или даже мне самой?

Дверь захлопнулась, и я не стала дальше развивать свои догадки. В животе вдруг снова всё сжалось, а в голове закружилось, как будто я катаюсь на американских горках. Перед глазами было темно. Колени задрожали, и пришлось прислониться к стене, чтобы не упасть.

В следующий момент всё уже снова было в порядке. Сердце бешено колотилось. Что-то со мной было не так. Странно всё же чувствовать себя как на американских горках, не катаясь при этом на них, и так уже два раза за два часа. Похоже, однако, на… что за бред! Наверное, я начала чересчур быстро расти. Или у меня случилась… э-э-э… опухоль головного мозга? Или просто есть захотелось? Точно! Я ведь не обедала даже, моя порция украсила школьную блузку. У-ух, ура! Вдруг я заметила, что мистер Бернхард внимательно изучает меня своими совиными глазами.

– Ай-яй-яй! – сказал он после долгой паузы. Я почувствовала, что краснею.

– Ну, я пошла… домашнее задание делать, – пробурчала я.

Мистер Бернхард кивнул, вид у него был совершенно безразличный. Но, поднимаясь по лестнице, я чувствовала спиной его взгляд.

Хроники Хранителей
10 октября 1994

Еду обратно из Дархема, где я навестил
младшую дочь лорда Монтроуза Грейс Шепард.
Позавчера произошло счастливое событие:
на свет появилась её дочь,
Гвендолин София Элизабет Шеферд,
2460 г, 52 см.
Мать и дитя чувствуют себя хорошо.
Спешу поздравить нашего Мастера
с рождением пятого внука.

Отчёт: Томас Джордж, Внутренний Круг.

Глава вторая

Лесли называла наш дом «почти дворец» из-за того, что в нём было много комнат, картин, резных шкафов и антиквариата. За каждой стеной она подозревала тайный ход, а в каждом шкафу – хоть один тайный ящичек. Когда мы были поменьше, то устраивали по всему дому исследовательские экспедиции. Рыскать здесь строго воспрещалось, и оттого каждый поход становился настоящим приключением. Чтобы нас никто не засёк, мы каждый раз придумывали всё новые хитрости.

Вскоре мы действительно нашли несколько потайных шкафчиков и даже одну потайную дверь. Она была спрятана на лестничном пролёте за картиной, написанной маслом. На картине был изображён какой-то толстяк с бородой и обнажённой шпагой, он сидел на коне и хмуро глядел вдаль.

Я навела справки насчёт этого угрюмца у бабушки Мэдди. По её версии, это был мой двоюродный пра-пра-пра-пра-прадедушка Хью и его пегая кобыла, которую звали Толстушка Энни. Дверь за картиной вела всего лишь на пару ступенек вверх, в ванную. Но она всё равно была по-настоящему потайной!

– Вот это тебе повезло! Живёшь в таком месте! – всегда говорила Лесли.

Мне же, напротив, казалось, что из нас двоих больше повезло ей. Лесли жила с мамой, папой и лохматым псом Берти в уютном типовом домике в Норд Кенсингтоне. Там-то уж точно не было ни тайн, ни загадочных слуг, ни родственников, которые действуют на нервы.

Раньше мы и сами жили в таком доме, мы – это мои мама, папа, брат с сестрой и я. У нас был маленький домик в Дархеме, на севере Англии. Но потом папа умер. Моей сестре едва исполнилось полгода, и мама решилась на переезд в Лондон, наверное, ей было очень уж одиноко. Или, может, не хватало денег.

В этом доме мама выросла. Вместе с братом и сестрой, Гарри и Глендой. Дядя Гарри единственный из всей семьи не переехал в Лондон, он с женой поселился в Глосестершире.

Сначала дом показался мне похожим на дворец. Лесли тоже так думала. Но если проживать во дворцах с большой семьёй, то через некоторое время эти дворцы перестают казаться огромными. Особенно легко искать новое применение лишним комнатам. Например, бальный зал на первом этаже, который тянулся через весь дворец, – в нём прекрасно можно было бы кататься на скейте. Но это запрещено. Это было прекрасное помещение с высокими окнами, гипсовой лепниной и большими люстрами, но ни разу в жизни я не видела, чтобы в этом зале действительно устраивали бал, даже большой праздник, даже вечеринку.

Единственное, что там проводилось – это уроки танцев и фехтования для Шарлотты. В зале была даже оркестровая яма, к ней вела отдельная лесенка. Яма была, конечно, страшно нужным атрибутом, необходимым в современной жизни как рыбке зонтик. Ну, разве что Кэролайн с подружками иногда прятались в тёмных закоулках на лестнице, когда играли в прятки.

На втором этаже располагались вышеупомянутая музыкальная комната, покои леди Аристы и бабушки Мэдди, ванная (та самая, с потайной дверью) и столовая, где каждый день в половине восьмого вся семья должна была собираться на ужин. Между столовой и кухней, которая находилась точно под ней, был встроен старомодный лифт для подачи еды. Ник и Кэролайн иногда тягали друг дружку вверх-вниз с помощью этого приспособления, хотя делать это, конечно же, запрещалось. Раньше мы с Лесли тоже частенько катались таким способом, но уже давно перестали помещаться в кабинку.

На втором этаже находилась комната мистера Бернхарда, кабинет моего умершего дедушки – лорда Монтроуза – и огромная библиотека. На этом этаже располагалась ещё комната Шарлотты. Она находилась в самом углу, и при ней был балкон, Шарлотта не упускала случая им похвастаться. Её мама жила в гостиной и спальне с окнами на улицу.

С папой Шарлотты тётя Гленда была в разводе, он жил с новой женой где-то в Кенте. Поэтому кроме мистера Бернхарда мужчин в доме не было, брата я не считаю. Домашних животных тоже не было, хотя мы просили разрешения завести кого-нибудь. Леди Ариста не любила животных, а у тёти Гленды вообще была аллергия на всё, что покрыто шерстью.

Моя мама, брат, сестра и я, – мы жили на третьем этаже, прямо под крышей. Это были помещения с косыми стенами и двумя маленькими балконами. У каждого из нас была своя комната. А нашей большой ванной комнате Шарлотта вообще завидовала, потому что у них там, на втором этаже, ванная была без окон. А в нашей – целых два. Но мне наш этаж так нравился, потому что здесь мы – мама, Кэролайн, Ник, и я – могли отделиться от этого дурдома. Иногда время, проведённое здесь, казалось настоящим спасением.

Единственное неудобство – мы находились непростительно далеко от кухни, и вот сейчас эта мысль снова пришла мне в голову, когда я поднялась в швейную комнату. Надо было хоть яблочко захватить. Пришлось довольствоваться сливочным печеньем, его наша предусмотрительная мама держала на полке в кладовой.

От страха, что головокружение начнётся снова, я проглотила одиннадцать печенек одну за другой. Я сняла обувь и куртку, плюхнулась на диван и постаралась устроиться поудобней.

Сегодня творилось что-то странное. Вернее, ещё более странное, чем обычно. Было всего два часа дня, а значит, должно пройти ещё около двух с половиной часов, прежде чем я могла бы позвонить Лесли и пожаловаться на свои проблемы. Брат с сестрой не вернутся из школы раньше четырёх, да и мама заканчивает работать около пяти. Обычно мне нравилось оставаться дома одной. Можно было спокойно принять ванну, не дёргаясь, что кто-то будет стучать в дверь и срочно-срочно проситься в туалет. Можно было на полную врубить музыку и громко подпевать, никого не стесняясь. Можно было посмотреть по телевизору то, чего хотелось именно мне, а не вечного «Губку Боба Квадратные Штаны».

Но сегодня как-то ничего не радовало. Даже немножко отдохнуть, и то не получалось. Наоборот, наш диван, место, где всегда было так уютно, казался шаткой доской посреди бурной реки. Только закроешь глаза, как её зашвырнёт в опасный водоворот.

Чтобы немного отвлечься, я встала и попыталась прибраться в швейной. Эта комната была чем-то вроде нашей неофициальной гостиной. Ни тётя, ни бабушка, к счастью, шить не любили, поэтому появлялись у нас на третьем этаже крайне редко. Да и швейной машинки в комнате не было. Зато там стояла узенькая стремянка трубочиста, которая вела на крышу. Крышу мы с Лесли облюбовали для наших тайных посиделок. Оттуда сверху открывался совершенно восхитительный вид, а лучшего местечка для девчачьих секретов и не придумаешь. (Например, тайна о наших мальчишках: что мы с Лесли не знаем ни одного, в которого стоило бы влюбиться.)

Конечно, сидеть там было немного опасно: никакой ровной площадки, только покатые бока крыши из листов железа с солнечной батареей. Но мы же лазили туда не для того, чтобы прыгать на газон и ломать руки-ноги. Ключ от хода на крышу лежал в моей жестяной коробке с нарисованными розами. Никто из нашей семьи даже не подозревал, что я нашла этот лаз, а не то наш тайник ликвидировали бы в один момент. Поэтому приходилось осторожничать, чтобы никто не заметил, как я крадусь на крышу. Там можно было загорать, устраивать пикники или просто прятаться, если хотелось побыть в тишине. Как я уже говорила, этого мне хотелось довольно часто, только вот не сейчас.

Я свернула одеяла, смахнула с дивана крошки от печенья, поправила подушку и сложила в коробку разбросанные шахматные фигуры. Я даже полила азалию, которая стояла в углу комнаты, и прошлась влажной тряпочкой по ночному столику. Потом беспомощно оглядела безукоризненно прибранную комнату. Удалось убить минут десять, а поговорить с кем-нибудь захотелось ещё больше. Может, у Шарлотты там, в музыкальной комнате, снова голова кружится?

А что, собственно говоря, случается, когда прыгаешь из Мейфэра века двадцать первого в Мейфэр века, скажем, пятнадцатого? Когда в этих местах и домов-то особо не было? Может, тогда повисаешь в воздухе? Или со всей силы бахаешься о землю с семиметровой высоты? В муравейник, например? Ах, бедная Шарлотта! Хотя, может, на этих занятиях по тайноведенью её хотя бы летать научили. Кстати о тайнах: у меня возникло какое-то странное чувство, отделаться от которого никак не удавалось. Я пошла в мамину комнату и высунулась из окна. Перед домом номер восемнадцать всё ещё стоял человек в чёрном. Я видела его ноги и подол пальто. Мне ещё никогда не казалось, что третий этаж – это та-а-ак высоко. Со скуки я гадала, сколько метров отсюда до земли.

Можно ли вообще остаться в живых, если упасть с высоты в четырнадцать метров? Наверное, если очень повезёт и приземлишься в болото. Раньше весь Лондон был одним сплошным болотом. Во всяком случае, так утверждала миссис Каунтер, наша учительница по географии. Болото – это хорошо. Тогда можно хоть на мягонькое плюхнуться. Обидно только, что потом всё равно придётся захлебнуться в иле. Я вздрогнула и сама испугалась собственных мыслей.

Чтобы не оставаться одной, я решилась проведать своих ненаглядных родственников в музыкальной комнате, рискуя, конечно, что меня завернут обратно, если там ведутся сверхсекретные разговоры.

Когда я вошла, бабушка Мэдди восседала в своём любимом кресле у окна, а Шарлотта стояла у другого окна, присев на краешек письменного стола эпохи Луи Четырнадцатого, лакированную и позолоченную поверхность которого трогать строжайше воспрещалось, всё равно какой частью тела. (Ума не приложу, почему леди Ариста считала это уродище таким ценным. Ни единого потайного ящичка – мы с Лесли уже давным-давно его проверили.)

Шарлотта переоделась, теперь она была не в школьной форме, а в тёмно-синем платье, которое выглядело как помесь ночнушки, купального халата и монашеской рясы.

– Как видишь, я ещё здесь, – сказала она.

– Это... хорошо, – сказала я, пытаясь не очень пялиться на странное платье.

– Невыносимо! – сказала тётя Гленда, она словно маятник ходила взад-вперёд между двумя окнами. Тётя Гленда, как и Шарлотта, была крупной и стройной, волосы у неё были кудрявые и огненно-рыжие. Моя бабушка тоже была когда-то рыжеволосой. Кэролайн и Ник унаследовали фамильный цвет. Только у меня волосы были прямыми и тёмными, как у папы.

Раньше я тоже во что бы то ни стало хотела быть рыжей, но Лесли убедила меня, что тёмные волосы прекрасно оттеняют голубые глаза и светлую кожу. Ещё Лесли уверяла, что моя родинка на виске в форме полумесяца – тётя Гленда всегда обзывала её бананом – выглядела таинственно и изящно.

Я, кстати, считаю себя очень даже симпатичной, кроме прочего, благодаря брекетам: после того как я их поносила, передние зубы сошлись, и я перестала быть похожей на кролика. Ну и пусть я не такая «обворожительная и грациозная» как Шарлотта, чтобы нравиться Джеймсу. Ха, посмотрел бы он на неё в этом мешке.

– Гвендолин, ангел мой, хочешь лимонную конфетку?

Бабушка Мэдди указала на скамеечку рядом с собой:

– Садись рядом, отвлеки меня немного. Нервы не выдерживают уже этих Глендиных перебежек.

– Тебе не знакомы страдания матери, тётя Мэдди, – сказала тётя Гленда.

– Да, их я не пережила, – вздохнула бабушка Мэдди. Она была сестрой моего дедушки. Замуж бабушка Мэдди так и не вышла. Она была кругленькой маленькой старушкой с весёлым детским взглядом. Волосы она красила в золотистый цвет. В причёске бабушки Мэдди частенько торчали забытые бигуди.

– А где же леди Ариста? – спросила я, потянувшись за леденцом.

– В соседней комнате, разговаривает по телефону, – сказала бабушка Мэдди. – Но так тихо, что ни слова не разобрать. Это была, кстати говоря, последняя коробка конфет. У тебя, случайно, не найдётся свободной минутки сбегать в магазин за новой?

– Конечно! – сказала я.

Шарлотта переступила с ноги на ногу. Тётя Гленда сразу встрепенулась.

– Всё в порядке, – сказала Шарлотта. Тётя Гленда поджала губы.

– Может, лучше тебе подождать на первом этаже? – спросила я Шарлотту. – Тогда падать будет не так больно.

– Может, лучше тебе молчать в тряпочку, если не знаешь, о чём говоришь? – спросила в ответ Шарлотта.

– Действительно, вот что сейчас меньше всего может помочь Шарлотте, так это дурацкие замечания, – сказала тётя Гленда.

– В первый раз носительница гена не прыгнет дальше, чем на сто пятьдесят лет назад, – приветливо объяснила бабушка Мэдди. – Этот дом построили в 1781 году, а значит, здесь, в музыкальной комнате, Шарлотта в безопасности. В худшем случае она лишь испугает парочку музицирующих дам.

– Да уж, в таком платье точно, – сказала я так тихо, что только бабушка Мэдди могла меня услышать. Та хихикнула в ответ.

Дверь распахнулась, и вошла леди Ариста. Она, как обычно, выглядела так, будто проглотила длинную палку. Или даже несколько. Две для рук, две для ног и ещё одну посередине, которая их скрепляет. Её седые волосы были гладко зачёсаны и собраны в пучок на затылке, как у хореографа, с которым особо шуток не пошутишь.

– Водитель уже в пути. Де Виллеры ожидают нас на вокзале в Темпле. Тогда Шарлотта сможет сразу по возвращению влиться в хронограф.

Я поняла только слово «вокзал».

– А если сегодня это вообще не произойдёт? – спросила Шарлотта.

– Шарлотта, дорогая, у тебя уже трижды кружилась голова, – сказала тётя Гленда.

– Рано или поздно это *произойдёт*, – сказала леди Ариста.

– Пойдём же, водитель приедет с минуты на минуту.

Тётя Гленда взяла Шарлотту за руку и вместе с леди Аристой они покинули комнату. Когда дверь захлопнулась, мы с бабушкой Мэдди переглянулись.

– Иногда кажется, что мне стоит пить таблетки от невидимости, – сказала бабушка Мэдди. – Порой неплохо бы услышать хоть «До свидания, Мэдди» или «Привет, Мэдди». Или вот такой разумный вопрос: «Милая Мэдди, а не было ли у тебя, случайно, видения, которое могло бы нам помочь?»

– А что, было видение?

– Нет, – сказала бабушка Мэдди, – и слава Богу. Мне обычно так есть хочется после этих видений, а я и без того толстая.

– А кто такие эти де Виллеры? – спросила я.

– Кучка заносчивых нахалов, если хочешь знать моё мнение. Все чиновники и банкиры. У них частный банк в центре Лондона. Там счета нашей семьи.

Это звучало уже совсем не таинственно.

– А какое им дело до Шарлотты?

– Если не распространяться, у них похожие проблемы.

– Похожие проблемы? – неужели они тоже живут под одной крышей с бабушкой-тиранкой, тёткой-пилой и кузиной-задавакой?

– Ген путешественника во времени, – сказала бабушка Мэдди. – У де Виллеров ген переходит по мужской линии.

– И у них водится такая же Шарлотта?

– Только мужского пола. Насколько я знаю, его зовут Гидеон.

– И он тоже ждёт, пока закружится голова?

– Это у него уже позади. Он на два года старше Шарлотты.

– Значит, он уже два года бодро скачет туда-сюда?

– Вероятно, да.

Я пыталась сопоставить новую информацию с тем, что знала раньше. Сегодня бабушка Мэдди была невероятно разговорчива, я старалась использовать каждую секунду.

– А что такое этот хрони… хроно… ?

– Хронограф! – бабушка Мэдди сделала умный вид. – Это такой специальный аппарат, с помощью которого можно отправить носителя гена – но только его! – в определённое время. Что-то там с кровью связано.

– Это что же, *машина времени*? Которую заправляют кровью? Вот ужас!

Бабушка Мэдди пожала плечами.

– Понятия не имею, как эта штука работает. Ты забываешь, что я тоже узнаю только то, что случайно слышу, пока сижу тут и делаю блаженный вид. Всё это – большая тайна.

– Да уж. И сложная какая-то. Откуда вообще известно, что у Шарлотты есть этот ген? Почему именно у неё, а не, например… у тебя?

– У меня, к счастью, его быть не может, – ответила она. – Мы, Монтроузы, всегда были не от мира сего, но ген в нашей семье передался через твою родную бабушку. Мой брат ужас как хотел на ней жениться. И женился, – тётя Мэдди усмехнулась. Она была сестрой моего покойного дедушки Лукаса. У неё не было своего мужа, поэтому она переехала к брату и помогала по хозяйству.

– Я в первый раз услышала об этом гене после свадьбы Лукаса и леди Аристы, – продолжала она. – Последней носительницей этого гена по линии Шарлотты стала госпожа Маргарет Тилни, а она, в свою очередь, была бабушкой твоей бабушки – Аристы.

– А Шарлотта унаследовала ген от этой Маргарет?

– Нет, нет, после Маргарет его унаследовала Люси. Бедная девочка.

– Что ещё за Люси?

– Твоя кузина Люси, старшая дочь Гарри.

– А, *та самая* Люси.

Мой дядя Гарри, тот, который из Глосестершира, был намного старше Гленды и моей мамы. Трое его детей давно уже выросли. Дэвиду, младшему из них, было двадцать восемь, он работал пилотом в Бритиш Эйрвейз. Но нам по такому поводу скидки на билеты, увы, не полагались. Джанет, средняя дочь, сама уже стала мамой. Мамой двух маленьких нервотрёпиков, которых звали Поппи и Дейзи. Люси, старшую дочь, я ни разу не видела. Да и не знала о ней ничего толком. Семья, казалось, умалчивала всё, что относилось к её персоне. Она была белой вороной среди Монтроузов. В семнадцать лет Люси ушла из дома и с тех пор не давала о себе знать.

– Значит, Люси – носительница гена?

– О да, – сказала бабушка Мэдди. – Здесь такой шум поднялся, когда она исчезла. У твоей бабушки чуть инфаркт не случился. Был страшный скандал, – бабушка Мэдди так возбуждённо рассказывала и качала головой, что её золотистые локоны совсем спутались.

– Могу себе представить, – я вдруг подумала, что бы со мной случилось, если бы Шарлотта вдруг упаковала чемоданы и удрала из дому.

– Нет, не можешь, тебе же не знакомы те трагические обстоятельства, из-за которых она пропала… а всё этот юноша… Гвендолин! А ну-ка вынь палец изо рта! Какая невоспитанность!

– Прости, бабушка, – я даже не заметила, как начала грызть ноготь. – Я просто волнуюсь. Столько всего непонятного…

– Да уж. Для меня тоже, – заверила бабушка Мэдди. – А я слежу за всеми этими страстями с пятнадцати лет. Зато я обладаю природным даром видеть всё мистическое. Все Монтроузы любят тайны. Так было всегда. Только поэтому мой несчастный братец вообще женился на твоей бабке, если тебе интересно. Её обаяние и привлекательность вряд ли сыграли здесь решающую роль. Потому что их у неё не было, – она опустила руку в коробочку из-под конфет и вздохнула, нащупав дно. – Вот незадача. Ох, и пристрастилась же я к этим штучкам.

– Я мигом в «Селфриджес», принесу тебе новых, – сказала я.

– Ах ты, мой ангелочек. Раз так, поцелуй меня и отправляйся. Не забудь про пальто, на улице дождь. И никогда больше не грызи ногти, ты поняла?

Моё пальто всё ещё лежало под партой в школе, поэтому я взяла мамин дождевик с цветочками. Выходя из дому, я поглубже надвинула на глаза капюшон. Мужчина всё ещё стоял у входа в дом номер восемнадцать и как раз собирался закурить. Неожиданно для себя самой я кивнула ему, спускаясь по ступенькам. Он не ответил. Конечно, нет.

– Вот тупица! – я побежала в сторону Оксфорд-стрит. Дождь лил как из ведра. Одним дождевиком тут делу не поможешь, надо было сразу и калоши надевать.

Моя любимая магнолия на углу улицы грустно опустила цветочки. Пока я до неё добралась, успела наступить в лужу целых три раза. В тот момент, когда я хотела обойти четвёртую лужу, ноги вдруг подкосились. Живот скрутило, как на американских горках, а улица поплыла перед глазами серой рекой.

Ex hoc momento pendet aeternitas.
(На этом моменте качается вечность.)

Надпись на солнечных часах,
Миддл Темпл, Лондон.

Глава третья

Когда я пришла в себя, то увидела поворачивающий за угол ретро-автомобиль. Я стояла на коленях прямо посреди тротуара и дрожала. Что-то было не так с этой улицей. Она выглядела не совсем обычно. За последние несколько секунд всё стало другим. Дождь прекратился, зато дул ледяной ветер. Сильно потемнело, почти настала ночь. На магнолии не было ни цветочков, ни листочков, я уже вообще сомневалась, что это дерево – магнолия.

Верхушки ограды, установленной вокруг дерева, были выкрашены золотистой краской. Я могла поклясться, что ещё вчера они были чёрными.

За угол завернул ещё один ретро-автомобиль. Это была странная конструкция на высоких колёсах со светлыми спицами. Я посмотрела на тротуар: дорожные знаки исчезли. Асфальт весь казался кривым и горбатым, фонари совсем изменились, их свет стал жёлтым и слабым. Он едва доходил до ближайшего парадного. Ком подступал к горлу, но я всё ещё была не готова допустить мысль об этом. Сначала надо просто отдышаться.

Потом я внимательнее огляделась по сторонам. Ну, не так уж много всего изменилось. Дома, вообще-то, стояли, как и всегда.

Хотя… там, в дальнем конце улицы, исчезла чайная, мама всегда покупала в ней отличнейшее печенье «Принц Уэльский». А того дома на углу с массивными статуями я раньше не замечала.

Какой-то мужчина в шляпе и чёрном пальто бесцеремонно пялился прямо на меня. Он шёл, не сворачивая, но не предпринимал при этом попыток заговорить или, тем более, помочь. Я встала и отряхнулась.

Неизвестность, которая родилась, как предчувствие, превратилась вдруг в страшное осознание происходящего.

Придуриваться не перед кем!

Я не на ралли ретро-автомобилей, а с магнолии не просто так слетели все листья. Эх, всё отдала бы сейчас за то, чтобы за угол завернула Николь Кидман, но, к сожалению, съёмочной декорацией фильма Генри Джеймса всё это тоже не было.

Я точно знала, что произошло. Было совершенно ясно. И также ясно было то, что произошла ошибка.

Я очутилась в другом времени. Не Шарлотта. *Я*. Кто-то допустил страшную ошибку. Я застучала зубами. Не только от возбуждения, но и от холода. Холод был просто собачий.

«*Я бы знала, что делать*», – в ушах снова и снова звучали слова Шарлотты.

Ясное дело. Шарлотта-то знала, что делать, но со мной никто этим знанием не поделился.

Вот я и стояла, дрожа и стуча зубами на углу своей улицы, постепенно превращаясь в общественное пугало. К счастью, людей на улице было немного. Молодая женщина в полупальто прошла мимо меня с корзиной в руке. За ней следовал мужчина в шляпе и с поднятым воротником.

– Извините, вы не подскажете, какой сейчас год? – спросила я.

Женщина сделала вид, что не услышала меня и зашагала быстрее.

Мужчина покачал головой.

– Какая невоспитанность, – пробубнил он.

Я вздохнула. Эта информация мне всё равно не помогла бы. В сущности, какая разница, 1899-й нынче на дворе или 1923-й.

По крайней мере, я знала точно, где нахожусь. Ведь я жила всего в нескольких шагах отсюда. Что естественней в такой ситуации, как не направиться прямо домой? Действовать-то надо. В сумерках улица казалась вполне спокойной и приветливой. Озираясь по сторонам, я медленно зашагала обратно.

Что изменилось, а что осталось прежним? Дома – почти такие же, как в моём времени. Если хорошенько приглядеться, казалось, будто видишь их впервые, но в тот момент обращать внимание на детали не получалось. Я машинально повернула голову в сторону дома номер восемнадцать, но возле входа никого не было, никакого чёрного человека не осталось и в помине.

Я остановилась.

Наш дом выглядел точно так же, как и в моё время. На первом и втором этаже горел свет, в маминой комнатке под крышей тоже. С чердачного окошка свисали сосульки. Как же мне захотелось домой, когда я всё это увидела!

«*Я бы знала, что делать*!»

Да, что бы сделала сейчас Шарлотта? Быстро темнело, а холодало ещё быстрее. Куда бы пошла Шарлотта, чтобы не замёрзнуть? Домой?

Я поглядела вверх на горящие окна. Может, уже родился мой дедушка. Может, он уже взрослый и даже узнает меня при встрече. Катал же он меня на коленках, когда я была ещё совсем малюткой… ну что за чушь! Даже если он и родился, очень сомнительно, что он сможет вспомнить, как он сажал бы меня на колени, будь он стареньким дедушкой. Холод проникал под дождевик. Ладно, я просто позвоню в дверь и попрошусь переночевать.

Нужно только придумать, как бы всё это по-умному провернуть. «Привет! Меня зовут Гвендолин, я внучка лорда Лукаса Монтроуза, который, может быть, ещё и не родился».

Такому вряд ли кто поверит. Я окажусь скорее в психушке, чем в собственном доме. А уж психушки-то в этом времени просто супер – один раз попал – и на всю жизнь.

С другой стороны, ничего другого я придумать не могла. Скоро стемнеет, нужно как можно быстрее найти место, чтобы переночевать и не замёрзнуть. Желательно не попасть при этом под нож Джека Потрошителя. Вот ужас! Когда он там творил свои мерзости? И где? Надеюсь, не здесь, в чинном-спокойном Мейфэре?

Если получится поговорить с предком, я смогу его убедить, что знаю об этом доме и о его семье больше, чем мог бы знать чужой человек. Кто кроме меня может, например, выдать, что лошадь пра-пра-пра-пра-прадедушки Хью звали Толстушкой Энни? Это же точно знают только свои.

Я отвлеклась от рассуждений из-за сильнейшего порыва ветра. Он был таким холодным! Не удивлюсь, если и снег сейчас повалит.

«Привет! Меня зовут Гвендолин, и я прилетела из будущего. В качестве доказательства могу предъявить вот эту застёжку-молнию на куртке. В вашем времени её ещё не изобрели, так ведь? Нет у вас пока ни самолётов, ни телевизоров, ни холодильников…»

Можно было хотя бы попробовать. Глубоко вздохнув, я направилась к двери.

Ступеньки казались невероятно знакомыми и чужими одновременно.

Я машинально ощупала стену в поисках звонка. Но, конечно, его там не оказалось.

Электрические звонки тоже ещё не изобрели.

К сожалению, о конкретном годе это мне не говорило. Я вообще была без понятия, когда там выдумали электрический ток. До пароходов или уже после? Проходили мы это в школе или нет?

Если и проходили, что-то я не припомню подробностей.

На притолоке я засекла ручку на цепочке. У Лесли дома тоже была похожая конструкция, для слива в туалете. Я со всей силы потянула за цепочку и услышала, как за дверью зазвонил колокольчик.

О Боже!

Хоть бы открыл кто-то из хозяев этого дома, а не, например, прислуга. Что можно сказать им, чтобы мне поверили? Может, пра-пра-пра-пра-прадедушка Хью ещё жив? Или уже жив? Ну, в общем, я просто попрошу позвать его, вот и всё.

Или Толстушку Энни позвать.

Шаги приближались, и я собрала всю свою волю в кулак.

Но не успела увидеть, кто именно открыл дверь, потому что вдруг меня сбило с ног, завертело во времени и пространстве, и выплюнуло обратно.

Я снова очутилась на коврике перед нашей дверью. Я поднялась и огляделась вокруг. Всё выглядело как раньше, когда я вышла за леденцами для бабушки Мэдди. И дома, и припаркованные машины, и даже дождь. Чёрный человек возле дома номер восемнадцать уставился прямо на меня.

– Да уж, тут не только ты в шоке, – пробормотала я.

Как долго меня не было? Интересно, а этот в чёрном пальто видел, как я пропала у поворота, а потом вдруг появилась на коврике перед дверью? Небось, глазам своим не поверил. Так ему и надо. Хотел загадок – пусть получает.

Я бешено затрезвонила. Открыл мистер Бернхард.

– Что за спешка? – спросил он.

– У вас, может, никакой спешки, а я лично тороплюсь!

Мистер Бернхард удивлённо скруглил бровь.

– Извините, я забыла кое-что важное, – я проскользнула мимо него и со всех ног помчалась по лестнице, перескакивая через ступеньки.

– Ангел мой, а я думала, что ты уже убежала!

Задыхаясь, я глянула на стенные часы. Прошло как раз двадцать минут с тех пор, как я вышла из комнаты.

Бабушка Мэдди ошарашенно поглядела на меня, когда я влетела в комнату.

– Как хорошо, что ты решила заглянуть ещё раз! Совсем забыла, в «Селфриджес» продаются те же конфетки, только без сахара. Обёртка совершенно такая же! Их не бери ни в коем случае, от тех без сахара у меня… э-э… пищеварение ухудшается.

– Бабушка Мэдди, а почему все так уверены, то ген именно у Шарлотты?

– Почему-почему, кончается на «у». Спроси что полегче, – вид у бабушки Мэдди был немножко сконфуженный.

– Кто-то делал ей анализ крови? Может, ген у кого-то другого? – моё дыхание постепенно успокаивалось.

– Сомнений быть не может, Шарлотта – носительница гена.

– Это анализ ДНК показал?

– Тут ты, дорогуша, не того спросила. Я в биологии полная дурочка, не знаю даже, что оно такое, это твоё ДНК. Сдаётся мне, тут дело не в биологии, а, скорее, в высшей математике. Жалко, что математика мне тоже не давалась в своё время. Когда вокруг жонглируют цифрами-формулами, я просто перестаю вникать и думаю о чём-то более милом и привычном. Могу лишь сказать тебе, что Шарлотта появилась на свет точно в рассчитанный за столетья до нас и назначенный специально для неё день.

– Значит, по дате рождения определяют, в ком ген? – я нервно покусывала губы. Шарлотта родилась седьмого октября, а я – восьмого. Нас разделял один-единственный день.

– Скорее наоборот, ген определяет дату, – сказала бабушка Мэдди. – Они всё точно рассчитали.

– А если они ошиблись?

На один день! Это же так просто. Произошла ошибка.

Идиотский ген был у меня, а не у Шарлотты! Или у нас обеих. Или… я плюхнулась прямо на пол.

Бабушка Мэдди покачала головой:

– Они не ошибаются, ангел мой. Уж если эти люди что и могут по-настоящему, так это считать.

Что вообще за «эти люди»?

– Ошибиться может каждый, – сказала я.

Бабушка Мэдди засмеялась:

– Надеюсь, ты не заподозришь в ошибке Исаака Ньютона?

– *Ньютон* рассчитал день рождения Шарлотты?

– Дитя моё, мне прекрасно знакомо твоё любопытство. Когда я была такой же маленькой, как ты сейчас, я тоже хотела всё знать. Но, во-первых, кто меньше знает, тот крепче спит. А во-вторых, я правда-правда очень хотела бы коробочку лимонных леденцов.

– Всё это так нелогично, – сказала я.

– Лишь на первый взгляд, – бабушка Мэдди погладила меня по руке. – Только так: я тебе ничего не говорила, понятно? Наша беседа пусть останется между нами. Если твоя родная бабушка узнает, что я всё тебе рассказала, она страшно разозлится. А в гневе она ещё страшней, чем обычно.

– Всё, бабушка Мэдди, не тревожу тебя больше. И уже бегу за леденцами!

– Ты доброе дитя.

– Последний вопрос: сколько времени проходит с момента первого прыжка до следующего?

Бабушка Мэдди вздохнула.

– Ну пожа-а-а-луйста!

– Не думаю, что в этом деле установлены какие-нибудь правила, – сказала она. – Каждый носитель гена – особенный. Но никто не умеет управлять своими прыжками во времени. Это случается каждый день, совершенно спонтанно, даже несколько раз на дню. Потому этот хронограф – такая важная штука. Насколько я поняла, он поможет Шарлотте не болтаться совсем беспомощно туда-сюда по времени. Её можно будет послать в определённый год и день, где с ней ничего не случится. Так что не волнуйся за неё.

Честно говоря, в тот момент я гораздо больше волновалась за себя.

– А сколько времени проходит в настоящем, пока носитель гена в прошлом? – спросила я, затаив дыхание. – И можно ли во второй раз допрыгнуть аж до эры динозавров, когда здесь было одно сплошное болото?

Бабушка оборвала меня резким взмахом руки:

– Довольно, Гвендолин! Мне-то откуда знать!

Я встрепенулась:

– Всё равно спасибо за твои ответы, – сказала я, – ты мне очень помогла.

– Что-то мне так не кажется. Совесть не даст мне теперь покою. Ох, не должна была я потакать твоему любопытству. Мне ж самой не положено этого знать. Когда в прежние времена я пыталась расспросить брата – твоего дедушку – обо всех этих тайнах, он оставался непреклонным и отвечал лишь «не порть здоровье!» Ну так ты мне сегодня конфеток принесёшь? Только не забудь, пожалуйста: с сахаром!

Бабушка Мэдди помахала мне вслед.

Чем это, интересно, тайны портят здоровье? И что вообще знал обо всём этом мой дедушка?

– Исаак Ньютон? – озадаченно повторила Лесли. – Это тот, с силой притяжения?

– Ага. Но он ещё успел рассчитать день рождения Шарлотты.

Я стояла в «Селфриджес», в продуктовом отделе перед холодильником с йогуртами, прижимала правой рукой телефон к уху, а левой держалась за правую.

– Только никто не поверит, что он ошибся. Ну да, кто такому поверит! Это ж Ньютон! Но он всё-таки просчитался! Я родилась на следующий день после Шарлотты, и именно я совершила прыжок во времени – я, не она!

– Это всё очень загадочно. Вот ёлки-палки, снова эта железяка будет грузиться целый час. Включайся давай, ты, животное! – Лесли, как всегда, ругалась со своим компьютером.

– О Лесли, это было так… странно! Ещё немного, и я встретилась бы со своим предком! Может, помнишь этого толстяка с картины перед потайной дверью, пра-пра-пра-пра-прадедушку Хью. Если это, конечно, было его время, а не чьё-нибудь ещё. Между прочим, они вполне могли упрятать меня в психушку.

– Да уж, с тобой могло случиться что угодно, – сказала Лесли. – Что-то я торможу, все эти годы столько шуму вокруг Шарлотты, а потом вдруг – на тебе! Расскажи об этом маме, обязательно. И вообще, давай скорей домой! Это может в любой момент случиться снова!

– М-да, ситуация не ахти.

– Да уж. О, не прошло и ста лет, а я в Интернете. Могу тебе погуглить Ньютона для начала. А ты рули домой тем временем! Кто знает, сколько лет тут стоит этот магазин, может, раньше здесь была яма, и ты сейчас как провалишься метров на двенадцать!

– Бабушка просто свихнётся, когда узнает, – сказала я.

– Да, а бедная Шарлотта! Все эти годы терпеть, от всего отказываться, а в итоге – фигушки! О, вот, Ньютон. Родился в 1643 году в Вулсторпе – о Боже, это ещё где? – умер в 1727 году в Лондоне... так, это неважно... это тоже... здесь ничего не написано про путешествия во времени, только какие-то исчисления бесконечно малых величин, что-то я таких не знаю, а ты? Трансцендентность всех спиралей... квадратика, оптика, небесная механика... так-так, а вот закон всемирного тяготения. М-да, штука про трансцендентность спиралей как-то больше всего смахивает на путешествия во времени, как считаешь?

– Честно – не-а, – сказала я.

Влюблённая парочка рядом со мной оживлённо обсуждала, какой йогурт купить.

– Ты что, ещё в магазине? – крикнула Лесли. – А ну скорей домой!

– Уже бегу, – заверила я и, схватив пачку бабушкиных леденцов, заторопилась к выходу.

– Но Лесли, я не могу рассказать об этом дома! Они же решат, что я совсем тю-тю.

Лесли захихикала в трубку:

– Гвен! Любая другая семья обязательно отправила бы тебя лечиться, но только не твоя! У них же только и разговоров, что о путешествиях во времени, хронометрах и занятиях по тайноведенью.

– Не хронометр, а хронограф, – поправила я. – Эта штука, кстати, заправляется кровью. Вот гадость, да?

– Хро-но-граф… Так, гуглю хронограф.

Я пробиралась по шумной Оксфорд-стрит к следующему светофору.

– Тётя Гленда обязательно скажет, что я всё это выдумываю, чтобы показаться значительней, и испортить Шарлотте приключение.

– И что с того? Уже когда ты прыгнешь в следующий раз, они как-нибудь догадаются, что были не правы.

– А вдруг не прыгну? Вдруг это было что-то вроде приступа? Или насморка?

– Ты сама-то веришь в то, что несёшь? Так, хронограф. Кажется, это многофункциональные наручные часы. На «eBay» их целая куча продаётся. От 10 фунтов стерлингов… Дуристика… о, погоди, я погуглю Исаака Ньютона, хронограф, путешествия во времени и кровь, всё вместе.

– Ну?

– Результатов: ноль, – Лесли вздохнула. – Ну какие же мы дуры! Надо было раньше всё разведать. Так, для начала я достану нам необходимую литературу. Должен же мне читательский билет хоть раз пригодиться? Ты где сейчас?

– Перехожу Оксфорд-стрит и сворачиваю на Дьюк-стрит, – я усмехнулась. – Спрашиваешь, чтобы прийти сюда и нарисовать мелом крестик, если разговор вдруг оборвётся? Я тут вообще задумалась на досуге, зачем Шарлотте этот крест?

– Ну, наверное, они могли бы послать за ней того второго типа. Как там его?

– Гидеон де Виллер.

– Ну и имечко, жесть. Сейчас и его погуглим. Гидеон де Виллер, как там он пишется?

– Я откуда знаю! Давай ещё пораскинем мозгами насчёт креста мелом – куда бы они его послали, Гидеона этого? Ну, то есть, в какое время? Шарлотта могла бы очутиться где угодно. То есть, в любой минуте, в любом часе, в любом дне, в любом веке. Не-а, тогда от креста никакого проку.

Лесли так громко взвизгнула мне в ухо, что я чуть не выронила мобильный.

– «Гидеон де Виллер» – есть такой!

– Ну же, читай!

– Тэк-с, здесь написано: *команда по игре в поло гринвичского интерната имени Винсента в этом году снова выиграла британский кубок по поло среди школьников. Награде радуются справа налево: директор школы Уильям Гендерсон, тренер Джон Карпентер, капитан команды Гидеон де Виллер…* и так далее. Вау, он ещё и капитан команды. Картинка, правда, малюсенькая, фиг разберёшь, кто из них кони, а кто мальчики. Ты где там, Гвен?

– Всё ещё на Дьюк-стрит. Верно, интернат в Гринвиче, конный спорт – это наверняка он. Там не написали, что он исчезает время от времени? Может, прямо с лошади?

– А, чёрт. Только увидела, этой заметке уже три года. Сейчас он, наверное, уже школу закончил. Как ты там, голова не кружится?

– Нет пока.

– А где идёшь?

– Лесли!! Всё ещё по Дьюк-стрит. Спешу, как могу.

– Ладно, мы с тобой повисим на телефоне, пока ты не дома, а там ты сразу расскажешь всё маме.

Я поглядела на часы:

– Она ещё не вернулась с работы.

– Тогда подождёшь, но поговори с ней обязательно, поняла? Она наверняка знает, что делать. Гвен? Ты ещё там? Ты меня поняла?

– Да. Лесли?

– Чего?

– Я так рада, что ты у меня есть. Ты лучшая подруга на свете!

– Ты тоже ничего, – сказала Лесли. – А ещё ты ведь можешь захватить парочку прикольных штуковин из прошлого. Ну какая другая подруга такое сумеет? А когда надо будет готовиться к следующей контрольной по истории, ты просто полетишь на место событий и всё разведаешь.

– Если б не ты, я бы совсем растерялась сейчас, – я понимала, что выгляжу полной тютенькой. Но, ёлки-палки, именно так я себя и ощущала.

– А можно забирать предметы из прошлого с собой? – спросила Лесли.

– Это я не в курсе. Честно, ни малейшего понятия. Попробую в следующий раз. Я, кстати, сейчас на Гросвенор-сквэр.

– О, почти дома, – облегчённо вздохнула Лесли. – Кроме заметки про поло Гугл о Гидеоне де Виллере ничего не знает. Зато много всего про частный банк де Виллеров и адвокатскую контору де Виллеров в Темпле.

– Да, это тоже о них, наверное.

– Как твоя голова? Кружится?

– Пока нет, но спасибо, что спрашиваешь.

Лесли кашлянула в трубку:

– Знаю, ты там идёшь и боишься, но всё это просто крутецки! Самое настоящее приключение, Гвен. И ты в самом центре событий!

– Да уж, центрее некуда. Вот кошмар.

Лесли права: кто сказал, что мама мне не поверит? Мои истории о привидениях она выслушивала со всей серьёзностью. Я всегда могла рассказать ей, если что-то меня пугало. Когда мы ещё жили в Дархеме, меня несколько месяцев преследовал дух одного демона. Вместо того, чтобы работать по назначению – украшать церковный свод – он таскался за мной. Звали его Азраэль. Выглядел он как помесь кошки, человека и орла. Когда он заметил, что я его вижу, а главное – слышу, то так расчувствовался, что ходил и летал за мной хвостиком, балаболил ни о чём при каждой возможности и даже ночевать хотел в моей кроватке. После того, как первый страх прошёл (как и другие ему подобные фигуры, физиономию Азраэль имел довольно жуткую), мы постепенно подружились. Жалко, что он не мог переехать с нами в Лондон. Я до сих пор по нему скучала. Демоны, украшавшие лондонские дома, были какими-то совсем несимпатичными персонами. Мне до сих пор не попался никто, кто переплюнул бы Азраэля.

Если мама поверила в Азраэля, то, наверное, поверит и в путешествия во времени. Нужно только найти подходящий момент для разговора. Но момент всё не представлялся. Как только мама вернулась домой, она сразу же стала разбираться с моей сестрой Кэролайн. Та вызвалась взять домой из школьного террариума на лето хамелеона по имени мистер Бин. До лета было ещё далеко, но разбор полётов начался уже сейчас.

– Ты не сможешь ухаживать за мистером Бином, Кэролайн! Ты же прекрасно знаешь, что твоя бабушка запретила брать в дом животных, – сказала мама. – А у тёти Гленды вообще аллергия.

– Но у мистера Бина ведь нет шерсти! – оправдывалась Кэролайн. – Он будет сидеть себе тихонько в террариуме и никому не помешает.

– Он помешает твоей бабушке!

– Тогда она зануда!

– Кэролайн, так нельзя! В нашем доме никто и понятия не имеет о хамелеонах. Только представь, если мы сделаем что-то не так, мистер Бин может заболеть, или даже умереть!

– Не может! Я уже научилась за ним ухаживать. Ну пожалуйста, мамочка! Давай возьмём его! Если не я, его опять заберёт Тесс и будет снова вести себя так, будто мистер Бин её ребёночек.

– Я сказала: нет, Кэролайн!

Через четверть часа они всё ещё спорили, хотя мама зашла в ванную и закрылась там. Кэролайн стояла под дверью и кричала:

– Леди Ариста даже ничего не заметит! Если б мы захотели, могли бы хоть весь террариум пронести. Она всё равно ко мне никогда не заходит.

– Могут меня в этом доме хоть в туалете оставить в покое на несколько минут? – кричала мама.

– Нет, – сказала Кэролайн.

Пить кровь у неё получалось отлично. Она перестала нудить, только когда мама пообещала, что сама попросит леди Аристу подержать мистера Бина у нас дома во время каникул.

Пока грызлись мама и Кэролайн, я выколупывала жвачку из волос Ника. Мы сидели в швейной комнате. Ник нашлёпал себе на голову почти полфунта этой гадости, но никак не мог вспомнить, как же это случилось.

– Как можно не заметить, если что-то на себя наклеиваешь! – сказала я. – Придётся откромсать тебе пару прядей.

– Не страшно, – сказал Ник, – всё равно леди Ариста говорит, что я стал похож на девочку.

– У леди Аристы все на девочек похожи, у кого волосы длиннее спички. Для твоих чудных локонов это настоящий позор.

– Да отрастут, не волнуйся. А отрежь-ка всё, а?

– Маникюрными ножничками причёски не сделаешь. Для этого – марш к парикмахеру.

– А давай ты сама попытаешься, – сказал Ник доверительным тоном. Он, очевидно, успел забыть, как я однажды уже подстригала его маникюрными ножницами, и вид у него был тогда, как у только что вылупившегося коршунёнка. Мне было семь, ему четыре. Его кудри понадобились мне тогда для парика. Парик вышел кривоватым, а меня на день посадили под домашний арест.

– Только попробуй! – сказала мама. Она зашла в комнату и для пущей уверенности забрала у меня ножницы. – Если стричь, то только в парикмахерской. Завтра. А сейчас нам пора вниз на ужин.

Ник сморщился.

– Не волнуйтесь, леди Аристы нет дома, – мы с Ником переглянулись. – Никто не будет занудствовать по поводу жвачек в волосах или пятен на рубашке.

– Что ещё за пятно? – Ник поглядел себе на живот. – Вот чёрт, гранатово-яблочный сок. Не заметил совсем.

Бедный мой братишка, он был так на меня похож.

– Я уже сказала, ругаться там некому.

– Но сегодня ведь не среда! – сказал Ник.

– И всё-таки их нет дома.

– Крутизна.

Когда леди Ариста, тётя Гленда и Шарлотта бывали дома, ужин превращался в натужную церемонию. Леди Ариста ругала Ника и Кэролайн (а иногда и бабушку Мэдди) за их манеры. Тётя Гленда всё время выпытывала про мои оценки, чтоб потом сравнить их с оценками Шарлотты, а Шарлотта улыбалась как Мона Лиза и говорила: «Это вас не касается», если её о чём-то спрашивали.

Вообще-то мы могли бы спокойно обойтись без этих вечерних заседаний, но наша бабушка настояла, чтобы присутствовали все.

Прощён мог быть лишь тот, у кого обнаруживалась заразная болезнь. Еду нам готовила миссис Бромптон. Она приходила с понедельника по пятницу, готовила кушать и стирала. (По выходным готовила то тётя Гленда, то мама. Пиццы или китайской кухни, к моему и Никову огорчению, не заказывали никогда.)

В среду вечером, когда леди Ариста, тётя Гленда и Шарлотта уходили на свои занятия по тайноведенью, ужин становился гораздо веселей. А сегодня это было так мило – только понедельник, а уже будто бы среда. Вы не подумайте, что мы сразу залезали с ногами на стол, чавкали и кидались едой.

Нет. Но мы отваживались поговорить друг с дружкой, положить локти на стол и пообщаться на такие темы, которые леди Ариста считала неподходящими.

Например, о хамелеонах.

– А тебе нравятся хамелеоны, бабушка Мэдди? Ты бы хотела завести маленького послушненького хамелеончика?

– Э-э-э... ну-у... сейчас, когда ты сказала, я вдруг поняла, что да, я всегда хотела иметь хамелеона, – сказала бабушка Мэдди, накладывая себе в тарелку картошку с розмарином. – Во что бы то ни стало.

Кэролайн сияла:

– Кто знает, может, твоё желание скоро исполнится.

– Как там леди Ариста и Гленда? – осведомилась мама.

– Твоя мать звонила после обеда, чтобы сказать, что не придёт к ужину, – сказала бабушка Мэдди. – Я от имени всех нас выразила глубочайшее сожаление, надеюсь, вы не против.

– О да, – Ник хихикнул.

– А Шарлотта? Она что...? – спросила мама.

– Пока нет, кажется, – бабушка Мэдди пожала плечами. – Но они наготове каждую секунду. У бедной девочки закружилась голова во время пути, а теперь ещё и мигрень вдобавок.

– Жаль бедняжку, – сказала мама. Она отложила вилку и, задумавшись о чём-то, разглядывала тёмную плитку. С этой плиткой наша столовая выглядела так, будто кто-то по ошибке спутал стены с полом и положил на них паркет.

– А что, собственно, будет, если Шарлотта вообще не улетит? – спросила я.

– Рано или поздно, но это произойдёт! – нравоучительно сказал Ник терпким голосом леди Аристы. Все, кроме мамы, засмеялись.

– Но что, если не произойдёт? Что, если они ошиблись, и у Шарлотты этого гена нет?

На этот раз Ник передразнил тётю Гленду:

– Уже с малых лет было ясно, что Шарлотта родилась для высших целей. С обычными детьми её сравнивать нельзя.

Все снова засмеялись. Снова все, кроме мамы.

– Откуда такие мысли, Гвендолин?

– Да так... – я пожала плечами.

– Я же тебе объяснила, что в этих делах ошибки быть не может, – сказала бабушка Мэдди.

– Точно, Исаак Ньютон – прямо такой гений, никогда не ошибался, – сказала я. – Зачем он вообще рассчитывал день рождения Шарлотты?

– Ах, тётя Мэдди! – мама посмотрела на бабушку Мэдди с немым укором.

– Она пристала как банный лист, что мне оставалось делать? Гвендолин так похожа на тебя маленькую, Грейс. Но, кажется, она пообещала никому не рассказывать?

– Бабушке – ни слова, – сказала я. – А хронограф Ньютон придумал?

– Фигушки, – сказала бабушка Мэдди. – Ничего тебе больше не скажу.

– Что ещё за хронограф такой? – спросил Ник.

– Это машина времени, она может посылать Шарлотту в прошлое, – объяснила я ему. – А вместо топлива у неё Шарлоттина кровь.

– Офигеть, – сказал Ник, а Кэролайн охнула:

– У-у-у, кровь.

– А хронограф и в будущее послать может? – спросил Ник.

Мама застонала:

– Гляди, что ты натворила, тётя Мэдди.

– Дети-то твои, – ответила, смеясь, бабушка Мэдди. – Это нормально, они хотят знать правду.

– Да, наверное, – мама переводила взгляд с одного на другого. – Но никогда, слышите, никогда не задавайте таких вопросов вашей бабушке, понятно?

– Только ответы на них знает, наверное, она одна, – сказала я.

– Вам она всё равно ничего не расскажет.

– А ты, мама, что обо всём этом знаешь?

– Больше, чем мне хотелось бы, – мама даже чуть-чуть улыбнулась, говоря это, но улыбка у неё получилась какая-то грустная. – Да, насчёт твоего вопроса, Ник, – в будущее попасть нельзя, по той простой причине, что оно ещё не случилось.

– Че?! – возмутился Ник. – Интересная логика!

В дверь постучали. Вошёл мистер Бернхард, неся перед собой телефонную трубку. Лесли бы, наверное, с ума сошла от восторга, если бы увидела, что трубка лежала на серебряном подносе. Иногда мистер Бернхард мог всё-таки чуть переборщить.

– Звонок для мисс Грейс, – сказал он.

Мама забрала с подноса трубку, а мистер Бернхард повернулся на сто восемьдесят градусов и вышел из комнаты. Он ужинал с нами, только если леди Ариста специально его об этом просила, но случалось такое нечасто, всего пару раз в год.

Мы с Ником фантазировали, как он втихаря заказывает себе суши и пиццу и смакует в уютном одиночестве.

– Слушаю. Мама, это ты?

Бабушка Мэдди подмигнула нам:

– Ваша бабушка прямо-таки мысли читает! – шепнула она. – Чувствует, наверное, что мы тут с вами запрещённые разговорчики разговариваем. Кто из вас уберёт посуду? Давайте освободим место для фирменного пирога миссис Бромптон!

– С ванильным кремом! – хоть я и слопала порцию картошки с розмарином, салат из сладкой морковки и кусок свинины, есть ещё хотелось.

От этой кутерьмы только разыгрывался аппетит. Я встала и начала складывать посуду в лифт для еды.

– Если Шарлотта допрыгнет аж до динозавров, пускай возьмёт мне оттуда маленького динозаврёныша, можно? – попросила Кэролайн.

Бабушка Мэдди отрицательно покачала головой:

– Люди и животные, не обладающие геном путешественника во времени, транспортироваться не могут. К тому же, это слишком глубоко для временного прыжка.

– Жалко, – сказала Кэролайн.

– А мне так больше нравится, – сказала я. – Представь только, что бы тут началось, если бы путешественники во времени стали хватать из прошлого динозавров и саблезубых тигров, или короля гуннов Аттилу, или Адольфа Гитлера.

Мама закончила разговаривать по телефону.

– Они решили остаться там на ночь, – сказала она. – В целях безопасности.

– Где это «там»? – спросил Ник.

Мама не ответила.

– Бабушка Мэдди! С тобой всё в порядке?

Двенадцать колонн в замке времён,
Двенадцать зверей правят царством.
Пять – это ключ и основа в одном,
Могучий орёл от земли оторвался.
Так по кругу двенадцать, двенадцать и два.
Сокол седьмой по рожденью,
Но в жизни он тройка едва.

Из тайных рукописей графа Сен-Жермена.

Глава четвёртая

Бабушка Мэдди сидела, не шевелясь, окаменевшим взглядом уставившись в пустоту. Руками она крепко вцепилась в подлокотники.

Странная бледность залила её лицо.

– Бабушка Мэдди? Мама, мама, у неё что, удар? Бабушка Мэдди! Ты меня слышишь? Бабушка Мэдди! – я хотела взять её за руку, но мама удержала меня.

– Не трогай! Не смей трогать её сейчас!

Кэролайн заплакала.

– Что с ней? – крикнул Ник. – Может, подавилась?

– Надо вызвать скорую, – сказала я. – Мама, ну сделай же что-нибудь!

– Это не удар. И ничем она не подавилась. У неё видение, – сказала мама. – Это скоро кончится.

– Ты уверена? – окаменевший взгляд бабушки Мэдди испугал меня не на шутку. Веки неподвижные, а зрачки – огромные.

– Здесь вдруг стало так холодно, – прошептал Ник. – Ты тоже чувствуешь?

Кэролайн тихонько захныкала.

– Ну пожалуйста, сделай так, чтобы это прекратилось!

– Люси! – крикнул кто-то. Мы испуганно прижались друг к другу. Потом до нас дошло, что кричала бабушка Мэдди. Действительно, стало прохладней.

Я оглянулась, но привидений в комнате видно не было.

– Люси, милое дитя, она ведёт меня к дереву. К дереву с красными ягодами. О, где всё? Я больше не вижу. Вот что-то лежит у корней. Огромный драгоценный камень. Это отшлифованный сапфир. Яйцо. Яйцо из сапфира. Какое оно красивое. Какое дорогое. Но вот на нём появились трещины. О, оно рассыпается, рассыпается, а из него… вылупилась маленькая птичка. Это ворон. Он неуклюже вспорхнул на дерево, – бабушка Мэдди рассмеялась. Но взгляд её оставался неподвижным, а руками она крепко держалась за подлокотники. – Поднялся ветер, – смех бабушки Мэдди внезапно замер. – Это ураган. Всё кружится. Я лечу. Я лечу с вороном прямо к звёздам. Башня. Сверху на башне огромные часы. Там наверху, на часах, кто-то сидит и болтает ногами. А ну, спускайся, безрассудная ты девчонка! – её голос вдруг задрожал от страха.

Она перешла на крик:

– Ураган сорвёт её. Слишком высоко. Что она там делает? Тень! Большая птица кружит по небу. Вот! Она бросается прямо на неё. Гвендолин! Гвендолин!

Терпеть это было невозможно. Я отстранила маму, взяла бабушку Мэдди за плечи и легонько потрясла.

– Вот же я, бабушка Мэдди! Прошу тебя, посмотри!

Бабушка Мэдди повернула голову и поглядела на меня. Постепенно щёки её снова порозовели.

– Ангел мой, – сказала она, – это было столь легкомысленно с твоей стороны… забраться так высоко!

– Ты в порядке? – я посмотрела на маму. – Ты уверена, что это не опасно?

– Это было видение, – сказала мама. – Она в порядке.

– Нет, не в порядке! Это было плохое видение, – сказала бабушка Мэдди. – То есть, начало было вполне симпатичным…

Кэролайн перестала плакать. Они с Ником с опаской уставились на бабушку Мэдди.

– Просто жуть, – сказал Ник. – Вы заметили, какой тут холод?

– Это тебе кажется, – сказала я.

– Нет, не кажется!

– Я тоже заметила, – сказала Кэролайн. – У меня прямо мурашки по коже пробежали.

Бабушка Мэдди взяла маму за руку:

– Я встретила твою племянницу Люси, Грейс. Она выглядела совсем как прежде. Эта славная улыбка…

Казалось, что мама вот-вот заплачет.

– А всё остальное я опять не поняла, – продолжала бабушка Мэдди. – Яйцо из сапфира, ворон, Гвендолин на башне, а затем та злая птица. *Ты* понимаешь, о чём это?

Мама вздохнула.

– Нет конечно, тётя Мэдди, это же *твоё* видение, – она опустилась на стул.

– Но от этого понятней оно не становится, – сказала бабушка Мэдди. – Ты записывала за мной, чтобы мы потом смогли всё рассказать твоей матери?

– Нет, тётя, не записывала.

Мэдди наклонилась.

– Тогда мы сейчас же должны всё записать. Так, сначала была Люси, затем дерево, красные ягоды… может, рябина? Там лежал этот драгоценный камень, отшлифованный в форме яйца... о, как же есть захотелось! Надеюсь, вы не начинали без меня десерт. Сегодня мне полагается по меньшей мере двойная порция. Или тройная.

– Это был действительно настоящий кошмар, – сказала я. Кэролайн и Ник уже отправились спать, а я сидела на краешке маминой кровати и пыталась незаметно подвести разговор к моей проблеме, дескать: «*Мама, сегодня после обеда кое-что случилось, и я боюсь, что это случится снова*».

Мама была поглощена вечерним туалетом. Она уже намазала ночной крем на лицо. Тщательный уход за кожей действительно не был пустой тратой времени. То, что маме за сорок, не замечал никто.

– Я первый раз наблюдала видение бабушки Мэдди, – сказала я.

– В первый раз у неё видение во время ужина, – ответила мама. Теперь она как раз наносила крем на кисти рук и втирала его. Она всегда уверяла, что возраст человека легко определить по коже на руках и шее.

– А можно к её видениям относиться всерьёз?

Мама пожала плечами:

– И да, и нет. Ты же сама слышала, как запутанно она говорит. Но почему-то её видения всегда подходят к какой-нибудь ситуации. За три дня до смерти дедушки у неё тоже было видение. О чёрной пантере, которая прыгнула ему на грудь.

– Дедушка умер от сердечного приступа. Всё подходит.

– С её видениями всегда так. Хочешь тоже руки помазать?

– А ты в них веришь? Я не о руках, а о видениях бабушки Мэдди.

– Я верю, что бабушка Мэдди действительно видит то, о чём говорит. Но это ещё вовсе не значит, что она тем самым предсказывает будущее. Или что-то другое.

– Не понимаю! – я подставила маме руки, а она начала втирать крем.

– Это, девочка моя, почти как с привидениями. Я убеждена, что ты их видишь, так же, как я верю тёте Мэдди, что видения у неё бывают.

– Значит, хотя ты и веришь в то, что я вижу привидений, это вовсе не значит, что они есть на самом деле? – крикнула я и возмущённо убрала руки.

– Я действительно *не знаю*, существуют ли привидения, – сказала мама. – Но это не имеет ровно никакого значения, что я там сама себе думаю.

– Но если представить, что их нет, то это значит, что я всё выдумала! А это значило бы, что я сошла с ума!

– Нет, – сказала мама, – это просто значило бы, что... доченька, я и сама не знаю. Иногда у меня такое чувство, что в этой семье все большие фантазёры. И мы жили бы гораздо спокойней и счастливей, если бы ограничились только тем, во что верят *нормальные* люди.

– Понимаю, – сказала я. Наверное, некстати было бы выбалтывать сейчас маме все последние новости: «*Эй, мам, сегодня после обеда мы побывали в прошлом – я и моя ненормальная фантазия!*»

– Не обижайся, пожалуйста, – сказала мама. – Я знаю, что есть вещи на свете, которые мы не можем объяснить. Но, возможно, мы придаём им слишком большое значение, и очень часто над ними задумываемся. Ни тебя, ни тётю Мэдди я не держу за сумасшедших. Но скажи честно: ты правда веришь, что её видение как-то связано с твоим будущим?

– Наверное…

– Вот как? У тебя в ближайших планах – забраться на башню, сидеть там рядом с часами и болтать ногами?

– Конечно, нет. Но, наверное, это какое-то иносказание.

– Может, да. А может, и нет. Только сейчас, девочка моя, давай-ка спать. День сегодня был длинный, – она поглядела на часы у изголовья кровати.

– Надеюсь, с Шарлоттой это скоро случится. О, как же я хочу, чтобы у неё наконец-то всё произошло!

– А может, у Шарлотты тоже слишком богатая фантазия, – сказала я, встала и поцеловала маму в щёку.

Завтра попробую ещё раз. Возможно.

– Спокойной ночи.

– Спокойной ночи, хорошая моя. Я тебя люблю.

– И я тебя, мама.

Когда я закрыла дверь своей комнаты и залезла под одеяло, то почувствовала себя ужасно. Я знала, что должна была всё рассказать маме. Но то, что она сказала, кажется, тоже имело смысл. У меня действительно была бурная фантазия. Только одно дело – фантазировать, а совсем другое – уверить себя, что ты путешествуешь во времени.

Люди, которым такое кажется, лечатся обычно в специальных заведениях.

И хорошо, что лечатся. Может, я одна из тех, кто рассказывает, как их забирали инопланетяне. Может, я просто свихнулась.

Я выключила настольную лампу и поудобней свернулась под одеялом. Что хуже, сойти с ума или вправду прыгать во времени?

Наверное, всё же последнее. От первого хотя бы таблетки помогают.

В темноте мне снова стало страшно. Снова я подумала о том, с какой огромной высоты я бы падала отсюда до земли, потом опять включила лампу и отвернулась к стене. Я попыталась размышлять о чём-нибудь простом, безобидном, чтобы заснуть. Но это никак не удавалось. Наконец, я начала считать от тысячи до единицы. Должно быть, я всё-таки заснула, потому что увидела во сне огромную птицу. Я резко вскочила, сердце бешено стучало.

Оно вернулось – это чувство, когда в животе всё сжимается и переворачивается. В панике я спрыгнула с кровати и побежала вниз, в комнату к маме. Колени мои дрожали.

Мне было всё равно, посчитает она меня сумасшедшей или не посчитает, я только хотела, чтобы это чувство ушло. К тому же, мне совсем не хотелось свалиться с высоты третьего этажа прямо в болото!

Я едва успела добежать до коридора, как что-то сбило меня с ног. В полной уверенности, что песенка моя спета, я крепко зажмурилась. Но упала я всего лишь на колени, пол остался там же, а под ногами был тот же знакомый паркет.

Я осторожно открыла глаза. Стало гораздо светлее, как будто за прошедшие три секунды вдруг резко рассвело.

Вначале я надеялась, что ничего не случилось, но потом увидела, что коридор, где я очутилась, выглядел совсем по-другому. Стены – тёмно-оливкового цвета, а на потолке не было ни единой лампы.

Из комнаты Ника донеслись голоса. Женские голоса.

Я быстро поднялась с колен. Если бы меня сейчас кто-то увидел! Как бы я, интересно, объяснила, откуда я тут взялась? В пижаме с вышитым котиком из Хэллоу Китти.

– Не могу я больше так рано вставать! – сказал первый голос. – Вальтеру позволено спать до девяти. А нам? Я бы уж лучше осталась в деревне и доила бы своих коров дальше.

– Вальтер полночи на службе, Кларисса. Ты чепчик криво надела, – сказал второй голос. – Заправь хорошенько волосы, а не то рассердишь миссис Мейсон.

– Она всё равно рассердится, – пискнул первый голос.

– Есть экономки и построже, дорогая моя Кларисса. Пойдём скорей, мы уже опаздываем, Мэри уж четверть часа как спустилась.

– Да. И даже успела заправить кровать. Всегда прилежная, всегда чистоплотная. Точно такая, как желает миссис Мэйсон. Но она неспроста так старается. Ты щупала её одеяло когда-нибудь? Оно совсем мягкое, так нечестно!

Я должна была срочно смываться. Но куда? Хорошо, что я хотя бы знала, где что находится в этом доме.

– Моё одеяло страшно колется, – пожаловался голос Клариссы.

– Зимой только рада будешь, что оно у тебя есть. Пойдём скорей!

Дверная ручка повернулась. Я ринулась к встроенному шкафу, распахнула дверцу и забралась вовнутрь. В тот же момент открылась дверь комнаты Ника.

– Я только одного не могу понять: почему моё одеяло колется, а Мэри досталось мягкое, – сказал голос Клариссы. – Здесь всё так несправедливо. Бетти разрешается ездить с леди Монтроуз в деревню. А мы должны всё лето прозябать в душном городе.

– Тебе бы следовало меньше капризничать, Кларисса.

Я могла только согласиться со второй женщиной. Эта Кларисса была жуткой капризулей. Я услышала, как обе они спустились по лестнице, и вздохнула с облегчением.

Ещё чуть-чуть, и могла бы не успеть. Как хорошо, что я знала этот дом как облупленный. Но что делать теперь? Сидеть в шкафу и ждать, пока меня унесёт обратно? Это, наверное, был самый безопасный вариант. Я скрестила руки и приготовилась.

Вдруг мне показалось, что в темноте кто-то стонет. Я окаменела от страха. Это ещё что такое?

– Кларисса, это ты, что ли? – спросил кто-то из недр шкафа. Это был мужской голос. – Я что, проспал?

В нашем шкафу *действительно* кто-то спал! Что ещё за порядки!

– Кларисса! Мэри! Кто здесь? – спросил голос. Чувствовалось, что он уже совсем проснулся. Кто-то закопошился в темноте. Чья-то рука пошарила вокруг и неожиданно схватила меня за спину. Я не стала дожидаться, пока меня совсем заграбастают, а скорей открыла дверцу и выскочила.

– Стоять! Стоять, кому говорят!

Я быстро оглянулась. Молодой мужчина в длинной белой ночной рубахе выскочил из шкафа и погнался за мной.

Я побежала вниз по лестнице. Где бы спрятаться? За моей спиной гремели шаги обитателя шкафа, при этом он громко ревел: «Держите воровку!»

Воровку? Я, кажется, ослышалась! Что это, интересно, я бы там у него украла такого? Спальный колпак, разве что.

Хорошо, что эти ступеньки я знала наперечёт. Каждую-каждую ступеньку. Я со скоростью света преодолела два этажа, пронеслась мимо картины с пра-пра-пра-пра-

прадедушкой Хью, и с сожалением побежала дальше. Потайная дверь была бы отличным выходом из этой глупой ситуации.

Но механизм всегда немного заедал, и пока я копалась бы с дверью, мужчина в ночном халате легко схватил бы меня. Нет, мне нужно укрытие получше.

На втором этаже я чуть не сбила с ног девочку в чепчике. Она громко пискнула и выпустила из рук кружку, прямо как в сцене из какого-то фильма. Содержимое кружки вместе с осколками оказалась у нас под ногами.

Я надеялась, что мой преследователь тоже, как в фильме, поскользнётся и упадёт. В любом случае, он не так-то быстро пробежит мимо.

Этот манёвр я использовала, чтобы сбежать по лестнице к оркестровой яме. Я рывком открыла дверцу в маленькую каморку под лестницей и свернулась там, как могла.

В моё время здесь тоже было полно пыли, мусора и пауков. Сквозь щели ступенек в каморку проникало немного света. Его было достаточно, чтобы видеть – по крайней мере в этом шкафу никто не спит. Как и у нас, дальний угол был забит всяким хламом.

Надо мной раздались громкие голоса. Мужчина в ночном халате общался на повышенных тонах с бедной девочкой, которая выронила кружку.

– Определённо – воровка! Я её в этом доме раньше не видала.

Ей вторили другие голоса.

– Она побежала вниз. В доме наверняка орудуют ещё воришки из её шайки!

– Я не смогла ничего поделать, миссис Мэйсон. Эта воровка просто накинулась на меня. Они, наверное, решили украсть драгоценности хозяйки.

– Мне никто навстречу не бежал. Значит, она где-то здесь. Закройте входную дверь и обыщите дом, – скомандовал энергичный женский голос. – А вы, Вальтер, ступайте наверх и наденьте что-нибудь приличное. Вид ваших волосатых ног – не самое лучшее начало дня.

О ужас! Ребёнком я часто пряталась в этой каморке, но никогда ещё я так не боялась, что меня могут обнаружить. Осторожно, чтобы не издать ни звука, я втиснулась подальше в старый хлам. По моей руке пробежал паук, я еле удержалась, чтобы не завизжать, такой он был огромный.

– Лестер, мистер Дженкинс и Тод, вы обыскиваете первый этаж и подвалы. Мэри и я прочёсываем второй этаж. Кларисса дежурит у запасного выхода. Хелен – у главного.

– А если она выберется через кухню?

– Тогда ей сначала придётся повстречаться с миссис Крейм и её чугунными сковородками. Проверьте все каморки под лестницей, загляните за всё портьеры и шторы!

Я совсем растерялась.

Вот чёрт. Это всё было совершенно – невозможно! Я сидела в пижаме среди толстых пауков, пыльной мебели и…. фу-у-у-у-у, это что, выпотрошенный крокодил? Так вот, я сидела в коморке и ждала, что с минуты на минуту меня схватят за кражу имущества. А всё потому, что где-то произошла ошибка, и Исаак Ньютон промахнулся.

От негодования и беспомощности я заплакала. Может, эти люди посочувствуют и отпустят меня, если найдут в таком состоянии. В темноте насмешливо мерцали крокодильи глазки. Всюду слышны были шаги. Пыль летела изо всех щелей и забивалась в глаза.

Но вдруг я снова почувствовала, что в животе крутит и тянет. Никогда ещё я не была этому так рада, как теперь.

Крокодил исчез, всё вокруг завертелось. Снова стало тихо. И темным-темно.

Я глубоко вздохнула. Не паниковать! Скорее всего, я прыгнула назад в своё время и сидела теперь, крепко зажатая пыльным хламом своего времени. Здесь, однако, тоже было достаточно толстых больших пауков.

Что-то едва заметно коснулось моего лица. Вот теперь можно и понервничать! Я неистово замолотила руками по воздуху и вытащила ноги из-под комода. Он скрежетал, доски трещали, старая лампа опрокинулась на пол. Вернее, мне показалось, что это была лампа, ведь ничего не было видно.

Но мне удалось освободиться. На ощупь я подползла к двери и выбралась из укрытия. За стенами чулана тоже было темно, но можно было различить контуры перил, высоких окон, мерцающих люстр. И контуры человека, который шёл на меня. Луч фонарика слепил глаза.

Я открыла рот, чтобы закричать, но не успела выдавить из себя ни звука.

– Вы что-то хотели найти в чулане, мисс Гвендолин? – спросил человек. Это был мистер Бернхард. – С удовольствием окажу любую помощь в ваших поисках.

– Э… я… в общем… – от страха у меня всё ещё перехватывало дыхание. – А *вы* что тут делаете?

– Я услыхал шум, – сказал мистер Бернхард голосом, полным достоинства. – Вид у вас немного… запыленный.

– Да, – вид у меня действительно был пыльный, расцарапанный, зарёванный. Я растерянно размазывала по щекам слёзы.

Мистер Бернхард рассматривал меня своими совиными глазами при свете карманного фонарика. Я заносчиво окинула его взглядом. Нам что, запрещается по ночам сидеть в шкафу? А раз нет, то мистера Бернхарда подробности дела не касаются.

Интересно, спит он тоже в очках?

– До утра ещё два часа, – проговорил, наконец, мистер Бернхард. – Рекомендую вам провести их под одеялом в своей комнате. А я поднимусь к себе и тоже немного отдохну. Спокойной ночи.

– Спокойной ночи, мистер Бернхард, – сказала я.

Хроники Хранителей
12 июля 1851 года

Несмотря на тщательный обыск дома, воровку, которую видели рано утром в доме лорда Горацио Монтроуза (Внутренний Круг) в замке Бурдон, обнаружить не удалось. Вероятно, ей удалось вылезти через окно в сад. Экономка, миссис Мейсон, составила список похищенных вещей. Столовое серебро и драгоценные украшения леди Монтроуз, среди них колье, подаренное герцогом фон Веллингтоном матери лорда Монтроуза. Леди Монтроуз на данный момент проводит время в сельской местности.

Отчёт: Дэвид Лойд, адепт второго уровня.

Глава пятая

– Вид у тебя убитый, – заметила Лесли на перемене. Мы вышли во двор школы.

– Если б ты только знала, как ужасно я себя чувствую.

Лесли взяла меня за руку:

– Но даже эти круги под глазами тебе идут, – она попыталась хоть как-то взбодрить меня. – А глаза у тебя из-за них кажутся даже голубее.

Я не могла не улыбнуться. Какая же Лесли всё-таки милая! Мы сидели на лавочке под каштаном и шептались. Говорить громко не получалось, потому что прямо за нами примостилась Синтия Дейл со своей подружкой. А с другой стороны пищалка-басилка Гордон Гельдерман и двое других мальчишек из нашего класса спорили о футболе. Мне не хотелось, чтобы они слышали нашу с Лесли беседу. Я и так казалась им более чем странной.

– Ах, Гвен! Тебе надо было всё же поговорить с мамой!

– Ты повторяешь это раз, наверное, пятидесятый за день.

– И ещё раз повторю! Ведь правда же. Не могу понять, почему ты этого не сделала!

– Да потому что… честно говоря, я и сама не знаю. Я всё ещё немножко надеялась, что это не повторится.

– Взять хотя бы твоё ночное приключение – ведь произойти могло что угодно! А пророчество твоей бабушки: оно может означать только одно – ты в большой опасности. Часы – это путешествия во времени, высокая башня – это опасность, а птицы… эх, не надо было тебе её будить! Может, она выдала бы ещё что-то интересное. Я постараюсь разведать как можно больше сегодня после уроков: ворон, сапфир, башня, рябина. Я наткнулась в Интернете на одну страничку, кстати, довольно неплохую. Там описаны всякие необъяснимые явления. А ещё у нас теперь целая куча книг про путешествия во времени. И фильмов. «Назад в будущее», с первой по третью часть. Может, нам оттуда тоже что-нибудь пригодится.

Я с удовольствием вспомнила, как весело обычно валяться у Лесли на диване и пересматривать фильмы. Иногда мы выключали звук и сами говорили вместо героев.

– У тебя голова кружится?

Я отрицательно покачала головой. Сейчас я испытала на собственной шкуре, каково приходилось Шарлотте последние несколько недель. Эти вопросы кого хочешь с ума сведут. Плюс я постоянно прислушивалась к собственным ощущениям и каждую секунду ждала нового головокружения.

– Если бы только знать, когда это случится снова, – сказала Лесли. – Это так нечестно, Шарлотту готовили-готовили, а тебе теперь отдуваться.

– Вот уж не знаю, что бы на моём месте сделала Шарлотта, если бы сегодня ночью её так же, как и меня, преследовал этот дядька в ночнушке, – сказала я. – Что-то не верится, что фехтование и танцы хоть сколько-нибудь помогли бы в такой ситуации. Жаль, конечно, но и коня, чтобы погарцевать вокруг, там и в помине не было.

Я захихикала, представив себе, как Шарлотта вместо меня бегает по дому, спасаясь от дикого Вальтера-из-шкафа. Может, она бы вытащила из стены шпагу и устроила бедной прислуге порку по-шарлоттински.

– Нет же, дурочка ты. Но всего этого не произошло бы, потому что она просто перелетела бы куда-нибудь в другое время с помощью хронографа. Давай, рискуй дальше собственной жизнью, вместо того, чтобы рассказать семье, что не ту они учили все эти годы.

– Может, Шарлотта тоже за это время успела прыгнуть во времени. Мы ведь с тобой не в курсе. Тогда они получили то, что хотели.

Лесли вздохнула и начала сворачивать в трубочку распечатки, лежавшие у неё на коленях. Она придумала для меня что-то вроде папки с очень полезной информацией. Или не очень полезной. Например, она собрала фото старых автомобилей и подписала для каждого из них год выпуска. Согласно этому каталогу, машина, которую я встретила вчера, была собрана в 1906 году.

– Джек Потрошитель орудовал в Ист-Энде. И это было в 1888 году. Ужасно глупо, но кто он был такой, этот Джек, так и не выяснили. Подозреваемых было море, но доказать их вину не получалось. В общем, если ты вдруг заблудишься в Ист-Энде 1888-го, помни, что в этом райончике особенно опасно.

Великий лондонский пожар случился в 1666. Чума была, в сущности, во все времена, но в 1348-м, 1528-м и 1664-м дела с ней обстояли совсем плохо.

Так, дальше. Бомбардировки времён Второй мировой войны. Начались в 1940-м, весь Лондон был разрушен. Тебе надо выяснить, пострадал ли твой дом, если нет, то ты в безопасности. Если его всё-таки взорвали, то неплохое местечко для укрытия – Собор Святого Павла. Туда несколько раз попал снаряд, но собор чудом устоял. Если припечёт, можешь попробовать укрыться там.

– Как-то всё это ужасно опасно, – сказала я.

– Ага, я тоже раньше представляла себе прошлое в гораздо более романтичном ключе. Мне казалось, что Шарлотта живёт в своих собственных исторических фантазиях. Что она танцует с мистером Дарси на балу. Влюбляется в сексапильного шотландского горца. Говорит Анне Болейн, что она ни в коем случае не должна выходить замуж за Генриха VIII. И всё в таком духе.

– Анна Болейн – эта та, которой голову отрубили?

Лесли кивнула.

– Был такой суперский фильм с Натали Портман. Могу взять в прокате. ...Гвен, пообещай мне, что поговоришь сегодня с мамой.

– Обещаю. Поговорю сегодня вечером.

– А где, собственно, Шарлотта? – из-за дерева высунулась голова Синтии Дейл. – Так хотелось скатать у неё сочинение по Шекспиру. То есть, я хотела сказать, я позаимствовала бы у неё парочку опорных пунктов.

– Шарлотта заболела, – сказала я.

– Что же с ней такое?

– Э... ну...

– Понос, – сказала Лесли. – Совершенно зверский понос. Всё время в туалете торчит.

– Фи-и-и, уж пожалуйста, избавь от подробностей, – сказала Синтия. – А можно тогда почитать ваши сочинения?

– Мы пока ещё сами не дописали, – сказала Лесли. – Мы хотим ещё посмотреть фильм «Влюблённый Шекспир».

– Моё сочинение можешь прочитать, – сказал глухим басом Гордон Гельдерман. Он появился с другой стороны от Синтии. – Всё дословно скатал из Википедии.

– Я уж тогда в Википедии и посмотрю, – сказала Синтия.

Раздался звонок.

– Полтора часа английского, – простонал Гордон. – Врагу не пожелаешь. Но Синтия, небось, только и ждёт своего принца на белом коне.

– Гордон, заткнись.

Но затыкаться Гордон как раз не любил.

– Уж не знаю, чем вам всем так нравится мистер Уитмен. Он же голубой!

– Бред, – сказала Синтия и возмущённо встала.

– Ясное дело, голубой, – Гордон последовал за ней к двери.

До третьего этажа он Синтию так заболтает, что мало не покажется, у него это хорошо получается, даже передышку на вдох-выдох может не делать.

Лесли поморщилась:

– Пойдём уже! – сказала она и протянула руку, чтобы поднять меня со скамейки.

– К бельчонку-принцу!

На лестнице между вторым и третьим этажом мы снова нагнали Синтию и Гордона. Они всё ещё перемывали косточки мистеру Уитмену.

– Да уже по одному глупому перстню с печаткой всё понятно, – сказал Гордон. – Такие штуки только геи носят.

– Мой дедушка тоже всегда носил перстень с печаткой, – сказала я, хотя мне вовсе не хотелось вмешиваться.

– Тогда твой дедушка тоже гей, – отреагировал Гордон.

– Ты просто завидуешь, – сказала Синтия.

– Завидую? Кому? Этому тюфяку?

– Именно! Потому что мистер Уитмен самый симпатичный, самый мужественный, самый красивый, самый гетеросексуальный мужчина в мире! И потому что ты рядом с ним просто глупый хиленький малютка.

– Спасибо большое за комплимент, – сказал мистер Уитмен. Он незаметно оказался за нашими спинами. Под локтем у него была зажата кипа бумаг, а выглядел он как всегда непревзойдённо. (Но всё-таки немного побеличьи.)

Синтия стала красней самого красного помидора. Мне было искренне её жаль.

Гордон злорадно усмехнулся.

– А тебе, дорогой мой Гордон, стоит почитать что-нибудь о перстнях и тех, кто их носит, – сказал мистер Уитмен. – До конца недели жду от тебя на эту тему маленькое сочинение.

Тут пришёл черёд покраснеть Гордону. Но в отличие от Синтии, он был в состоянии переспросить:

– По английскому или по истории? – проблеял он.

– Я бы с удовольствием прочитал в твоём сочинении об исторических аспектах этого вопроса. Но оставляю тебе полную свободу действий. Решай сам. Итак, пять страниц до понедельника! – мистер Уитмен открыл дверь в кабинет и озарил нас сияющей улыбкой. – Вы проходите? – спросил он Гордона.

– Только после вас, – пробурчал тот.

Лесли ободряюще похлопала Гордона по плечу:

– Я думаю, всё дело в противоположности взглядов.

– Пожалуйста, скажи мне, что это был только сон, – сказала Синтия.

– Это был только сон, – охотно отозвалась я, – и мистер Уитмен не слышал ни слова о том, что ты считаешь его самым сексуальным мужчиной на планете.

Синтия со стоном плюхнулась на стул.

– О, земля, поглоти меня!

Я села на своё место рядом с Лесли.

– Бедняжка всё ещё красная как рак.

– Думаю, этот оттенок останется у неё до конца школьных лет. Ой-ой, и правда, неудобно получилось.

– Может, он будет ей теперь оценки завышать.

Мистер Уитмен посмотрел на место Шарлотты, и лицо его при этом стало задумчивым.

– Шарлотта заболела, – сказала я. – Не знаю, успела ли тётя позвонить в школу и предупредить...

– У неё понос, – брякнула Синтия.

Очень уж ей не хотелось, наверное, быть сегодня единственным поводом для насмешек.

– Всё в порядке, – сказал мистер Уитмен. – Она будет отсутствовать ещё несколько дней, пока всё не... нормализуется.

Он отвернулся от нас и написал на доске: *Сонет.*

– Кто знает, сколько сонетов написал Шекспир?

– Что это он имел в виду под своим «нормализуется»? – шёпотом спросила я Лесли.

– Уж точно не понос, – ответила Лесли.

Мне тоже так показалось.

– А ты когда-нибудь рассматривала его перстень? – прошептала Лесли.

– Нет, а ты?

– Там изображена звезда! Двенадцатиконечная звезда!

– И что с того?

– Двенадцать кончиков, как в часах.

– Нет в часах никаких кончиков.

Лесли нервно поморщилась:

– Ты что, не понимаешь? Двенадцать! Часы! Время! Путешествия во времени! Говорю тебе, он… Гвен! Что с тобой?

– Вот чёрт! – сказала я. Мой желудок снова катался на американских горках.

Лесли озадаченно уставилась на меня.

– О нет!

Я также была озадачена. Последнее, чего бы мне хотелось, так это раствориться в воздухе на глазах одноклассников. Поэтому я встала и поковыляла к двери, прижав руку к животу.

– Боюсь, меня сейчас вырвет, – сказала я мистеру Уитмену и, не дожидаясь его ответа, распахнула дверь и вывалилась в коридор.

– Может, кто-нибудь проводит Гвендолин? – спросил мистер Уитмен. – Лесли?

Лесли выскочила следом и захлопнула дверь класса.

– Так, быстрей! Побежали в туалет, там нас никто не увидит! Гвен? Гвенни?

Лицо Лесли исчезло, голос доносился откуда-то издалека, а потом она пропала.

Я стояла в коридоре, расцвеченном роскошными золотыми обоями. Под моими ногами вместо прочного панельного пола простирался отполированный до блеска, прекрасный инкрустированный паркет.

По всей видимости, на дворе была ночь или, по меньшей мере, вечер. На стенах горели свечи в изящных канделябрах. На расписном потолке сверкали люстры, в которых, потрескивая, плавились свечи. Всё утопало в мягком, золотистом свете. Первое, что я подумала, было: *О, отлично, я никуда не провалилась.* А второе: *Где же тут спрятаться, пока меня никто не нашёл?*

В доме я была не одна. Снизу доносилась музыка – кто-то играл на скрипке. И пел. Было слышно много голосов. Очень много голосов. От знакомой мне обстановки коридора школы Сент-Леннокс не осталось почти ничего.

Я попробовала вспомнить, как располагались кабинеты, то есть, комнаты.

За моей спиной – дверь в наш класс. Прямо напротив миссис Каунтер как раз проводит урок географии для шестого класса. Рядом – подсобка. Если спрятаться там, то хотя бы возвратиться мне удастся незамеченной.

Но подсобка почти всё время была заперта. Да уж, не лучшая идея, надо придумать что-то другое.

Если я вдруг ни с того ни с сего окажусь в закрытой комнатке, придётся выкручиваться. То есть, правдоподобно наврать, каким образом я умудрилась туда забраться.

Если же я отправлюсь в другую комнату, то какому-нибудь классу и учителю предстоит лицезреть весёлую картину, как я материализовываюсь из ниоткуда прямо в их кабинете. В такой ситуации объясняться будет ещё сложнее. Наверное, просто останусь тут в коридоре и буду ждать, пока меня не унесёт обратно. Два моих первых прыжка длились не более пары минут, можно надеяться, что и тут я надолго не задержусь.

Я прислонилась к бархатной стене и стала с тоской следить за собственными ощущениями – не начинается ли новое головокружение. Снизу доносились смех и звон бокалов, затем снова кто-то заиграл на скрипке. Казалось, что тем людям внизу очень весело. Может, среди них был и Джеймс. Он ведь жил здесь когда-то. Я представила себе Джеймса, совершенно живого. И вообразила даже, как он танцует где-то там, внизу.

Жаль, что мы не встретимся. Хотя он вряд ли бы обрадовался, если бы узнал, как мы познакомились. То есть, откуда мы были бы знакомы, если бы он уже умер. То есть, после того, как он уже умер. Знать бы, от чего он умер, можно было бы его предостеречь. Например, так: *Привет, Джеймс, пятнадцатого июля на Парк Лейн тебе на голову упадёт кирпич, так что лучше пережди пятнадцатое июля дома.* Жалко, но Джеймс не знал, отчего скончался. Он вообще был не в курсе, что умирал… что умер. То есть, что умрёт. То есть, что умер бы, если бы… чем больше я думала обо всём этом временном винегрете, тем больше запутывалась.

На лестнице раздались шаги. Кто-то бежал мне навстречу.

Ой, их было двое. Чёрт! Уже и пару минут спокойно постоять не дадут. Куда же теперь деваться? Я решилась забежать в кабинет напротив, где учились шестиклашки. Ручка двери никак не поддавалась. Прошло ещё несколько секунд, пока я поняла, что нажимать надо не вниз, а вверх.

Когда я наконец проскользнула в комнату, те двое были уже совсем близко. На стене комнаты тоже горели свечи. Какое легкомыслие, оставлять огонь без присмотра! Меня ругали, даже если я просто забывала вечером задуть малюсенькую свечку.

Я огляделась в поисках укромного места, но в комнате было почти пусто. Стояли только диван на витых золочёных ножках, письменный стол и стулья с дорогой обивкой. Существу крупнее юной мышки спрятаться здесь было совершенно негде. Мне не оставалось ничего другого, как только встать за ниспадавшие до земли золотые шторы. Не очень-то оригинальное укрытие. Но ведь никто меня и не искал.

В коридоре послышалась беседа двух голосов.

– Ты куда? – спросил мужской голос. Он казался очень рассерженным.

– Куда угодно! Лишь бы подальше от тебя, – ответил второй голос. Это был голос девочки. Плачущей девочки, если быть точной. К моему ужасу, она вбежала именно в эту комнату. А за ней и мужчина. Их мерцающие тени были видны через штору.

Конечно, иначе и быть не могло! Из всех комнат на этаже они, ясное дело, выбрали именно эту.

– Оставь меня в покое, – сказал женский голос.

– Не могу, – сказал мужчина. – Каждый раз, когда я оставляю тебя одну, ты совершаешь что-нибудь необдуманное.

– Поди прочь! – повторила девочка.

– Нет, я этого не сделаю. Послушай, мне действительно жаль, что так получилось. Я не должен был этого допустить.

– Но допустил ведь! Потому что ты глаз с неё не сводишь!

Мужчина тихо засмеялся.

– Да ты ревнуешь!

– А тебе только этого и надо!

Прекрасно! Любовная ссора! Такое могло затянуться надолго. Я тут усохну за этой шторой, пока дождусь прыжка обратно в своё время. А там придётся сделать сюрприз миссис Каунтер, появиться на её уроке прямо у подоконника. Может, сказать миссис Каунтер, что я участвовала в опыте по физике? Или что я там давно стою, а она вот только заметила.

– Граф будет нас искать, – сказал мужской голос.

– Пусть твой ненаглядный граф пошлёт за нами своего названого брата из Трансильвании. Может, он никакой и не граф. Титул его такая же фальшивка, как и розовые щёчки этой... как её там? – девочка гневно шмыгнула носом.

Эта привычка показалась мне знакомой. Очень знакомой. Крайне осторожно я отодвинула штору. Спорщики стояли возле двери, я могла разглядеть их профиль. Девочка действительно оказалась девочкой, на ней было фантастически красивое платье из тёмно-голубого шёлка и вышитой парчи, с таким длинным подолом, что он вряд ли прошёл бы в обычную дверь. Волосы у неё были белоснежные. Они громоздились на голове в виде башни и ложились на плечи изящными кудряшками. Это наверняка был парик. У мужчины волосы тоже были светлые, собранные на затылке в хвост. Они оба выглядели очень молодыми и симпатичными, особенно мужчина. Вообще, это был скорее мальчик, лет, эдак, восемнадцати-девятнадцати. Выглядел он просто сногсшибательно. Прекрасный мужской профиль, как раз по мне. Я смотрела и не могла насмотреться, высунувшись довольно далеко из своего укрытия, намного дальше, чем следовало.

– Вот уж снова я забыл ваше имя! – сказал, смеясь, юноша.

– Лжец!

– Граф ничего не может сделать для господина Ракоци, – юноша снова стал совершенно серьёзным. – Он накажет его со всей строгостью. Ты можешь не любить графа, но уважать обязана.

Девочка снова презрительно шмыгнула носом, и у меня опять появилось чувство чего-то до боли знакомого.

– *Ничего* я не обязана! – сказала она и резко развернулась к окну. А значит, ко мне. Я хотела снова спрятаться за шторой, но застыла как вкопанная. Этого не может быть! У девочки было *моё* лицо! Я глядела в мои собственные глаза, в мои собственные испуганные глаза!

Девочка, кажется, тоже растерялась, но пришла в себя от испуга гораздо быстрее меня. Она выразительно замахала рукой: *Прячься! Исчезни!*

Тяжело дыша, я снова укрылась за шторой.

Кто это такая? Не может быть, чтобы в двух разных людях было столько сходства. Я *должна* посмотреть на неё ещё раз.

– Что это было? – раздался голос юноши.

– Ничего! – сказала девочка. Это что же, *мой* голос?

– У окна.

– Ничего там нет!

– Там может кто-нибудь прятаться и подслуши…

Предложение закончилось неожиданным возгласом.

Вдруг стало совсем тихо. Что там ещё снова случилось?

Не раздумывая, я отодвинула штору. Девочка, которая выглядела как я, прижала свои губы к губам юноши. Сначала он просто стоял и не сопротивлялся, а потом положил руки на её талию и притянул девочку к себе. Та закрыла глаза.

Вдруг у меня в животе словно бабочки закружились. Странное было чувство – наблюдать, как я сама с кем-то целуюсь.

Кажется, я неплохо справлялась. Было ясно, что девочка целовала его только затем, чтобы отвлечь от окна.

Очень мило с её стороны, но с какой стати ей меня спасать? И как бы проскользнуть мимо них незамеченной?

Бабочки в животе превратились в парящих птиц, а целующая пара растаяла перед глазами. Враз я очутилась посреди кабинета шестиклашек. Нервы мои были на пределе.

Ни звука.

Я, вообще-то, надеялась как минимум на ошеломлённые возгласы с разных сторон. А потом кто-нибудь, – может, миссис Каунтер? – свалился бы в обморок от ужаса.

Но в классе никого не было. Я застонала от облегчения.

Хоть в этот единственный раз мне повезло. Я плюхнулась на стул и положила голову на парту. Случившееся было выше моего понимания. Девочка, симпатичный юноша, поцелуй…

Эта девочка не просто выглядела точно как я.

Этой девочкой была *я*.

Ошибки быть не могло. Я узнала себя по родинке на виске в форме полумесяца, которую тётя Гленда всё время обзывала «смешным бананом».

Такое сходство просто невозможно.

Опал и янтарь – это первая пара,
Агат задаёт в си-бемоле, он с волчьим оскалом,
Вступает с напевом аквамарин,
Следом за ним изумруд и цитрин,
Близнецы-карнеолы, они в скорпионе, два братца,
Нефрит, номер восемь, засыпать
и дать настояться,
В ми-мажор затянул турмалин,
Сапфир – светлый фа, тот, что прямо за ним,
Далее, гордою поступью льва,
Алмаз, это семь, и одиннадцать – два.
Время – опасней реки не найти,
Рубин – вот конец и начало пути.

Из тайных записей графа Сен-Жермена

Глава шестая

Нет, это не могла быть я.

Я ведь ещё ни разу не целовалась. Ну, то есть, почти ни разу. Во всяком случае, не так. Кто-то просто распустил сплетни про меня и Мортимера. Будто что-то там между нами было прошлым летом. Мы с ним встречались ровно две недели и полдня.

Мы были вместе по двум причинам. Немного из-за того, что я в него влюбилась. Но главным образом потому, что он был лучшим другом парня Лесли, Макса. Мы так чудесно смотрелись вместе. Но с поцелуями у нас как-то не складывалось. Он всё старался понаставить мне засосов на шею, используя их в качестве отвлекающего манёвра, чтобы засунуть руки мне под футболку. Он так старался, что мне приходилось даже на тридцатиградусной жаре повязывать на шею платок. Всё время, что мы были вместе, я была занята вытягиванием рук Мортимера из-под моей футболки (особенно в тёмном кинозале, там у него вырастали как минимум две дополнительные клешни). Через пару недель мы решили по обоюдному согласию разорвать наши «отношения». Я была для Мортимера слишком «незрелой», а Мортимер был для меня слишком уж... э-э... приставучим.

Кроме него я целовала только Гордона, когда мы всем классом ездили на остров Уайт. Но тот поцелуй не считается, потому что, во-первых, он бы частью игры под названием «Правда или поцелуй» (я сказала правду, но Гордон настоял на том, что я вру), и во-вторых, это не был настоящий поцелуй.

Гордон даже жвачки изо рта не вытащил.

Кроме «засосной истории» (как выражалась Лесли) и мятного гордонова поцелуя я была ещё ни разу не целованной.

Возможно, даже и «незрелой», как считал Мортимер. Как-то я поздно начинала, в шестнадцать с половиной лет, это я и сама знала. Лесли, например, уже целый год встречалась с Максом. Но даже она считала, что поцелуи сильно переоценивают.

Лесли признавала, что, ей, возможно, просто не везло в жизни. Но те, с кем она в своей жизни успела перецеловаться, получили от неё по французскому поцелую двойку с минусом.

Надо ввести такой предмет в школе, назвать его «Целование» и поставить, например, вместо религиоведения, которое всё равно никому не нужно.

Мы много говорили о том, как должен выглядеть идеальный поцелуй, и посмотрели целую кучу фильмов только потому, что там были романтичные моменты с поцелуями.

– Ах, мисс Гвендолин, изволите вы ли сегодня обмолвиться со мною хотя бы парой слов или снова хотите пренебречь? – Джеймс увидел, как я выхожу из кабинета шестиклашек и подлетел ближе.

– Который час? – я оглянулась в поисках Лесли.

– Я, вероятно, кажусь вам похожим на говорящие часы? – Джеймс посмотрел на меня возмущённо. – Вы же, кажется, осведомлены – время не играет для меня никакой роли.

– И то правда, – я отошла в угол, чтобы глянуть на часы в конце коридора. Джеймс последовал за мной.

– Меня не было всего двадцать минут, – сказала я.

– Не было где?

– Ах, Джеймс! Мне кажется, я побывала у тебя дома. Очень миленько там всё. Столько золота. И свечки вместо ламп – так уютно.

– Да уж, не столь мрачно и безвкусно, как здесь, – сказал Джеймс и взмахнул рукой, указывая на серый коридор. Мне вдруг стало его очень жаль. Он же был ещё совсем молодым, а уже мёртвым.

– Джеймс, а ты уже с кем-то целовался?

– Простите?

– Ну, ты уже кого-нибудь целовал?

– Не подобает говорить об этом, мисс Гвендолин.

– Не целовался, значит?

– Я – мужчина, – сказал Джеймс.

– Что за ответ такой? – я засмеялась, потому что Джеймс состроил ужасно возмущённую мину.

– А ты хоть знаешь, когда родился?

– Хочешь оскорбить меня? Само собой разумеется, я знаю дату своего рождения. Это тридцать первое марта.

– Какого года?

– 1762-го, – Джеймс вызывающе выпятил подбородок . – Три недели тому назад мне исполнилось двадцать один. Я славно покутил с друзьями в Уайт клаб, а отец покрыл долги в карты по случаю праздника и подарил мне гнедую кобылу дивной красоты. Угораздило же меня свалиться с этой глупейшей температурой. Потом проснулся, а всё вокруг – другое, и какая-то нахальная пигалица обзывает меня привидением.

– Мне искренне жаль, – сказала я. – Очевидно, ты умер от высокой температуры.

– Что за глупость! Это было лишь лёгкое недомогание, – сказал Джеймс, но в его взгляде мелькнула неуверенность. – Доктор Бэрроу не считал, что я мог заразиться оспой от лорда Стенхоупа.

– Хм, – пробурчала я. Надо будет как-нибудь погуглить про оспу.

– Хм. Что ещё за хм? – Джеймс выглядел сердитым.

– О, вот и ты! – Лесли вбежала в девчачий туалет и кинулась мне на шею. – Я прямо извелась вся.

– Порядок. Вернулась я, правда, в класс миссис Каунтер, но там никого не было.

– Шестиклашки сегодня на экскурсии в Гринвичской обсерватории, – сказала Лесли. – Как же я рада тебя видеть! Я сказала мистеру Уитмену, что ты в туалете, скоро душу выплеснешь. Он послал меня сюда, чтобы я тебе волосы с лица убирала.

– Отвратительно, – сказал Джеймс, закрывая нос платочком. – Передай веснушчатой, что о таких вещах благовоспитанным дамам говорить негоже.

Я больше не обращала на него внимания.

– Лесли, произошло нечто странное… что-то… необъяснимое.

– Тут я тебе верю, – Лесли повертела телефоном у меня перед носом. – Вот, на, я его у тебя из-под парты достала. Ты сейчас же берёшь телефон и звонишь маме.

– Лесли, она на работе. Не могу же я…

– Звони! Ты три раза прыгала во времени, последний раз на моих собственных глазах. Вдруг – хоп! – и тебя не стало! Это было так… *нереально*! Ты должна рассказать обо всём маме, чтобы это не случилось снова.

Показалось, что в глазах Лесли блеснули слёзы.

– Не иначе, у веснушчатой сегодня снова день наполнен трагедиями! – сказал Джеймс.

Я взяла телефон и глубоко вздохнула.

– Пожалуйста, – повторила Лесли.

Моя мама работала в больнице Святого Варфоломея. Я набрала первые несколько цифр и посмотрела на Лесли. Та попыталась улыбнуться.

– Гвендолин? – мама сразу узнала номер моего телефона. В её голосе звучала тревога. Такого ещё не случалось, чтобы я беспокоила её из школы. – Что-то не так?

– Мама… мне нехорошо.

– Ты заболела?

– Не знаю.

– Наверное, заразилась гриппом, сейчас новая инфекция гуляет. Значит так, иди домой и ложись в постель. Я сделаю тебе апельсиновый сок и обмотаю горло тёплым шарфом.

– Мама, это не грипп. Это хуже, чем грипп. Я…

– Может, оспа? – предположил Джеймс.

Лесли посмотрела на меня ободряюще. «Давай же! – прошептала она. – Скажи ей!»

– Доченька, что там?

Я глубоко вздохнула.

– Мама, кажется, я как Шарлотта. Только что я была… не знаю, когда. И сегодня ночью тоже… Вообще-то всё началось вчера. Я хотела тебе рассказать, но боялась, что ты не поверишь.

Мама молчала.

– Ма-а-ам?

Я поглядела на Лесли.

– Она мне не верит.

– Ты всё неправильно объясняешь, – прошептала Лесли. – Попробуй ещё раз.

Но этого не потребовалось.

– Не уходи оттуда, – сказала мама совсем другим голосом. – Жди у ворот школы. Я возьму такси и скоро буду.

– Но…

Мама уже повесила трубку.

– Мистер Уитмен будет злиться на тебя, – сказала я.

– А мне фиолетово, – сказала Лесли. – Я подожду, пока не приедет твоя мама. О бельчонке позабочусь потом, это дело нескольких минут.

– Что же я натворила?

– Ничего! Только правильные вещи, – заверила меня Лесли.

Я сообщила ей всё, что только успела, о моём коротком путешествии в прошлое.

Лесли считала, что девочка, которая выглядела совсем как я, могла быть моим предком.

Я так не думала. Два человека не могут быть настолько друг на друга похожи. Если они не однояйцевые близнецы, конечно. Эту теорию Лесли тоже не оставила без внимания.

– Точно! Как в «Двойной Лоттхен» Кестнера, – сказала она. – Я при случае возьму этот фильм в прокате.

Я чуть не разревелась. Когда теперь у нас с Лесли хватит времени на то, чтобы, уютно устроившись, смотреть фильмы?

Такси приехало быстрее, чем я ожидала. Машина затормозила перед воротами школы. Мама открыла заднюю дверцу:

– Залезай скорей! – сказала она.

Лесли стиснула мою ладонь.

– Давай, удачи! Позвони, как только сможешь.

Слёзы наворачивались на глаза.

– Лесли… спасибо!

– Держись! – сказала Лесли, тоже едва не плача.

Даже в фильмах мы всегда плакали в одинаковых местах.

Я забралась к маме в такси. Мне очень хотелось, чтоб она обняла меня, но выражение лица у неё было таким странным, что я съёжилась на краешке сидения.

– Темпл, – сказала она шофёру. После этого стекло между кабиной водителя и задним сидением поднялось, и такси тронулось с места.

– Мам, ты на меня злишься? – спросила я.

– Конечно нет, любовь моя. Ты не можешь ничего поделать.

– Точно! Это противный Ньютон во всём виноват… – я попробовала было пошутить, но мама явно не была настроена на весёлый лад.

– Нет, он тут тоже не причём. Если уж разбираться, это лишь моя вина. Я надеялась, нас минует такая участь.

Я смотрела на неё во все глаза.

– То есть как это?

– Я… думала… надеялась… я не хотела тебя… – мама никогда так раньше не запиналась. Она казалась напряжённой и серьёзной. Я видела её такой лишь однажды, когда умер папа. – Я не хотела верить и всё это время надеялась, что Шарлотта – та самая.

– Да ведь все так думали! Никому и в голову не могло прийти, что Ньютон просчитался. Бабушка ужасно разозлится.

Такси нырнуло в густой поток машин на площади Пикадилли.

– Что подумает твоя бабушка, сейчас не так уж важно, – сказала мама. – Когда это случилось в первый раз?

– Вчера! По пути в «Селфриджес».

– Во сколько?

– В начале четвёртого. Я не знала, что делать, поэтому пошла обратно к нашему дому и позвонила в дверь. Но прежде, чем кто-нибудь успел открыть, я уже прыгнула обратно.

Второй раз был сегодня ночью. Я спряталась в шкафу, но там кто-то спал, какой-то посыльный. Очень свирепый посыльный. Он гонялся за мной по всему дому. Меня хотели схватить, потому что решили, что я – воровка. Слава Богу, я прыгнула обратно прежде, чем они меня обнаружили. А третий раз был только что. В школе. На этот раз я, наверное, запрыгнула ещё дальше, потому что люди там были в париках... Мам! Если это будет случаться каждые пару часов, то я не смогу больше нормально жить! И всё только потому, что какой-то дурацкий Ньютон... – я и сама почувствовала, что шутка несколько приелась.

– Надо было сразу же рассказать мне! – мама погладила меня по голове. – С тобой могло приключится всё, что угодно!

– Я хотела, но ты сказала, что у нас семья фантазёров.

– Но это ещё не значит... Ты совсем такого не ожидала. Прости.

– Это же не твоя вина, мама! Никто ведь не знал!

– Я знала, – сказала мама. После короткой, но мучительной паузы она продолжила: – Ты родилась в тот же день, что и Шарлотта.

– Нет, не в тот же! У меня день рождения восьмого октября, а у неё – седьмого.

– Ты тоже родилась седьмого числа, Гвендолин.

Я не верила своим ушам, с каждым её словом мне становилось ещё страшнее.

– Я лгала всем насчёт твоего дня рождения, – продолжала мама, – это было несложно, ты родилась дома, а акушерка, которая принимала роды, отнеслась с пониманием к нашему положению.

– Но почему?

– Я просто хотела защитить тебя, любовь моя.

Я её не понимала.

– Защитить? От чего? Это же всё равно произошло.

– Мы... я хотела, чтобы у тебя было нормальное детство, не обременённое ничем, – мама сурово на меня посмотрела. – А ведь могло выясниться, что ген вовсе не у тебя.

– Несмотря на то, что Ньютон рассчитал точную дату?

– Надежда умирает, как известно, последней, – сказала мама. – И хватит уже про Исаака Ньютона. Он лишь один из многих. Эта вещь намного сильнее, чем ты можешь себе представить. Намного сильнее, намного старше и намного могущественней. Я не хотела тебя втягивать.

– *Во что*?

Мама вздохнула.

– Это было глупо с моей стороны. Я должна была подумать. Пожалуйста, прости меня.

– Мама! – я задохнулась от волнения. – Не имею ни малейшего понятия, о чём вообще речь, – с каждой её фразой моё непонимание и отчаянье только возрастало. – Я знаю только, что со мной происходит что-то необычное. Чего происходить не должно. И что это *действует мне на нервы*! Через каждые два часа кружится голова, а потом я прыгаю в другое время. И я не представляю, как это прекратить!

– Поэтому мы сейчас и едем к *ним*, – сказала мама.

Я понимала, что ей больно видеть моё отчаянье. Никогда ещё я не видела её такой взволнованной.

– А *они* – кто?

– Хранители, – ответила мама. – Очень старое тайное общество, его ещё называют Ложа графа Сен-Жермена, – она посмотрела в окно. – Мы почти на месте.

– Тайное общество! Ты хочешь привести меня в какую-то подозрительную секту? Мама!

– Это не секта. Но они все и правда очень подозрительные, – мама глубоко вздохнула и на секунду закрыла глаза. – Твой дедушка был членом этой ложи, – продолжала она. – А ещё раньше – его отец, а ещё раньше – его дедушка. Исаак Ньютон был таким же членом ложи, как и Веллингтон, Клапрот, фон Арнет, Ганеманн, Карл фон Гессен-Кассель, все де Виллеры, конечно, и многие, многие другие… Твоя бабушка утверждает, что Черчилль и Эйнштейн тоже участвовали в этом предприятии.

Большинство имён мне вообще ни о чём не говорили.

– Хорошо, но что они *делают*?

– Ну, они… они занимаются древними мифами. И временем. И такими, как ты.

– А таких много?

Мама отрицательно качнула головой.

– Всего двенадцать. И большинства из них давно уже нет в живых.

Такси затормозило, стекло между водителем и нами снова опустилось. Мама передала шофёру несколько купюр.

– Сдачи не надо, – сказала она.

– Что мы здесь ищем-то? – спросила я, когда мы вышли на тротуар. Водитель высадил нас недалеко от Флит-Стрит. Вокруг шумели машины, толпы людей плыли по тротуарам. Кафе и рестораны на противоположной стороне были забиты до отказа. У бордюра стояли два красных двухэтажных автобуса. Туристы, которых они привезли, фотографировали с открытого второго этажа здание Королевского суда.

– Там, напротив между домами, начинается район Темпл, – мама убрала волосы с моего лица.

Я посмотрела на узкую улочку, на которую она указала.

Кажется, я здесь раньше не бывала.

Мама, наверное, заметила моё озадаченное лицо.

– Вас что, никогда не водили на экскурсию в Темпл? – спросила она. – Церковь и сад – обязательная программа для каждого. И Фонтейн-Корт. Там находится мой самый любимый фонтан во всём городе.

Я сердито посмотрела на маму. Она решила вдруг провести для меня экскурсию?

– Пойдём, нам нужно на другую сторону улицы, – сказала она и взяла меня за руку. Мы следовали за группой японских туристов. У каждого из них была в руках огромная карта города.

За домами начинался совсем иной мир.

Деловитая суета Стрэнда и Флит-стрит осталась позади. Здесь, среди величественных и прекрасных сооружений, которые плотно прилегали друг к другу, царили мир и спокойствие.

Я кивнула на туристов.

– А эти что тут ищут? Самый симпатичный фонтан во всём городе?

– Их поведут смотреть Церковь Темпла, – сказала мама, не реагируя на нотки раздражения в моём голосе. – Она очень старая, с ней связано множество легенд. Японцы такое любят. А на сцене в Мидал Темпле впервые была поставлена «Двенадцатая ночь» Шекспира.

Мы некоторое время следовали за японцами, потом повернули налево и пошли по мощёной дороге, то и дело сворачивая. У меня появилось чувство, будто мы в деревне: пели птицы, пчёлы жужжали над цветочными клумбами, даже воздух казался свежим, словно выхлопных газов в нём не было вовсе.

У каждой двери висела медная табличка с выгравированными рядами имён и фамилий.

– Это всё адвокаты. Доценты института правоведения, – сказала мама. – Не хочу даже задумываться, сколько это может стоить – снимать здесь такой офис.

– И я не хочу, – сказала я обиженно. Как будто нет сейчас более важных тем для разговора, ну честное слово!

У следующего входа она остановилась.

– Вот мы и пришли, – сказала она.

Это был простой, скромный дом. Выглядел он очень старым, не смотря на безупречный фасад и недавно выкрашенные оконные рамы. Я поискала глазами табличку с фамилией, но мама быстро запихнула меня внутрь и подтолкнула к лестнице на второй этаж. Две молодые женщины, которые вышли нам навстречу, приветливо поздоровались.

– И всё-таки, где это мы?

Мама не отвечала. Она нажала на кнопку звонка, поправила пиджак и откинула волосы с лица.

– Не бойся, родная моя, – сказала она. Я не поняла, говорит она это мне или себе самой.

Дверь отворилась с лёгким гудением и мы вошли в светлую комнату. На вид она была обычным офисом. Шкафы, полные папок, письменный стол, телефон, факс, компьютер...

Светловолосая женщина средних лет выглядела вполне обычно. Только очки были немного страшноватые, чёрные как смола, с такой широкой оправой, что лица почти не было видно.

– Чем могу быть полезна? – спросила она. – Ах, это вы, мисс... миссис Монтроуз?

– Шеферд, – поправила её мама. – Я вышла замуж и не ношу больше девичью фамилию.

– О, конечно, – женщина улыбнулась. – Но вы ничуть не изменились. Я бы узнала вас везде и всюду по вашим волосам, – её взгляд соскользнул на меня. – Это, вероятно, ваша дочь? В отца пошла, правда? Как там поживает...

Мама оборвала её на полуслове.

– Миссис Дженкинс, мне нужно срочно поговорить с моей матерью и мистером де Виллером.

– Боюсь, ваша мать и мистер де Виллер на важном совещании, – миссис Дженкинс с сожалением улыбнулась. – А много у вас...

Мама снова перебила её:

– Я хочу присутствовать на этом совещании.

– Но... Вы же знаете, что это невозможно.

– Значит, сделайте так, чтоб стало возможным. Скажите, со мной *рубин.*

– Что-что? Но ведь... – миссис Дженкинс переводила удивлённый взгляд с меня на маму.

– Просто делайте, что вам говорят, – моя мама никогда ещё не выглядела такой уверенной.

Миссис Дженкинс вышла из-за стола.

Она рассматривала меня с головы до пят. Мне стало так неуютно. На мне всё ещё была неуклюжая школьная форма. Волосы я сегодня не помыла, а просто собрала в хвостик и затянула резинкой. И не накрасилась тоже. (Красилась я вообще очень редко.)

– Вы в этом уверены?

– Конечно, уверена. Думаете, я могу себе позволить так глупо шутить? Пожалуйста, поспешите, дело не терпит отлагательств.

– Ждите здесь, – миссис Дженкинс развернулась и исчезла между двух шкафов за внутренней дверью.

– Рубин? – повторила я.

– Да, – сказала мама. – Каждому из двенадцати путешественников во времени присвоено имя определённого драгоценного камня. Ты – рубин.

– Откуда ты знаешь?

– *Опал и янтарь – это первая пара,*
Агат задаёт в си-бемоле, он с волчьим оскалом,
Вступает с напевом аквамарин,
Следом за ним изумруд и цитрин,
Близнецы-карнеолы, они в скорпионе, два братца,
Нефрит, номер восемь, засыпать и дать настояться,
В ми-мажор затянул турмалин,
Сапфир – светлый фа, тот, что прямо за ним,
Далее, гордою поступью льва,
Алмаз, это семь, и одиннадцать – два.
Время – опасней реки не найти,
Рубин – вот конец и начало пути.

Мама грустно улыбнулась мне:

– Я до сих пор помню его наизусть.

Пока она читала, у меня мурашки поползли по коже. Это нечто выглядело не как стих, а скорее, как заклинание. В сказочных фильмах злые ведьмы приговаривают что-то подобное у своих горшков с тайным зельем.

– Что это значит?

– Просто анаграмма, составленная и зарифмованная мудрыми людьми, для того, чтобы усложнить и без того сложные понятия. «Двенадцать цифр, двенадцать путешественников во времени, двенадцать тональностей, двенадцать предков, двенадцать шагов к изготовлению философского камня…»

– Философского камня? Что ещё за…? – я осеклась и глубоко вздохнула.

Хватит уже, всё время задаю вопросы, и ни на один из пока не получила нормального ответа. С каждым последующим всё больше запутываюсь.

Мама тоже, казалось, не горела желанием отвечать. Она выглянула из окна.

– Здесь совсем ничего не поменялось. Время словно остановилось.

– Ты часто бывала здесь раньше?

– Мой папа иногда брал меня с собой, – сказала мама. – В этом отношении он был чуть добрее матери. Да и что касается всяких тайн – тоже. Маленькой мне тут очень нравилось. А потом, когда Люси… – она вздохнула.

Я боролась с собой всего минуту, но потом любопытство победило.

– Бабушка Мэдди сказала, что Люси – путешественница во времени. Поэтому она решила сбежать из дому?

– Да, – сказала мама.

– А куда она убежала?

– Этого не знает никто, – мама снова погладила меня по голове. Ей явно было не по себе, я никогда не видела, чтобы она так сильно нервничала. Если бы я сама не волновалась, то обязательно пожалела бы её.

Мы немножко помолчали. Мама снова выглянула из окна.

– Значит, я – рубин, – сказала я. – Это такой красный, да?

Мама кивнула.

– А Шарлотта какой камень?

– Никакой, – сказала мама.

– Мам, а у меня, случайно, нет какой-нибудь сестры-близняшки, о которой ты забыла мне рассказать?

Мама повернулась ко мне и усмехнулась:

– Нет, доченька, сестры-близняшки у тебя нет.

– Ты уверена?

– Да, на сто процентов. Я там тоже была, когда ты рождалась. Забыла?

Откуда-то раздались шаги. Они приближались.

Мама приосанилась и глубоко вздохнула.

В дверь вошла всё та же очкастая, а вместе с ней – тётя Гленда. За ними семенил маленький лысый старичок.

Тётя Гленда выглядела рассерженной.

– Грейс! Миссис Дженкинс утверждает, что ты сказала…

– Всё правильно, – сказала мама. – И у меня нет никакого желания тратить драгоценное время Гвендолин на то, чтобы убеждать *тебя* в своей правоте. Мне срочно нужно попасть к мистеру де Виллеру, Гвендолин нужно как можно скорее внести в хронограф.

– Но это же… полная чушь! – тётя Гленда почти перешла на крик. – Ведь Шарлотта…

– Ещё не прыгнула, верно? – моя мама повернулась к маленькому толстому джентльмену. – Простите, я помню, мы знакомы, но не могу вспомнить вашего имени.

– Джордж, – сказал он. – Томас Джордж. А вы – младшая дочь леди Аристы, Грейс. Я вас прекрасно помню.

– Мистер Джордж, – сказала мама. – Конечно! Вы гостили у нас в Дархеме после рождения Гвендолин. Это она – рубин, которого недоставало.

– Этого не может быть! – пискляво возразила тётя Гленда. – Это невозможно! У Гвендолин не та дата рождения. И вообще, она появилась на свет на два месяца раньше срока. Недоношенный, недоразвитый ребёнок. Вы только посмотрите на неё.

Мистер Джордж последние несколько секунд только этим и занимался. Он изучал меня приветливым взглядом светло-голубых глаз. Я изо всех сил старалась смотреть по сторонам и не показывать, как мне неловко.

Недоношенный, недоразвитый ребёнок! У тёти Гленды явно не все дома! Во мне уже было почти метр семьдесят росту, а лифчик я носила второго размера. И скоро, между прочим, собиралась переходить на третий.

– Вчера она прыгнула в первый раз, – сказала мама. – Я просто хочу, чтобы с ней ничего не случилось. С каждым неконтролируемым прыжком риск увеличивается.

Тётя Гленда показательно засмеялась:

– Не берите в голову. Это просто ещё одна тщетная попытка перетянуть одеяло на себя.

– Гленда, помолчи! Я бы ничего так не желала, как оставаться подальше от всего этого и уступить твоей Шарлотте неблагодарную роль подопытного кролика для одержимых псевдоучёных, которые помешаны на эзотерике и тайных знаниях! Но унаследовала этот идиотский ген вовсе не Шарлотта, а Гвендолин! – мамин взгляд горел яростью и презрением. – Это тоже было для меня полнейшим открытием.

Мистер Джордж тихо засмеялся:

– Да, вы о нас не лучшего мнения, миссис Шеферд.

Мама пожала плечами.

– Нет, нет, нет! – тётя Гленда в изнеможении рухнула на стул. – Не могу больше слушать эту ерунду. Она ведь даже на свет появилась не в предсказанный день. И вообще родилась недоношенной!

Эта деталь с моей недоношенностью явно казалась ей чрезвычайно важной.

Миссис Дженкинс прошептала:

– Может, чашечку чая, миссис Монтроуз?

– Ах, вы тут со своим чаем... – отмахнулась тётя Гленда.

– Желает кто-нибудь чаю?

– Нет, спасибо, – сказала я.

Мистер Джордж тем временем продолжал исследовать меня своими бледно-голубыми глазами.

– Итак, Гвендолин, ты уже прыгала во времени?

Я кивнула.

– И куда же, позволь узнать?

– Туда, где в то время находилась, – сказала я.

Мистер Джордж улыбнулся.

– Я имел в виду, в какое время.

– Без малейшего понятия, – я нахохлилась. – Там нигде не было написано, в каком я году. А сказать мне никто не пожелал. Послушайте, *я не хочу*! Я хочу, чтобы это прекратилось! Не могли бы вы сделать так, чтобы это прекратилось?

Мистер Джордж не ответил.

– Гвендолин появилась на свет на два месяца раньше срока, – сказал он как будто сам себе. – Восьмого октября. Я лично проверял свидетельство о рождении и запись в книге регистрации. Ребёнка я тоже проверял.

Я задумалась над тем, что же можно проверить у такого маленького ребёнка. Настоящий он или нет?

– Она родилась вечером седьмого октября, – сказала мама и голос её немного задрожал. – Мы подкупили акушерку, чтобы она записала другое время.

– Но почему? – мистер Джордж, казалось, понимает так же мало, как и я.

– Потому что… после того, что случилось с Люси, я хотела уберечь своего ребёнка от этих перипетий. Я хотела защитить её, – сказала мама. – И молилась, чтобы ген унаследовала вовсе не она, чтобы седьмое октября оказалось простым совпадением, чтобы ген проявился у Шарлотты. В сущности, все надежды были на неё, когда Гленда родила девочку.

– Только не ври! – вскрикнула тётя Гленда. – Ты всё подстроила! Твой ребёнок должен был родиться в декабре, но ты ускорила беременность и пошла на рискованные преждевременные роды, лишь бы родить в тот же день, что и я. Но тебе это не удалось! Твоя дочь появилась на свет на один день позже. Я так смеялась, когда узнала.

– В общем-то, доказать это не сложно, – сказал мистер Джордж.

– Фамилию акушерки я забыла, – сказала мама поспешно. – Помню только, что звали её Дон. Да это и неважно.

– Ха, – сказала тётя Гленда. – Я бы тоже так говорила на твоём месте.

– Фамилия и адрес акушерки указан в наших записях, – мистер Джордж повернулся к миссис Дженкинс. – Это важно, наведите, пожалуйста, справки.

– Не нужно, – сказала мама. – Оставьте бедную женщину в покое. Она получила от нас совсем немного денег.

– Мы только хотим задать ей пару вопросов, – сказал мистер Джордж. – Прошу вас, миссис Дженкинс, выясните, где она сейчас живёт.

– Уже бегу, – сказала миссис Дженкинс и снова исчезла за дальней дверью.

– Кто ещё об этом знает? – спросил мистер Джордж.

– Только мой муж знал, – сказала мама. В её голосе зазвучали заносчивость и радость. – А его вам допросить уже не удастся. Он, увы, умер.

– Я знаю, – сказал мистер Джордж. – Рак крови. Сожалею, – он расхаживал по комнате из стороны в сторону.

– Скажите, а когда это началось?

– Вчера, – сказала я.

– Трижды за прошедшие двадцать часов, – сказала мама. – Мне страшно за неё.

– Уже трижды! – мистер Джордж остановился. – А когда в последний раз?

– Примерно час назад. Примерно.

С тех пор, как всё начало случаться с такой скоростью, мне казалось, что я теряю чувство времени.

– Тогда у нас есть ещё маленький перерыв, чтобы всё подготовить.

– Вы же ей не верите? – сказала тётя Гленда. – Мистер Джордж! Вы знаете Шарлотту. А сейчас посмотрите на эту девочку и сравните её с моей Шарлоттой. Вы что, действительно поверили, что перед Вами номер двенадцать?

Магией ворона он окрылён,
Венчает он Круг и Начало Времён.

Вы в это верите?

– Ну, такой шанс есть всегда, – сказал мистер Джордж. – Хотя ваше объяснение кажется мне более чем подозрительным, миссис Шеферд.

– Пусть так, – холодно ответила мама.

– Если бы вы действительно хотели защитить своего ребёнка, то не оставляли бы его в неведении на столько лет. Это очень опасно, прыгать во времени безо всякой подготовки.

Мама кусала губы.

– Просто я надеялась, что Шарлотта – та самая…

– Она и есть та самая! – крикнула тётя Гленда. – Уже два дня у неё все симптомы. Это может случиться в любой момент. Может, это происходит именно сейчас, пока мы с вами теряем время на то, что выслушиваем наглую ложь моей завистливой сестрицы.

– Гленда, включи-ка мозг для разнообразия, а? – сказала мама. Вдруг голос у неё стал очень усталым. – Зачем нам выдумывать всё это? Ну кто, кроме тебя, пожелает такую судьбу своему ребёнку?

– Я продолжаю настаивать, что… – тётя Гленда вдруг остановилась, не досказав, на чём же она настаивает. – Скоро выяснится, что это просто зловредная чепуха. Однажды она уже хотела всё испортить, и вы знаете сами, мистер Джордж, к чему это привело. Цель близка, мы не можем позволить себе оступиться.

– Всё не так просто, – сказал мистер Джордж.

– Следуйте за мной, миссис Шеферд. И ты, Гвендолин. Усмехнувшись, он продолжал:

– Без паники!

О время! Когти льва, чуть стар, тупи нещадно,
Земные существа земле и предавай,
У тигра зубы рви из пасти кровожадной
И феникса в крови его же сожигай.

Уильям Шекспир. Сонет XIX
(перевод В. Лихачёва)

Глава седьмая

Нас провели по лестнице наверх. Затем мы перешли по длинному коридору, который петлял то вправо, то влево, то спускался на пару ступенек вниз, то поднимался вверх. Вид из окон, мимо которых мы шли, всё время менялся. Сначала мы глядели на большой сад, потом на какое-то здание, а после на задний дворик.

Путь, казалось, длился вечно. Сперва мы шли по паркету, потом его сменили каменный пол и мозаики на стенах. Позади нас оставалось множество запертых дверей. Стулья были составлены вдоль коридора бесконечными рядами. На стенах красовались картины в широких рамах. Вдоль возвышались шкафы, заполненные книгами в кожаных переплётах и фарфоровыми фигурками, статуями и рыцарскими доспехами.

Всё это очень напоминало музей.

Тётя Гленда бросала на маму ядовитые взгляды.

Мама же пыталась не замечать свою сестру, насколько это было возможно. Она побледнела и вообще выглядела напряжённо. Мне так хотелось взять маму за руку, но тогда бы тётя Гленда поняла, как сильно я боюсь. А этого мне сейчас хотелось меньше всего.

Нет, невозможно: не могли мы всё ещё находиться внутри этого же дома. Как подсказывала моя интуиция, мы прошагали как минимум через три здания, пока мистер Джордж, наконец, не остановился и не постучал в дверь.

Зал, в который мы попали, был полностью обит тёмным деревом, прямо как наша столовая. Даже на потолке были тёмные балки. Всё было украшено изящной резьбой, иногда цветной, иногда однотонной. Мебель тоже была тёмной и массивной.

Наверное, комната должна была бы выглядеть мрачной и грозной, но сквозь высокие окна в неё струился солнечный свет и открывался вид на цветущий сад. За каменной оградой можно было даже различить, как сверкает в лучах Темза.

Приветливым и весёлым был не только вид из окна и солнечный свет. Даже резные потолки и стены излучали что-то радостное. Хотя без нескольких жутких рож и черепов на них не обошлось. Казалось, узоры вот-вот оживут. Лесли была бы в полном восторге – всего тут было трогать-не перетрогать: старинных узоров, весёлых звериных голов и бутонов-обманок, так похожих на настоящие цветы. За каждым из них могло оказаться потайное устройство. Со стен комнаты за нами наблюдали крылатые львы, соколы, звёзды, планеты и солнца, драконы, единороги, эльфы и феи, корабли и деревья. Казалось, будто резные звери вот-вот спрыгнут со стены в комнату.

Самым впечатляющим был дракон на потолке, который словно бы парил над нами. Расстояние от его острого хвоста до большой чешуйчатой головы было метров семь, не меньше. Я едва смогла оторвать от него взгляд.

Как же прекрасно всё это выглядело! От удивления я почти забыла, зачем мы здесь, и то, что в этом зале мы были не одни. Все присутствующие совершенно опешили, когда мы вошли.

– Кажется, у нас возникли непредвиденные трудности, – заметил мистер Джордж.

Леди Ариста, которая, гордо приосанившись, стояла у окна, сказала:

– Грейс! Разве тебе не надо быть сейчас на работе? А Гвендолин в школе?

– Мы бы с удовольствием… – ответила мама.

Шарлотта сидела на диване, прямо под прекрасной русалкой, у которой хвост состоял из множества филигранно вырезанных чешуек, раскрашенных во все возможные оттенки от тёмно-синего до бирюзового. К широкой каминной решётке прислонился какой-то мужчина. На нём был чёрный костюм с иголочки и очки в чёрной оправе. Даже галстук – и тот был чёрным. Мужчина поглядывал на нас откровенно хмуро. Мальчик лет семи крепко держался за его пиджак.

– Грейс! – из-за письменного стола поднялся высокий мужчина. У него были седые кудрявые волосы, которые львиной гривой спадали на широкие плечи. Глаза его были выразительного золотисто-коричневого цвета, напоминавшего блеск янтаря.

Лицо его выглядело намного моложе, чем можно было ожидать, посмотрев на седые волосы. Это было одно из тех лиц, забыть которое невозможно. Настолько оно было притягательно. Когда мужчина улыбнулся, обнажились его красивые белые зубы.

– Грейс. Как давно мы не виделись, – он обошёл вокруг стола и подал маме руку. – Ты ни капли не изменилась.

К моему удивлению, мама покраснела.

– Спасибо. То же можно сказать и о тебе, Фальк.

– Я поседел, – мужчина пренебрежительно махнул рукой.

– Это тебе к лицу, – сказала мама.

Эй! Что происходит! Она что, заигрывает с этим дядькой?

Его улыбка стала ещё шире, затем он перевёл свой янтарный взгляд с мамы на меня. Снова я почувствовала себя не в своей тарелке. Меня опять внимательно разглядывали. Эти глаза были действительно очень странными. Они могли бы принадлежать волку или дикой кошке. Мужчина протянул мне руку:

– Я – Фальк де Виллер. А ты, должно быть, дочь Грейс, Гвендолин, – его рукопожатие было крепким и сердечным. – Первая не рыжая девочка из семейства Монтроузов, которую я знаю.

– У меня папин цвет волос, – смущённо сказала я.

– Давайте, может, перейдём к делу? – сказал человек в чёрном, который стоял у камина.

Фальк де Виллер отпустил мою руку и подмигнул мне.

– Пожалуйста.

– Моя сестра в очередной раз хочет облапошить нас, – сказала тётя Гленда. Было видно, как она едва сдерживается, чтобы не закричать. – А мистер Джордж меня выслушать не пожелал. Она утверждает, что Гвендолин – *Гвендолин*! – уже три раза совершила прыжок во времени. Она знает, что доказать обратное невозможно, поэтому Грейс на скорую руку выдумала подходящую к случаю сказочку, которая объясняет, почему девочка родилась в неправильный день. Я хотела бы напомнить о том, что произошло семнадцать лет назад, и что Грейс проявила себя тогда не с лучшей стороны. Сейчас, когда цель так близка, я вовсе не удивлюсь, что она вдруг является сюда и пытается сорвать всё предприятие.

Леди Ариста отошла от окна и приблизилась к нам.

– Грейс, это правда? – выражение лица у неё как всегда было строгое и не терпящее возражений. Иногда я задавалась вопросом, может, это из-за туго зачёсанных назад волос, которые сковывают мышцы лица. Наверное, эти мышцы всегда были зажаты на одном месте. Только глаза двигались, если бабушка была чем-то озабочена. Как сейчас.

Мистер Джордж сказал:

– Миссис Шеферд утверждает, что она и её муж подкупили акушерку и та записала другую дату в свидетельстве о рождении. Чтобы никто не заподозрил в Гвендолин носительницу гена.

– Зачем ей так поступать? – спросила леди Ариста.

– Она говорит, что хотела тем самым защитить своего ребёнка и, к тому же, она надеялась, что ген у Шарлотты.

– *Надеялась*! С какой стати?! – крикнула тётя Гленда.

– Мне всё это кажется достаточно логичным, – сказал мистер Джордж.

Я посмотрела на Шарлотту. Та сидела на диване, бледная как мел, и лишь переводила взгляд с одного лица на другое. Когда наши глаза встретились, она быстро отвернулась в другую сторону.

– При всём моем желании, не могу найти в её словах ничего логичного, – сказала леди Ариста.

– Мы проверяем эту версию, – сказал мистер Джордж. – Миссис Дженкинс найдёт акушерку.

– Спрошу ради интереса: сколько ты заплатила той женщине, Грейс? – спросил Фальк де Виллер. Его глаза сузились. Чем больше он разглядывал маму, тем сильнее он походил на настоящего волка.

– Я... я не помню, – сказала мама.

– Ну, сумма вряд ли могла быть пристойной, потому что, насколько я припоминаю, доход у твоего мужа был более чем скромный.

– Точно-точно! – подлила масла в огонь тётя Гленда, – этот голодранец...

– Может и так. Значит, это действительно была небольшая сумма, – ответила мама. Неуверенность, которую вызвал в ней взгляд мистера де Виллера, исчезла, как ни бывало. Щёки больше не пылали.

– Зачем же тогда акушерка пошла на подлог? – спросил мистер де Виллер. – Это было и остаётся преступлением, подделкой свидетельства. Оно карается законом.

Мама опустила голову:

– Мы рассказали, что наша семья будто бы состоит в сатанинской секте. И что в этой секте многое зависит от гороскопов. Мы сказали, что ребёнок, рождённый седьмого октября, обречён, и что его будут использовать для сатанинских ритуалов. Она нам поверила. У этой женщины было доброе сердце, и она не любила сатанистов. Поэтому она пошла на обман и исправила дату в свидетельстве о рождении.

– Сатанинские ритуалы! Какой срам, – чёрный дядька возле камина зашипел, как змея, а маленький мальчик прижался к нему ещё плотнее.

Мистер де Виллер понимающе улыбнулся:

– Неплохая история. Поглядим, подтвердит ли её акушерка.

– Мне кажется, не очень-то умно с вашей стороны тратить время на такие проверки, – вставила леди Ариста.

– Правильно, – сказала тётя Гленда. – Шарлотта может прыгнуть в любой момент. Тогда мы поймём, что история Грейс высосана из пальца. Что это глупая выдумка, сочинённая для того, чтобы вставить нам палки в колёса.

– А почему бы им вдвоём не унаследовать ген? – спросил мистер Джордж. – Ведь такое уже случалось.

– Да, но Тимоти и Джонатан де Виллеры были однояйцевыми близнецами, – сказал мистер де Виллер. – И так предсказывало пророчество.

– Поэтому в хронографе предусмотрены два карнеола, две пипетки, два ящичка с двенадцатью элементами и две шестерёнки, – сказал человек у камина. – Рубин же один.

– Тоже правда, – сказал мистер Джордж. Его круглое лицо выглядело озабоченным.

– Важно проанализировать мотивы моей сестры. Почему она врала. Или врёт, – тётя Гленда смерила мою маму взглядом, полным ненависти. – Если ты хочешь, чтобы хронограф считал кровь Гвендолин и сломался, то ты глупее, чем я думала.

– Как она вообще может надеяться, что мы поверим хоть слову из её рассказа? – сказал человек у камина.

Он вёл себя так, будто нас с мамой в комнате не было. Как по мне, то уж очень высокомерно.

– Я хорошо помню, как Грейс солгала тогда, чтобы защитить Люси и Пола. Она помогла им в самый ответственный момент. Если бы не она, возможно, катастрофу удалось бы предотвратить.

– Джейк! – сказал мистер де Виллер.

– Какую катастрофу? – спросила я. – И кто такой Пол?

– Уже само присутствие здесь этой персоны кажется мне недопустимым, – сказал человек у камина.

– А вы, собственно, кто такой? – взгляд и интонации у мамы стали холодными и колючими. Я была поражена, как ей удавалось оставаться такой спокойной.

– Это к делу не относится, – он даже не удостоил маму взглядом.

Светловолосый мальчик осторожно высунулся из-за его спины и посмотрел на меня. Своими веснушками он немножко напоминал Ника, когда тот был поменьше, поэтому я ему улыбнулась. Бедняжечка – с таким дедулей ему в жизни точно ничего не светит. От испуга он широко распахнул глаза, увидев мою улыбку, а потом снова исчез в укрытии за чёрным пиджаком.

– Это доктор Джекоб Уайт, – сказал Фальк де Виллер безразличным тоном. – Гений в области биохимии и медицины. Обычно он более вежлив.

Лучше б его звали Чёрным Джеком, да – «Джек Блек», как-то так. Даже цвет его лица отливал чернотой.

Мистер де Виллер посмотрел на меня, затем его взгляд опять соскользнул на маму:

– Так или иначе, нам пора решать. Тебе можно верить, или ты снова что-то задумала?

Пару секунд мама сверлила его сердитым взглядом. Затем она опустила глаза и тихо сказала:

– Я здесь не для того, чтобы помешать вашей великой тайной миссии. Я здесь, чтобы спасти свою дочь. Можно обезопасить с помощью хронографа путешествия во времени, и она могла бы жить более-менее нормальной жизнью. Это всё, чего я хочу.

– Именно! – сказала тётя Гленда. Она подошла к дивану и села рядом с Шарлоттой. Я бы тоже с удовольствием посидела сейчас, ноги совсем устали. Но никто не предложил мне стул, поэтому ничего другого не оставалось, как только стоять дальше.

– То, что я совершила тогда, мало касается… *вашего дела*, – продолжала мама. – Честно говоря, я вообще почти ничего не знаю, а если что и знаю, то всё равно не понимаю до конца.

– Тогда я удивляюсь ещё больше, как вы посмели вмешаться в дела, о которых не имеете ни малейшего представления, – продолжал чёрный доктор Уайт.

– Я же просто хотела помочь Люси! – сказала мама. – Она была моей любимой племянницей. Я заботилась о ней, когда она была ещё совсем маленькой. И она попросила меня о помощи. Как бы вы поступили на моём месте? О Боже, они были так молоды, так влюблены и… я просто не хотела, чтобы что-то стало у них на пути.

– Да, и у вас прекрасно получилось!

– Я любила Люси как сестру! – мама взглянула на тётю Гленду и добавила:

– *Больше*, чем сестру.

Тётя Гленда взяла Шарлотту за руку и погладила её. Шарлотта остекленевшим взглядом уставилась в пол.

– Все мы любили Люси! – сказала леди Ариста. – Поэтому так важно было держать её подальше от этого мальчишки и его испорченных взглядов на жизнь. Держать подальше, вместо того, чтобы потакать!

– Какие там испорченные взгляды! Это она, маленькая рыжеволосая бестия, она вбила в голову Пола тайные клятвы, – сказал мистер Уайт. – Она и толкнула его на кражу!

– Это неправда! – возразила леди Ариста. – Люси никогда бы такого не натворила. Это всё Пол, он использовал её юношескую наивность и соблазнил бедную девочку.

– Наивность! Дайте посмеяться! – хмыкнул доктор Уайт.

Фальк де Виллер поднял руку:

– Эта дискуссия излишняя. Мы уже не раз это обсуждали. Мне кажется, все осведомлены о позициях сторон, – он посмотрел на настенные часы. – Гидеон должен вернуться с минуты на минуту. До этого момента нам надо принять решение о том, каковы будут наши дальнейшие действия. Шарлотта, как ты себя чувствуешь?

– У меня всё так же болит голова, – сказала Шарлотта, не отрывая глаз от пола.

– Вот видите! – тётя Гленда растянула ядовитую улыбочку.

– Но это не значит, что я тут же прыгну во времени.

– Ты… ты… *чертовка*! – сказала тётя Гленда.

– Я считаю, нам нужно исходить из того, что миссис Шеферд и Гвендолин говорят правду, – сказал мистер Джордж, потирая лысину платочком. – Иначе мы потеряем такое драгоценное для нас время.

– Ты ведь не всерьёз, Томас?! – доктор Уайт ударил кулаком по каминной решётке, да так крепко, что перевернулся оловянный чан.

Мистер Джордж резко вздрогнул, но продолжил говорить, спокойный, как и прежде.

– Значит, последний прыжок произошёл примерно два часа назад? Мы можем подготовить девочку и задокументировать следующий прыжок как можно точнее.

– Поддерживаю, – сказал мистер де Виллер.

– Ваши предложения?

– С таким же успехом я мог бы со стеной пообщаться, – сказал мистер Уайт.

– Точно, – поддакнула тётя Гленда.

– Я бы предложил Гвендолин перейти в документарий. Там она будет в безопасности и по возвращении сразу же может быть внесена в хронограф.

– Я бы её к хронографу и близко не подпускал! – сказал доктор Уайт.

– Хватит уже, Джейк, – сказал мистер де Виллер. – Это всего лишь маленькая девочка. Думаешь, у неё под школьной формой бомба спрятана?

– Другая тоже была всего лишь маленькой девочкой, – пренебрежительно сказал мистер Уайт.

Мистер де Виллер кивнул мистеру Джорджу:

– Поступим так, как ты предложил. Позаботься обо всём.

– Пойдём, Гвендолин, – позвал меня мистер Джордж.

Я не шелохнулась.

– Мама, а ты?

– Всё в порядке, девочка моя. Я буду ждать тебя здесь.

Мама слабо улыбнулась.

Я поглядела на Шарлотту. Она продолжала сверлить взглядом пол. Тётя Гленда закрыла глаза и откинулась на спинку дивана, всем своим видом давая понять, что она сделала всё, что было в её силах. Вид у неё был ужасно жалкий, будто Шарлоттина головная боль вдруг стала заразной и передалась тёте Гленде. Моя бабушка, напротив, уставилась на меня так, будто видела впервые в жизни.

Вполне возможно, так оно и было.

Маленький мальчик снова выглянул из-под пиджака доктора Уайта. Бедный малютка. Злобный старикан даже ни разу не заговорил с ним, будто его и не было рядом.

– Скоро увидимся, девочка моя, – сказала мама.

Мистер Джордж взял меня за руку и ободряюще улыбнулся.

Я робко улыбнулась в ответ. Мне он чем-то нравился, этот мистер Джордж. Во всяком случае, среди всех здесь присутствующих он был самым дружелюбным.

И, кажется, единственным, кто нам поверил.

Только вот оставлять маму одну мне очень не хотелось. Когда дверь за нами закрылась, и мы снова направились к переходу, я чуть было не разревелась. «*Я хочу остаться с мамочкой!*» Но я собрала всю свою волю в кулак.

Мистер Джордж отпустил мою руку и шагал по коридору немного впереди меня. Сначала мы шли по тому же пути, что и сюда, потом через новую дверь попали в другой переход. Это был настоящий лабиринт.

Очень стильно выглядели бы на этих стенах горящие факелы, но переходы освещались современными лампами. Их свет был яркий, почти как дневной.

– Сначала чувствуешь себя здесь как в лабиринте, но через некоторое время ты сама разберёшься, где что, – сказал мистер Джордж. Куда-то вниз уходила новая лестница. Широкая, каменная, винтовая, со множеством ступенек, она, казалось, ввинчивалась на неизмеримую глубину прямо в пол.

– Тамплиеры возвели это здание в XII веке, до этого здесь побывали римляне, а до них – кельты. Все они считали, что это священное место. В этом смысле до сих пор ничего не изменилось. Каждый квадратный сантиметр прямо наполнен особой энергией, не чувствуешь? Как будто из земли исходит особая сила.

Ничего я такого не чувствовала. Даже наоборот, навалилась невероятная усталость. Бессонная ночь давала о себе знать.

Когда мы поднялись по лестнице наверх и резко повернули направо, нам навстречу неожиданно вышел молодой парень. Ещё немного, и мы столкнулись бы.

– Оп-ля! – вскрикнул мистер Джордж. У юноши были чёрные кудрявые волосы, которые спадали до самых плеч, и зелёные глаза, такие выразительные, что я решила поначалу, что он носит контактные линзы.

Я никогда не видела ни его волос, ни глаз, но они показались мне очень знакомыми. А голос его я узнала бы повсюду. Это был мужчина, которого я видела во время последнего путешествия во времени.

Точнее говоря, юноша, которого целовала моя близняшка, пока я, не веря своим глазам, подглядывала из-за шторы.

Мне ничего другого не оставалось, кроме как ошарашенно на него вылупиться.

В анфас и без парика он выглядел в тысячу раз привлекательней.

Я даже забыла, что нам с Лесли обычно не нравились длинноволосые мальчики. (Лесли считала, что если парень отрастил волосы, значит, он скрывает оттопыренные уши.)

Юноша был явно не в духе. Сначала он окинул меня с головы до пяток изучающим взглядом, затем вопросительно посмотрел на мистера Джорджа.

– Гидеон, это Гвендолин Шеферд, – сказал, легонько вздохнув, мистер Джордж. – Гвендолин, это Гидеон де Виллер.

Гидеон де Виллер. Игрок в поло. Другой путешественник во времени.

– Привет, – сказал он дружелюбно.

– Привет, – почему мой собственный голос показался мне вдруг таким хриплым?

– Сдаётся мне, у вас будет ещё время познакомиться поближе, – мистер Джордж нервно засмеялся. – Вполне возможно, что Гвендолин – наша новая Шарлотта.

– Что вы сказали? – Гидеон изучающее окинул меня взглядом своих зелёных глаз, на этот раз он осматривал только моё лицо. Я, к сожалению, могла только глупенько зыркать в ответ.

– Это сложная история, – сказал мистер Джордж. – Лучше пройдите в Зал Дракона и попросите вашего дядю, чтобы он вам всё объяснил.

Гидеон кивнул:

– Я как раз туда направлялся. До встречи, мистер Джордж. До свидания, Венди.

Что ещё за Венди?

– Гвендолин, – поправил мистер Джордж, но Гидеон уже завернул за угол. Его шаги звенели где-то на лестнице.

– У тебя наверняка назрело множество вопросов, – сказал мистер Джордж. – Я отвечу на них, насколько это будет в моих силах.

Наконец-то я смогла присесть и вытянуть ноги. Документариум оказался вполне уютной комнаткой, хотя находился он глубоко внизу, и окон в нём не было. В камине горел огонь, у стен стояли книжные шкафы. В углу располагалось удобное кресло, манившее меня всем своим видом, а на другой стороне – широкий диван, на который я и уселась. Когда мы зашли, нам навстречу встал молодой человек. Он подмигнул мистеру Джорджу и покинул комнату, не проронив ни слова.

– Он что – немой? – спросила я, потому что это была первая мысль, которая пришла мне в голову.

– Нет, – сказал мистер Джордж, – но он принял обет молчания. Следующие четыре недели ему нельзя говорить.

– А что он за это получит?

– Это ритуал. Адепты должны пройти целый ряд экзаменов, прежде чем их примут в наш круг. Прежде всего, им предстоит доказать нам, что они умеют молчать, – мистер Джордж улыбнулся. – Мы тебе, наверное, кажемся очень странными, правда же? На-ка, возьми этот фонарик. Повесь на шею.

– Что со мной теперь будет?

– Мы ждём следующего прыжка во времени.

– А когда он случится?

– О, этого никто точно сказать не может. У каждого путешественника свой режим. Например, твоя прабабка Элани Бёргли – рождённая Второй в Кругу Двенадцати – за всю жизнь прыгнула не более пяти раз. Хотя она умерла всего в восемнадцать лет – родильная горячка. Граф, пока был молодым, прыгал каждые пару часов, от двух до семнадцати раз за день. Только представь, каким опасностям он подвергался, пока не разобрался с хронографом.

Мистер Джордж указал на картину, которая висела над камином. На ней был изображён мужчина в белом парике с завитушками.

– Это, между прочим, граф Сен-Жермен.

– Семнадцать раз за один день? – это было бы просто ужасно. Я не смогу ни спать спокойно, ни в школу ходить.

– Не волнуйся. Когда это произойдёт, ты в любом случае окажешься в этой же комнате, а тут ты, по крайней мере, будешь в безопасности. Ты просто подождёшь до тех пор, пока не прыгнешь обратно. Главное – не сходи с места. Если ты вдруг встретишь кого-нибудь, покажи ему это кольцо.

Мистер Джордж снял с пальца перстень с печаткой и протянул его мне. Я повернула его печаткой к себе и внимательней посмотрела на рисунок. Это была двенадцатиконечная звезда, в центре которой извивались вычурные готические буквы. Проницательная Лесли, как всегда, оказалась права.

– Мистер Уитмен, мой учитель английского и истории, у него тоже есть такой перстень.

– Это вопрос? – в мягко мерцающем свете камина мистер Джордж выглядел очень по-домашнему.

– Нет, – в ответе я не нуждалась. Всё и так понятно. Мистер Уитмен тоже был одним из них. И проницательная Лесли об этом догадалась.

– Хочешь ли ты знать о чём-нибудь ещё?

– Кто такой Пол и что случилось с Люси? И о какой краже шла речь? И как во всём этом замешана моя мама, почему все на неё так обижены? – вырвалось у меня.

– О… – мистер Джордж сконфуженно почесал лысину. – Вот на *этот вопрос* я тебе, к сожалению, ответить не могу.

– Ясное дело.

– Гвендолин, если ты действительно наш Номер Двенадцать, мы объясним тебе абсолютно всё, до мельчайших подробностей, это я тебе обещаю. Но сначала мы должны быть уверены на сто процентов. Я охотно отвечу на остальные твои вопросы.

Я молчала.

Мистер Джордж вздохнул:

– Ладно. Пол – младший брат Фалька де Виллера. Он был последним путешественником во времени по линии де Виллеров перед Гидеоном. Номер Девять в Кругу Двенадцати. Этого с тебя достаточно для начала. Если вдруг у тебя есть не такие провокационные вопросы…

– Где здесь туалет?

– Сразу за поворотом. Я тебя провожу.

– Я и сама дойду.

– Ну ладно, – сказал мистер Джордж, но всё равно последовал за мной до двери маленькой толстой тенью. У входа, словно часовой, стоял человек, которого мы видели, когда зашли – тот, с обетом молчания.

– Следующая дверь, – мистер Джордж указал налево.

В туалете – маленьком помещении с запахом освежителя, где стояли только унитаз и рукомойник – я вытащила из сумки мобильный. Не ловит, сети нет. Этого следовало ожидать.

Как бы я сейчас хотела рассказать Лесли обо всём, что случилось. Зато можно было глянуть на часы в мобильном. Как ни странно, был только полдень. Я чувствовала себя так, будто нахожусь здесь уже несколько дней. Это-то мне и предстояло.

Когда я вышла из туалета, мистер Джордж с улыбкой вздохнул. Он явно боялся, что я успею исчезнуть за эти несколько минут.

В документариуме я снова плюхнулась на диван, а мистер Джордж присел на кресло передо мной.

– Итак, продолжим нашу игру в вопросы и ответы, – сказал он. – Но теперь по очереди. Один вопрос задаю я, один ты.

– Хорошо, – сказала я. – Сначала вы.

– Хочешь пить?

– Да. Я бы выпила воды, если можно. Или чаю.

В нижних полочках шкафа действительно нашлись вода, сок и вино, а, кроме того, чайник и чай. Мистер Джордж заварил нам чаю с бергамотом.

– Теперь ты, – сказал он, когда мы снова уселись.

– Если способность путешествовать во времени определяется каким-то геном, то причём тут дата рождения? Почему у Шарлотты сразу не взяли кровь и не проверили на наличие гена? И почему вы не отправили её с помощью хронографа в какое-то безопасное прошлое? Зачем дожидались, пока она сама по себе запрыгнет неизвестно куда? Ведь с ней могло случиться всё, что угодно.

– Ну, во-первых, мы пока *верим*, что речь идёт о гене, но точно нам это неизвестно. Мы знаем только, что есть нечто в крови, что отличает вас от обычных людей, но сам ген мы ещё не нашли. Хотя мы и проводили всевозможные исследования. Среди наших учёных – лучшие умы мира. Поверь, было бы куда проще, если бы мы сумели выделить в крови этот ген, или что это там такое. А пока мы лишь можем пользоваться расчётами и наблюдениями, которые составили наши предшественники.

– А что было бы, если б хронограф заправили Шарлоттиной кровью?

– В худшем случае мы бы его сломали, – сказал мистер Джордж, – и прошу тебя, Гвендолин, речь идёт о крошечной капле крови, а не о целой заправке! Теперь моя очередь. Если бы у тебя был такой выбор, в какое время в прошлом ты бы отправилась?

Я задумалась.

– Мне бы хотелось не так уж далеко в прошлое. Лет на десять назад. Тогда бы я ещё раз увидела папу и поговорила с ним.

Мистер Джордж сочувственно посмотрел на меня.

– Понимаю. Но это неосуществимо. Никто не может путешествовать в том времени, в котором живёт. Самая ранняя дата, куда мы можем тебя отправить – это день перед твоим рождением.

Ну вот… Жалко. А я уже размечталась, как снова попаду в то время, когда ходила в начальную школу, а именно – в тот день, когда один мальчик по имени Грегори Форбс обозвал меня «противной жабой». Это случилось на школьном дворе. А потом он четыре раза ударил меня по коленке. Я бы появилась там неожиданно, как супергероиня. Тогда бы Грегори Форбс зарубил себе на носу, что обижать маленьких девочек некрасиво.

– Теперь опять твоя очередь, – сказал мистер Джордж.

– Моё задание изначально заключалось в том, чтобы нарисовать крестик мелом на том месте, где исчезла бы Шарлотта. Для чего нужен этот крест?

Мистер Джордж отмахнулся.

– Забудь эту чепуху. Тётя Гленда настояла на том, чтобы мы дежурили на месте исчезновения Шарлотты. После её прыжка мы должны были послать в прошлое Гидеона и описать ему, где она. А хранители должны были ожидать Шарлотту в прошлом и оберегать её до тех пор, пока она не прыгнет обратно.

– Да, но ведь невозможно заранее предугадать, в каком времени окажется путешественник. Тогда бы хранителям пришлось круглосуточно следить за этим местом годами, а то и десятилетиями.

– Да уж, – вздохнул мистер Джордж, – что верно, то верно. А сейчас снова я. Помнишь ли ты своего дедушку?

– Конечно. Мне уже исполнилось десять лет, когда он умер. Он был совсем не похож на леди Аристу, он был весёлым и вовсе не строгим. Нам с братом он частенько рассказывал всякие страшилки. Вы тоже его знали?

– О да! Он был моим наставником и лучшим другом, – мистер Джордж задумчиво поглядел на огонь.

– А кто такой тот маленький мальчик? – спросила я.

– Какой такой мальчик?

– Ну, из предыдущей комнаты. Он ещё вцепился в пиджак доктора Уайта.

– Ты о чём? – мистер Джордж отвлёкся от огня и посмотрел на меня непонимающим взглядом.

Ну да! Как ещё точнее его описать.

– Маленький, светловолосый мальчик, примерно семи лет. Он стоял возле доктора Уайта, – сказала я, чеканя каждое слово.

– Хорошо, я понял. Но там не было никакого маленького мальчика, – сказал мистер Джордж. – Ты со мною шутки шутишь?

– Нет, – сказала я. Вдруг до меня дошло, что это был за мальчик. И я рассердилась сама на себя, что не сразу разобралась, в чём тут дело.

– Маленький светловолосый мальчик, говоришь? Семи лет?

– Забудьте, – я резко развернулась и с величайшим интересом начала разглядывать книги за моей спиной.

Мистер Джордж не проронил ни слова, но я ощущала на себе его изучающий взгляд.

– Теперь опять моя очередь, – наконец произнёс он.

– Это глупая игра. Может, лучше в шахматы? – на столе стояла шахматная доска с расставленными фигурами.

Но мистер Джордж не дал себя заговорить.

– Ты иногда видишь вещи, которые не видят другие люди?

– Маленькие мальчики – это не вещи, – сказала я. – Но это правда, иногда я вижу вещи, которые остальные видеть не могут, – я не могла понять, почему доверяю ему эту тайну. По какой-то причине, его, казалось, очень обрадовали мои слова.

– Любопытно, как любопытно! С какого возраста у тебя этот дар?

– Вообще-то, он был всегда.

– Восхитительно! – мистер Джордж огляделся по сторонам. – Скажи-ка, пожалуйста, кто кроме нас сейчас в этой комнате? Кто тут спрятался и подслушивает?

– Мы здесь одни, – я не могла не засмеяться, когда увидела разочарованное лицо мистера Джорджа.

– О, а я готов был поклясться, что в это место так и кишит привидениями. Особенно эта комната, – он отхлебнул чая из своей чашки. – Может, хочешь пирожное? С апельсиновым повидлом.

– Да, спасибо, – сказала я неуверенно. Из-за пирожных или нет, тревожное чувство тошноты вдруг вернулось. Я затаила дыхание.

Мистер Джордж встал и закопошился в ящичках шкафа.

У меня закружилась голова. Всё сильней и сильней. Мистер Джордж явно удивится, когда обернётся, а меня нет – испарилась. Может, стоит его предупредить? Вдруг у него слабое сердце?

– Мистер Джордж!

– Сейчас опять твоя очередь, Гвендолин, – он сосредоточенно выкладывал пирожные на тарелку. Почти так же, как это обычно делал мистер Бернхард. – Кажется, я даже знаю ответ на твой следующий вопрос.

Я прислушалась к собственным ощущениям. Голову немножко отпустило.

Ну ладно. Ложная тревога.

– Допустим, я прыгну в то время, когда этого дома ещё не существовало. Я тогда упаду с высоты и разобьюсь насмерть?

– О, а я-то думал, ты будешь опять расспрашивать насчёт маленького светловолосого мальчика. Ну, хорошо. Согласно опыту предыдущих путешественников, никто ещё не прыгал далее, чем на пятьсот лет назад. В хронографе для рубина, то есть для тебя, самая ранняя дата, которую можно установить – это 1560 год нашей эры. Год рождения первого путешественника во времени, Ланселота да Виллера. Мы тоже огорчены такой маленькой амплитудой прыжков. Столько интереснейших лет проходят мимо... Пожалуйста, вот и пирожные. Мои любимые.

Тарелка вдруг расплылась перед глазами, но я всё равно потянулась за пирожным. Как вдруг кто-то будто выдернул из-под меня диван.

Преемственность по мужской линии

Ланселот де Виллер
Янтарь
(1562/1560 – 1607)

Уильям де Виллер
Агат
(1636 – 1689)

Граф Сен-Жермен
Изумруд
(1703 – 1784)

Джонатан де Виллер
Карнеол
(1875 – 1944)

Гидеон де Виллер
Алмаз
(*1992)

Тимоти де Виллер
Карнеол
(1875 – 1930)

Пол де Виллер
Чёрный турмалин
(*1974)

Хроники Хранителей,
Том четвёртый, Круг Двенадцати

Глава восьмая

Я плюхнулась попой на холодный каменный пол. В моей руке оказалось пирожное. Вокруг царила полнейшая темнота. Я, по идее, должна была оцепенеть от страха, но бояться почему-то вовсе не хотелось. Может, дело было в ободряющих словах мистера Джорджа, а может, я просто уже привыкла к своему новому образу жизни. Я сунула пирожное в рот (действительно, вкуснятина!) и пошарила рукой в поисках фонарика, который должен был висеть у меня на шее. Он оказался на месте, я потянула за шнурок. Через пару секунд я нащупала кнопку и фонарик включился. В его свете я смогла различить книжные полки и камин (к сожалению, холодный, огонь в нём не горел). Над ним висела та же самая картина, портрет путешественника во времени в белом парике, Графа Какого-то-Там-де-Пумпумского.

Строго говоря, не хватало всего пары кресел и журнальных столиков, и – закон подлости! – того самого дивана, на котором я так уютно сидела.

Мистер Джордж говорил, что я должна просто дождаться, пока меня не унесёт обратно.

Возможно, я бы так и поступила, если бы диван остался на своём месте. Ничего плохого не случится, если я на секундочку выгляну из комнаты.

Осторожно, на ощупь, я пробиралась вперёд. Дверь оказалась заперта.

Ну что ж. Хорошо хоть в туалет сходить успела.

Я оглядывала комнату при свете фонарика. Мне хотелось найти хоть малейший намёк на то, в каком же году я сейчас находилась.

Вдруг на стене висит календарь. Или он лежит на письменном столе.

Письменный стол, кстати, был завален скомканными листами, книгами, надорванными конвертами и шкатулками. Луч света выхватил из темноты чернильницу и перо. Я взяла со стола лист бумаги. На ощупь он казался толще и грубее обычного. Прочитать написанное было ужасно сложно из-за всевозможных завитушек над и под буквами.

«*Глубокоуважаемый господин доктор*, – было написано на листе, – *сегодня мне доставили Ваше письмо, оно шло ко мне девять недель. Диву даёшься такой скорости, а ведь какой длинный путь проделал Ваш занимательный доклад о состоянии дел в колониях*».

Я не могла не улыбнуться. Письмо шло целых девять недель! И после такого кто-то ещё смеет жаловаться, что британская почта медленная и ненадёжная. Так значит, я в том времени, когда письма ещё прилетали с почтовыми голубями. Хотя именно это послание, кажется, тянули улитки.

Я села за стол и прочитала ещё парочку писем. Какие-то они были скучные. Имена мне тоже ни о чём не говорили. После этого я порылась в шкатулках. В первой оказалось полно искусно прорисованных печатей. Я хотела найти двенадцатиконечную звезду, но попадались одни только короны, переплетающиеся буквы и растительные узоры. Очень симпатично всё. В шкатулке ещё лежали восковые свечи всех цветов, среди них были даже золотые и серебряные.

Следующая шкатулка оказалась закрытой. Может, в одном из ящичков есть для неё подходящий ключик. Я постепенно входила во вкус с этими поисками драгоценностей. Если мне вдруг понравится что-нибудь из закрытой шкатулки, я просто прихвачу это с собой. На пробу, ничего такого. С пирожным же получилось. Я бы взяла для Лесли один безобидный сувенирчик. Думаю, на такие мелочи никто внимания не обратит.

В ящиках стола мне снова попались перья, чернильницы, письма, которые бережно хранились прямо в конвертах, записные книжки в переплётах, что-то вроде кинжала, маленький нож для разрезания писем, и, наконец, – ключи. Великое множество ключей всех возможных форм и размеров. Лесли бы такое зрелище точно воодушевило. Вероятно, в этой комнате каждый ключ подходил к своему замочку, а за каждым замочком скрывалась какая-нибудь тайна. Или сокровища. Я попробовала пару ключей, которые на вид были самыми маленькими, но к шкатулке они не подходили. Наверное, там внутри дорогие украшения. Может, прихватить всю шкатулку целиком? Правда, размер у неё немного неудобный, во внутренний карман моей куртки она точно не поместится.

В следующей шкатулке хранилась трубка. Очень даже симпатичная, искусно вырезанная, наверное, из слоновой кости. Но нет, Лесли она не подойдёт.

Может, захватить ей одну из печатей? Или этот милый кинжальчик? Или какую-нибудь книгу?

Конечно, я знала, что воровать – некрасиво, но сейчас сложилась исключительная ситуация. Полагается же мне хоть какая-то компенсация. Кроме того, надо было проверить, можно ли забирать с собой предметы из прошлого в настоящее. Ни малейших угрызений совести я не испытывала, мне и самой это показалось немного странным. Я ведь всегда так корила себя, если Лесли в магазине тянулась за вторым или даже третьим кусочком какого-нибудь лакомства, выложенного на пробу. Или вот недавно она сорвала цветок прямо с клумбы в парке.

Выбор – непростая штука. Кинжал выглядел самым дорогим. Если камни на ручке настоящие, он потянет на целое состояние. Но что Лесли делать с этим кинжалом? Печать понравится ей куда больше. Но какая?

Принимать решение мне не пришлось – возвращалось знакомое головокружение. Когда письменный стол стал расплываться перед глазами, я поспешно схватила первое, что подвернулась под руку.

Я мягко приземлилась на ноги. Яркий свет слепил глаза. Ключ, который я заграбастала в последнюю секунду, скользнул в карман куртки, туда, где лежал мобильный телефон. Я осмотрелась. Всё выглядело так же, как накануне, когда мы с мистером Джорджем пили здесь чай. По комнате разливалось приятное тепло от мерцающего в камине огня. Но мистер Джордж был теперь не один. Посреди комнаты стояли Фальк де Виллер и неприветливый серый доктор Уайт (вместе с маленьким светловолосым мальчиком-привидением). Они тихо переговаривались между собой. Гидеон де Виллер небрежно облокотился о книжный шкаф. Именно Гидеон заметил меня раньше всех.

– Привет, Венди, – сказал он.

– Гвендолин, – поправила я. Ну, ёлки-палки, разве так сложно запомнить моё имя?! Я же не называла его каким-нибудь Гизбертом. Трое других мужчин глядели на меня во все глаза. Доктор Уайт недоверчиво прищурился, а мистер Джордж явно был вне себя от радости.

– Прошло почти пятнадцать минут, – сказал он. – Как ты, Гвендолин? Всё в порядке? Ты себя хорошо чувствуешь?

Я кивнула.

– Тебя кто-нибудь видел?

– Там никого не было. Я с места не сдвинулась, как вы и велели, – я протянула мистеру Джорджу его фонарик и перстень с печатью. – А где моя мама?

– Она с остальными сейчас наверху, – коротко сказал мистер де Виллер.

– Я хочу с ней поговорить.

– Только не волнуйся. Поговоришь, конечно. Но позже, – сказал мистер Джордж. – А теперь… даже не знаю, с чего начать, – лицо его сияло. Чему это он так обрадовался?

– С моим племянником Гидеоном ты уже знакома, – сказал мистер де Виллер. – То, что происходит с тобой, он пережил года два назад. Подготовлен он, правда, был куда лучше тебя. Сложновато нам будет наверстать всё, что ты пропустила за эти годы.

– Сложновато? Мне кажется – невозможно, – сказал доктор Уайт.

– Так ведь всё ей знать не обязательно, – сказал Гидеон. – Я и сам справлюсь.

– Посмотрим, – сказал мистер де Виллер.

– Мне кажется, вы недооцениваете эту девочку, – сказал мистер Джордж. Он перестроился на совсем торжественный лад. – Гвендолин Шеферд! Ты – часть древней тайны. И придёт время, когда ты научишься понимать эту тайну. Для начала тебе нужно знать, что…

– Не стоит спешить, – перебил его доктор Уайт. – Может, у неё и правда есть этот ген, но это вовсе не означает, что ей можно доверять.

– И что она вообще понимает, о чём мы тут говорим, – дополнил Гидеон.

Ага. Кажется, я кажусь ему ограниченной дурочкой.

А сам-то. Заносчивый выскочка.

– Кто знает, какие указания могла дать ей мать. Хронограф у нас остался один, больше ошибок мы допускать не можем. Просто даю вам пищу для размышления.

Мистер Джордж выглядел так, будто ему только что влепили оплеуху.

– Некоторые люди склонны всё усложнять, – пробурчал он.

– Я забираю её с собой в процедурный кабинет, – сказал доктор Уайт. – Всё к лучшему, Томас. Но не стоит торопить время.

От его слов у меня подкосились ноги. Последнее, чего мне сейчас хотелось, так это тащиться с мистером Франкенштейном в какой-то *процедурный кабинет.*

– Я хочу к маме, – сказала я. Наверняка они посчитают меня сейчас маленькой плаксой. Ну и пусть.

Гидеон презрительно щёлкнул языком.

– Не бойся, Гвендолин, – успокаивал мистер Джордж. – Нам просто нужно чуть-чуть твоей крови. Кроме того, доктор Уайт несёт ответственность за твоё здоровье и иммунитет. В прошлом тебя подстерегают очень много болезней, противостоять которым наш организм уже разучился. Это не займёт много времени.

Он сам-то себя слышал? *Нам просто нужно чуть-чуть твоей крови*... и... *это не займёт много времени* – вот ужас!

– Но я... я не хочу оставаться наедине с доктором Фран... Уайтом, – сказала я. Пускай считает меня грубиянкой, ну и что с того. И вообще, ему самому стоит поучиться, как себя вести. А что касается Гидеона – пусть что хочет, то обо мне и думает!

– Доктор Уайт вовсе не такой... бессердечный, каким он мог тебе показаться, – сказал мистер Джордж. – Тебе правда не стоит...

– Нет, стоит, ещё как стоит, – пробурчал мистер Уайт.

Я медленно, но верно начинала выходить из себя от ярости. Что он себе возомнил, этот скелетон заносчивый? Бледная поганка! Пусть сначала хоть пальто нормального цвета купит!

– Ах вот как? Ну и что же вы будете делать, если я откажусь? – прошипела я, заметив, как его глаза за стёклами очков замерцали красными огоньками.

Хорошенький доктор, ничего не скажешь. За самим собой проследить не может.

Прежде, чем доктор Уайт дал волю своей фантазии, как ему проучить меня (моё воображение тут же услужливо нарисовало парочку очень нелицеприятных вариантов), успел вмешаться мистер де Виллер.

– Я поставлю в известность миссис Дженкинс, – сказал он тоном, не допускающим возражений. – Мистер Джордж будет сопровождать её до места назначения.

Я победоносно зыркнула на доктора. Выглядело это покруче, чем показать ему язык. Но доктор меня проигнорировал.

– Встречаемся через полчаса наверху в Зале Дракона, – продолжил мистер де Виллер.

Я правда не хотела, но на пороге почему-то вдруг обернулась и посмотрела на Гидеона. Мне было любопытно, впечатлила ли его моя победа над доктором Уайтом.

Скорее всего, нет, потому что он пялился на мои ноги. Возможно, в этот момент он сравнивал их с ногами Шарлотты.

Вот чёрт! Её-то ножки были и стройнее, и длиннее. И уж совершенно точно они не были так исцарапаны, как мои. Шарлотте ведь не пришлось прошлой ночью ползать в пыльном хламе между выпотрошенными крокодилами. Процедурный кабинет доктора Уайта выглядел как кабинет обычного врача. А когда доктор Уайт набросил белый халат поверх своего костюма и тщательно вымыл руки, то тоже стал похож на самого обыкновенного доктора. Только маленький мальчик-привидение, который жался к его ноге, казался немного непривычным.

– Снимай куртку, закатывай рукава, – скомандовал доктор Уайт.

Мистер Джордж перевёл его слова:

– Пожалуйста, будь добра, сними курточку и подними рукава выше локтей.

Маленький мальчик с интересом наблюдал за происходящим. Я ему снова улыбнулась. Он быстро юркнул за спину доктора Уайта, но уже через секунду выглянул опять.

– Ты что, меня видишь?

Я кивнула.

– Не смотри сюда! – прошипел доктор Уайт, перетягивая мне руку жгутом.

– Я не боюсь крови, – сказала я. – Своей собственной тоже.

– Другие меня не видят, – сказал мальчик.

– Я знаю, – сказала я. – Меня зовут Гвендолин. А тебя?

– Для тебя всё ещё доктор Уайт, – сказал доктор Уайт.

– Меня зовут Роберт, – сказало привидение.

– Красивое имя, – сказала я.

– Большое спасибо, – сказал доктор Уайт. – А у тебя красивые вены.

Укол был почти безболезненным. Доктор Уайт бережно наполнил пробирку моей кровью. Затем он поставил ещё одну пустую пробирку и тоже заполнил её до краёв.

– Она *не с тобой* разговаривает, Джейк, – сказал мистер Джордж.

– Нет? С кем же тогда?

– С Робертом, – сказала я.

Доктор Уайт удивлённо выпрямился. Он впервые посмотрел мне прямо в глаза.

– Что-что?

– А, забудьте, – сказала я.

Доктор Уайт пробурчал себе под нос нечто нечленораздельное. Мистер Джордж улыбнулся мне с заговорщицким видом.

В дверь постучали. Это оказалась миссис Дженкинс, секретарша в толстых очках.

– Вот и вы, наконец, – сказал доктор Уайт. – Ты можешь быть свободен, Томас. Роль цербера переходит к миссис Дженкинс. Хотите – садитесь на стул в углу, но разговоры оставьте при себе.

– Как всегда – само обаяние, – сказала миссис Дженкинс, но всё же послушно присела туда, куда указал доктор Уайт.

– Мы очень скоро увидимся! – сказал мне мистер Джордж. Он держал на весу одну из пробирок с моей кровью. – Я пойду займусь заправкой, – прибавил он с лёгким смешком.

– А где он вообще, этот хронограф? И как он выглядит? – спросила я, когда мистер Джордж вышел из кабинета. – Туда можно забраться внутрь?

– Последний, кто так подробно расспрашивал меня про хронограф, ровно через два года его и похитил, – доктор Уайт вытащил иглу из моей вены и прижал к ранке кусочек ваты. – Ты же понимаешь, что я тебе сейчас ничего не скажу.

– Хронограф был похищен?

Маленький мальчик по имени Роберт энергично закивал.

– Твоей драгоценной кузиной Люси. Лично, – сказал мистер Уайт. – Я хорошо помню, как она сидела здесь в первый раз. Вид у неё был такой же неприкаянный, как сейчас у тебя.

– Люси – хорошая, – сказал Роберт. – Мне она нравится.

Для него было, в сущности, всё равно, видел он Люси вчера или два года назад. Такие уж они, эти привидения.

– Люси украла хронограф? Зачем он ей нужен?

– Зачем? Шизоидное расстройство личности потому что, – пробурчал доктор Уайт. – Скорее всего, дело в семье. Все эти бабы Монтроузы одна другой истеричней. А у Люси в придачу была ещё и недюжинная тяга к преступлениям.

– Доктор Уайт! – сказала миссис Дженкинс. – Это же неправда!

– Давайте-ка вы помолчите, а? – сказал мистер Уайт.

– Но если Люси украла хронограф, как он оказался тут? – спросила я.

– Да, действительно, как же? – доктор Уайт развязал жгут. – Есть ещё и второй хронограф, ты, хитрюга. Когда тебе последний раз делали прививку от столбняка?

– Не знаю. То есть, существует много хронографов?

– Нет, только два, – сказал доктор Уайт, – так, от оспы у тебя прививки точно нет, – он похлопал меня по руке, что-то проверяя. – Хронические болезни? Аллергия на что-нибудь?

– Нет. А ещё у меня нет прививки от чумы. И от холеры. От оспы тоже, да, – я вспомнила о Джеймсе. – Существуют вообще прививки против оспы? Один мой друг, кажется, умер от этой болезни.

– Не думаю, – сказал доктор Уайт. – От неё давным-давно уже никто не умирал.

– А мой друг давным-давно и умер.

– Я-то думала, оспа – это другое название кори, – сказала миссис Дженкинс.

– Я-то думал, мы договорились, что вы молчите, миссис Дженкинс.

Миссис Дженкинс замолчала.

– Почему вы, собственно, такой неприветливый? – спросила я. – Ай!

– Это ж как комар укусил, совсем не больно, – сказал доктор Уайт.

– А что это вообще было?

– Тебе знать не обязательно.

Я вздохнула. Маленькое привидение Роберт вздохнуло за мной.

– Здесь всегда так? – спросила я его.

– По большей части да, – ответил Роберт.

– Он так не думает, – сказала миссис Дженкинс.

– Миссис Дженкинс!

– Ладно-ладно, я молчу.

– Так, для первого раза достаточно. До следующей нашей встречи я сделаю необходимые анализы. А твоя дорогая мамаша пускай пороется в закромах и принесёт мне медицинскую карточку и справку о прививках.

– Я никогда не болела. А что, у меня теперь есть прививка от чумы?

– Нет. Я же сказал, это всё равно мартышкин труд. Продержится такая прививка полгода, не больше, а побочные эффекты могут быть хуже некуда. Слушайтесь меня, тогда в чумной год не попадёшь. Можешь одеваться. Миссис Дженкинс отведёт тебя наверх к остальным. Я догоню вас через минуту.

Миссис Дженкинс поднялась со стула.

– Пойдём, Гвендолин. Ты наверняка успела проголодаться. У миссис Мэллори сегодня жаркое из говядины и спаржа. Пальчики оближешь.

Я вдруг почувствовала, как сильно проголодалась. От одной мысли о жарком и спарже прямо слюнки текли. Хотя обычно я от такой еды не в восторге.

– Знаешь, наш доктор на самом деле очень добродушный человек, – сказала миссис Дженкинс, поднимаясь по ступенькам. – Но ему сложно даются хорошие манеры.

– Да уж, я заметила.

– Раньше он был совсем другим человеком. Весёлым, жизнерадостным. Он, правда, всегда носил эти жутчайшие чёрные пиджаки, но раньше, по крайней мере, он повязывал пёстрые галстуки. Пока не умер его сын... Просто ужас, такая трагедия. После этого доктора как подменили.

– Роберт.

– Да-да, малыша звали Роберт, – подтвердила миссис Дженкинс. – Тебе мистер Джордж рассказал?

– Нет.

– Такой был прелестный ребёнок. Он утонул в бассейне на детском празднике у какого-то знакомого. Только представь.

Миссис Дженкинс принялась загибать пальцы обеих рук, пытаясь что-то на ходу сосчитать.

– Уже восемнадцать лет прошло. Бедный доктор.

Бедный Роберт. Хотя бы вид у него был приличный. Так даже и не скажешь, что утопленник. А вот некоторые другие привидения развлекались очень странным образом – бродили прямо в том виде, в каком умерли. Хорошо хоть мне ни разу не попадались ребята с топором в голове. Или вовсе без головы.

Миссис Дженкинс постучала в какую-то дверь.

– Мы на секунду заглянем к мадам Россини. Она должна тебя обмерить.

– Обмерить? Зачем ещё? – но комната, в которую втолкнула меня миссис Дженкинс, одним своим видом подсказала ответ на мой вопрос. Это была швейная мастерская. Вокруг высились горы платьев, рулоны ткани, стояли швейные машинки и манекены, валялись ножницы, катушки ниток и пряжи. А посреди всего этого великолепия нас встретила полная блондинка с рыжими прядями. Она добродушно улыбнулась мне.

– Бонжур и дьобро пожаловать, – сказала она с французским акцентом. – Ты, должно быть, Гвендолин. Я – мадам Россини. Я позабочусь о твоём гардероб, – она подняла над головой рулетку. – Мы ведь не можем позволить тебе *в прошлом* разгуливать в этих противных школьных формах, ведь правда?

Я кивнула. Школьные формы, как выразилась мадам Россини, были действительно противными, в каком бы веке они не оказались.

– Там в прошлом соберутся толпы, чтоб только на тебя посмотреть, – сказала она и обхватила меня руками и рулеткой.

– Извините, но нам надо поторопиться. Нас ждут наверху, – сказала миссис Дженкинс.

– Я мигом. Сними-ка куртку, силь-ву-плэ.

Мадам Россини обвила рулетку вокруг моей талии.

– Шарман. Теперь бёдра. О, прямо мьолодая лань. Я думаю, мы можем использовать многое из того, что было приготовлено для другой. Нужно только чуть-чуть перешить некоторые вещи.

«Другая» – это была, конечно, Шарлотта. Я разглядывала бледно-жёлтое платье с белой прозрачной отделкой, которое висело на створке шкафа. Вид у него был такой, словно его вынесли прямо из костюмерной «Гордости и предубеждения». Шарлотта наверняка выглядела в нём чрезвычайно трогательно.

– Шарлотта выше и стройней меня, – сказала я.

– Да, есть немного, – сказала мадам Россини. – Худышка она. (На самом деле сказала она «удишка», и я тихонько хихикнула.) – Не проблем, – она измерила окружность шеи и головы. – Чтобы подобрать шляпы и парики, – объяснила она и умильно воскликнула: – Ах, как же всё таки приятно иногда для разнообразия шить что-то для брунэттки. С рыжеволосыми нужно быть такая осторожная, когда выбираешь цвет ткани. У меня уже столько лет лежит этот чудный отрез. Тафта цвета заходящий солнц. Ты, наверное, первая, кому он подойдёт...

– Мадам Россини, пожалуйста, поскорее! – миссис Дженкинс указала на часы.

– Да-да, уже заканчиваю, – сказала мадам Россини, кружась вокруг меня и обмеряя со всех сторон. Она не забыла даже записать размер запястья.

– Всегда они куда-нибудь торопятся, эти мужчины! Но в делах моды и красоты спешка недопустима!

В заключение она похлопала меня по спине и сказала:

– До встречи, лебединая шейка!

У неё шеи, казалось, не было вовсе. Голова как будто сидела прямо на плечах. Но вообще она мне очень понравилась.

– До встречи, мадам Россини.

Когда мы вышли из комнаты, миссис Дженкинс так припустила по коридору, что я едва за ней поспевала. На ногах у секретарши были туфли на высоких каблуках, но бежала она довольно быстро. А я в своих разношенных удобных тёмно-синих школьных ботинках плелась сзади.

– Скоро будем на месте.

Впереди снова маячил бесконечный коридор. Для меня оставалось загадкой, как можно так хорошо разбираться в этом лабиринте.

– Вы здесь живёте?

– Нет, живу я в Ислингтоне, – сказала миссис Дженкинс. – Я работаю до пяти. А потом возвращаюсь домой, к мужу.

– А что думает ваш муж по поводу того, что вы работаете на тайное общество, которое хранит у себя в подвале машину времени?

Миссис Дженкинс засмеялась

– О, этого он не знает. Когда меня брали на работу, я подписала контракт, где был пункт о неразглашении информации. Поэтому мне запрещено рассказывать о том, что тут происходит, кому бы то ни было, даже мужу.

– Кому бы то ни было?

Да уж, в этих стенах наверняка спрятаны скелеты парочки болтливых секретарш.

– В противном случае меня уволят, – сказала миссис Дженкинс. Голос её звучал так, что стало ясно – такое развитие событий было бы для неё настоящей трагедией. – Мне бы всё равно никто не поверил, – закончила она беззаботно. – А мой муж и подавно. У моего благоверного воображения никакого. Он думает, я корплю целыми днями в самой что ни на есть обычной конторе над документами и отчётами... О нет! Документы забыла! – она остановилась. – Где же я их положила... я же не закончила... Доктор Уайт меня со свету сживёт, – она нерешительно посмотрела на меня. – Справишься дальше сама? Тут всего пару метров. Повернёшь налево, вторая дверь справа.

– Поворот налево, вторая дверь справа. Я найду.

– Ты золото! – миссис Дженкинс крикнула это, уже убегая. Как ей удавалось управляться с этими высоченными каблуками, ума не приложу.

Идея миссис Дженкинс предоставить меня самой себе на несколько минут показалась мне просто замечательной. Представится возможность хоть «пару метров» пройти не торопясь. Наконец-то я могла в тишине и покое поразглядывать рисунки на стенах (совсем выцвели), погреметь рыцарскими доспехами (насквозь проржавели) и осторожно провести указательным пальцем по рамам (страшно запылились). Когда я завернула за угол, то услышала голоса.

– Постой же, Шарлотта!

Я поспешно отпрыгнула назад и прижалась спиной к холодной стене. Шарлотта вышла из Зала Дракона, за ней следовал Гидеон. Он крепко схватил Шарлотту за руку. Это я ещё успела углядеть. Хоть бы они меня не заметили.

– Вся эта история такая постыдная и удручающая, – сказала Шарлотта.

– Вовсе нет. Что ты можешь поделать.

Каким мягким и дружелюбным мог, оказывается, быть его голос.

«Втюрился. В неё», – думала я. Эта глупая мысль отчего-то неприятно действовала на нервы. Я ещё сильнее вжалась в стену, хотя мне так хотелось посмотреть, чем там занимались эти двое. Может, они за ручки держатся?

Шарлотта была безутешна.

– Ложные симптомы! Я готова была от стыда сквозь землю провалиться. Я ведь правда верила, что это вот-вот случится...

– Я бы думал точно так же, окажись я на твоём месте, – сказал Гидеон. – Твоя тётя, должно быть, совсем сумасшедшая – скрывать такое все эти годы! Твоей кузине остаётся только посочувствовать.

– Ты правда так думаешь?

– Ну сама посуди: как она теперь со всем справится? Она ж ничегошеньки не смыслит в том, что происходит.

Как она теперь должна за день выучить всё, что мы прошли за десять лет?

– Да уж, бедная Гвендолин, – сказала Шарлотта. Сочувствия в её словах как-то не ощущалось. – Но некоторые вещи ей удаются просто замечательно.

О, как мило с её стороны.

– Например, хихоньки-хаханьки с подружками, смски на уроках и просмотры фильмов по любому поводу.

Тьфу. Ни капли не мило.

Я осторожно выглянула из-за угла.

– Да, – сказал Гидеон. – Именно так мне и показалось, когда я увидел её впервые. Эх, мне тебя будет так не хватать. Например, на уроках по фехтованию.

Шарлотта вздохнула:

– Неплохо мы проводили время, правда?

– Да уж. Но зато теперь, подумай только, какие перед тобой открываются перспективы. Я тебе даже завидую! Ты совершенно свободна и можешь делать всё, что только пожелаешь.

– Я всегда хотела только того, что происходит здесь!

– Именно. Потому что у тебя не было выбора, – сказал Гидеон. – Но теперь перед тобой весь мир, ты можешь начать учёбу за границей и отправиться в далёкое путешествие. В то время как я не могу отдаляться от этого дурногра… хронографа более чем на один день пути. А ночи вынужден коротать в 1953-м году. Как бы я хотел поменяться с тобой местами!

Дверь Зала Дракона снова распахнулась, и в коридор выплыли леди Ариста и тётя Гленда. Я быстро спряталась.

– Они ещё пожалеют! – сказала тётя Гленда.

– Гленда, прошу тебя! Мы же всё-таки одна семья, – сказала леди Ариста. – Мы должны держаться вместе.

– Скажи это лучше Грейс, – огрызнулась тётя Гленда. – Это она нам постоянно сюрпризы устраивает. *Защитить*! Ха! Так я и поверила! Любой человек, у которого голова варит, ни единому слову её не поверит! Ни единому! После того, что случилось. Но это нас больше не касается. Шарлотта, пойдём.

– Я провожу вас до автомобиля, – сказал Гидеон.

Вот подлиза!

Я подождала, пока не утихнут шаги, и лишь тогда отважилась покинуть свой наблюдательный пункт. Леди Ариста всё ещё стояла посреди коридора и устало потирала лоб.

Она вдруг показалась мне невероятно старой, совсем на себя не похожей.

Все замашки хореографа остались где-то далеко. Даже черты лица у неё стали мягкими, смазанными, нечёткими. Мне вдруг захотелось пожалеть её.

– Привет, – сказала я. – Как ты?

В тот же миг бабушкина выправка вернулась. Все хореографические палки встали на свои места.

– Ах, это ты, – сказала она. Её изучающий взгляд остановился на моей блузке. – Что я вижу? Пятно? Деточка, тебе стоило бы, наконец, научиться следить за своим внешним видом.

Периодичность прыжков во времени, если её не регулирует хронограф, варьируется в зависимости от особенностей каждого путешественника. Граф Сен-Жермен полагал, что женщины-путешественницы прыгают гораздо реже и на более короткий срок. Проделав собственные наблюдения, мы не можем согласиться с этим утверждением. Длительность неконтролируемых прыжков колеблется от 8 минут 12 секунд (начальный прыжок Тимоти де Виллера от 5 мая 1892 года) до 2 часов 4 минут (Маргарет Тилни, второй прыжок от 22 марта 1984 года). Временной коридор, которым обеспечивает путешественников хронограф, составляет от 30 минут до 4 часов. Пока не замечены случаи, когда прыжки совершались в тот период времени, в котором проживает путешественник. Граф Сен-Жермен обосновывает подобный факт наличием и особенностями континуума (см. том 3, Законы континуума). Задать в параметрах хронографа опцию прыжка в своё время, опять же, невозможно.

Хроники Хранителей,
Том второй, Общие положения.

Глава девятая

Мама обняла меня так крепко, будто я считалась пропавшей без вести года три, а потом вдруг нашлась. Мне пришлось в который раз заверить её, что ничего плохого со мной не случилось. Только после энного раза она немного успокоилась.

– Ты-то как, мам?

– Всё нормально, доченька, я тоже в порядке.

– Значит, у всех всё хорошо, – иронично встрял мистер де Виллер. – Как здорово, что мы это выяснили, – он подошёл к нам так близко, что в нос мне ударил запах его Фу-деколона. (Это было нечто пряно-Фу-руктовое с лёгким ароматом корицы. Мне сразу захотелось кушать.)

– Что же нам теперь с тобой делать, Грейс? – волчьи глаза прицельно уставились на маму.

– Я сказала правду.

– По крайней мере о том, что касается Гвендолин, – отчеканил мистер де Виллер. – Странно только, что акушерка, которая подделала свидетельство о рождении, именно сегодня решила уехать в неизвестном направлении.

Мама пожала плечами.

– Я бы на твоём месте не стала предавать такое большое значение каждой случайности, Фальк.

– Довольно странным кажется мне и тот факт, что ты решилась на домашние роды, хоть и ждала ребёнка раньше срока. Каждая мало-мальски вменяемая женщина на твоём месте при первых же болевых ощущениях ринулась бы в больницу и прошла осмотр.

– Мы так и поступили.

– Но только на следующий день, – сказал мистер де Виллер. – В больничном отчёте указано, что ребёнок действительно прошёл полное обследование, но мать добровольно отказалась от повторного осмотра. Как же так, Грейс?

Мама рассмеялась.

– Я полагаю, Фальк, ты бы сумел это понять, если бы мог рожать. Ведь до родов приходится пройти через десятки гинекологических обследований. Я чувствовала себя отлично, но хотела удостовериться, что с моим ребёнком всё в порядке. Не перестаю тебе удивляться, как ты смог так быстро достать отчёт из родильного отделения? Мне казалось, подобную информацию они обязуются не разглашать.

– Хочешь – можешь подать иск на больницу за нарушение закона о защите данных, – сказал мистер де Виллер. – А меня всё больше интересует, что же нам такого расскажет эта акушерка.

Дверь зала отворилась. Вошли мистер Джордж, доктор Уайт и миссис Дженкинс. Она тащила целую кипу каких-то документов.

За ними вразвалочку следовал Гидеон. На этот раз я хорошенько осмотрела его с ног до головы. Ведь в прошлый раз я сосредоточилась только на его симпатичном личике. Я искала что-нибудь некрасивое, что-нибудь ужасное или хотя бы просто не идеальное, чтобы в сравнении со мной он не казался таким уж совершенством. Но, к сожалению, я ничего такого не обнаружила.

Ни кривых ног у него не было (а вполне могли бы быть – он ведь играет в поло!), ни длинных ручищ, ни вросших мочек ушей (по утверждениям Лесли, это было признаком самовлюблённого человека).

Сейчас, когда Гидеон прислонился к письменному столу и скрестил руки на груди, он выглядел невероятно красивым, прямо дух захватывало.

Оставались, правда, ещё длинные волосы, можно было бы посчитать дурацкими хотя бы их. Но у меня это почему-то никак не получалось. Эти волосы казались такими здоровыми и шелковистыми, что у меня проскочила невольная мысль, как приятно было бы их погладить.

Такая прекрасная внешность пропадает, эх!

– Всё готово, – сказал мистер Джордж и подмигнул мне. – Машина времени готова к запуску.

Мальчик-привидение по имени Роберт несмело кивнул мне. Я кивнула ему в ответ.

– Так, теперь мы в полном составе, – сказал мистер де Виллер. – Гленда и Шарлотта нас покинули. Но они передавали всем наилучшие пожелания.

– Да, могу себе представить, – сказал доктор Уайт.

– Бедная девочка! Два дня подряд терпеть эти ложные симптомы, такого никому не пожелаешь, – жалостливо сказал мистер Джордж.

– А тут ещё эта мамаша, – пробурчал доктор Уайт, листая документы, которые принесла миссис Дженкинс. – И за что такое наказание бедной девочке.

– Миссис Дженкинс, где мадам Россини и вещи для Гвендолин?

– Она только что… я потороплю, – миссис Дженкинс выскользнула из зала.

Мистер Джордж нетерпеливо потёр руки.

– Тогда можем начинать.

– Вы ведь не сделаете ничего опасного? – спросила мама, повернувшись к мистеру Джорджу. – Вы ведь не будете впутывать её в это?

– Во всяком случае, мы постараемся, – сказал Гидеон.

– Мы сделаем всё, что в наших силах, чтобы защитить Гвендолин, – уверил маму мистер Джордж.

– Мы не можем не впутывать её, Грейс, – сказал мистер де Виллер. – Она – часть *этого.* Надо было думать раньше, прежде чем ты затеяла свои глупые прятки.

– Благодаря её игре девочка поступила к нам совершенно неподготовленной, без каких-либо знаний, – сказал доктор Уайт. – Что значительно усложняет нам жизнь. Но это, очевидно, и являлось вашей целью.

– Моей целью было не допустить, чтобы с Гвендолин что-нибудь случилось, – сказала мама.

– Я добился уже достаточно многого своими силами, – сказал Гидеон. – Один могу и завершить.

– На это я и надеялась, – сказала мама.

Один могу и завершить! Во какой герой! Я чуть не захихикала. Его фразочка напомнила мне дешёвый треш, в котором какой-нибудь супергерой спасает мир от катастрофы. Этот герой, к примеру, один-одинёшенек побеждает отряд из ста двадцати воинов ниндзя, или флотилию вражеских космических кораблей, или деревню, где все жители – вооружённые до зубов мятежники.

– Посмотрим, с какими заданиями она справится, – сказал мистер де Виллер.

– У нас есть её кровь, – сказал Гидеон. – Большего от неё не требуется. Как по мне, пусть хоть каждый день приходит сюда и элапсирует. Тогда все останутся довольны.

Как он сказал? *Элапсирует*? Это было похоже на одно их тех понятий, которые частенько вворачивал на уроках английского мистер Уитмен. «Неплохой пересказ, Гордон. Но в следующий раз постарайся, пожалуйста, не так муссировать банальные темы». Хотя, может, он говорил *элапсировать*. Неважно. Ни Гордон, ни я, ни кто-то другой из нашего класса раньше слыхом не слыхивал таких слов. Никто, кроме Шарлотты, конечно.

Мистер Джордж заметил моё озадаченное выражение лица.

– Понятие элапсации подразумевает целенаправленный захват твоих возможностей временного прыжка. А именно – мы посылаем тебя на пару часов в прошлое с помощью хронографа. Таким образом мы предотвращаем неконтролируемые прыжки во времени, – он повернулся к остальным. – Я убеждён, что через некоторое время Гвендолин поразит всех нас своими возможностями. Она…

– Она – ребёнок! – вставил Гидеон. – И совершенно ни в чём не разбирается.

Я почувствовала, что краснею. Что это вообще за наглость? А как презрительно он на меня смотрит! Противный, заносчивый… любитель поло!

– Вовсе это не правда! – сказала я. Не ребёнок я, не ребёнок! Мне шестнадцать с половиной лет, столько же, сколько и Шарлотте. В моём возрасте Мария-Антуанетта, например, давно уже была замужней женщиной (это я не зазубрила на уроке истории, а высмотрела из фильма с Кирстен Данст, который мы с Лесли брали напрокат).

А Жанне д'Арк, той вообще было пятнадцать, когда она…

– Значит, не ребёнок? – Гидеону так хотелось подколоть меня. – Что тебе известно, например, из курса истории?

– Достаточно, – сказала я. Не у меня, что ли, сегодня пятёрка за контрольную, в самом деле!

– Хорошо, проверим. Кто правил Англией после смерти Георга Первого?

Без понятия.

– Георг Второй?

Ха! Вид у него был разочарованный. Кажется, я угадала.

– А от какого королевского двора были отдалены Стюарты и почему?

Чёрт!

– Э-э-э… мы ещё этого не проходили, – сказала я.

– Да, всё понятно, – Гидеон повернулся к остальным. – Ничего она не смыслит в истории, говорит всегда не по существу. Куда бы она ни прыгнула, всё равно окажется не у дел. Кроме того, она совсем не знает, о чём речь. Она не просто бесполезна, а даже опасна для всего предприятия!

Что он сказал? Это я-то говорю не по существу? Мне тут как раз по существу пришла на ум парочка ёмких ругательств, которые я бы ему с удовольствием высказала.

– Мне кажется, ты выразился уже достаточно ясно, Гидеон. Твоё мнение нам понятно, – сказал мистер де Виллер. – А сейчас интересно было бы узнать, что по этому поводу скажет граф.

– Вы этого не сделаете, – сказала мама. Голос её вдруг задрожал.

– Граф будет рад с тобой познакомиться, Гвендолин, – сказал мистер Джордж, не обращая внимания на её замечание. – Рубин – двенадцатый, последний в Кругу. Это будет такой торжественный момент, когда вы выйдете друг другу навстречу.

– Нет! – сказала мама.

Все посмотрели на неё.

– Грейс! – сказала бабушка. – Только не начинай опять.

– Нет, – повторила мама, – пожалуйста! Ему ведь вовсе не обязательно знакомится с ней лично. Разве не достаточно того, что она завершила Круг своей кровью?

– *Завершила бы*, – сказал доктор Уайт, всё ещё перелистывая документы. – Если бы мы не начали всё заново после той кражи.

– Как бы там ни было, я не хочу, чтобы Гвендолин с ним знакомилась, – сказала мама. – Это моё условие. Гидеон может взять это на себя.

– Сожалею, но ты не вправе решать, – сказал мистер де Виллер, а доктор Уайт возмутился:

– *Условия*! Она ещё смеет выдвигать *условия*!

– Но она права! Совершенно не обязательно втягивать в это девочку, – сказал Гидеон. – Я поставлю графа в известность о том, что произошло. Думаю, он примет мою сторону.

– Он наверняка захочет увидеть рубин собственными глазами, чтобы составить полную картину, – сказал Фальк де Виллер. – Это вовсе не опасно для неё. Нам даже не придётся выходить из дома.

– Миссис Шеферд, смею вас заверить, что Гвендолин ничего не угрожает, – сказал мистер Джордж. – Ваше мнение, должно быть, основывается на предвзятом отношении. Мы охотно развеем эти сомнения.

– Боюсь, у вас это не получится.

– И, конечно же, дорогая Грейс, ты не хочешь с нами поделиться, по какой причине ты отвергаешь графа – человека, которого ни разу не видела, – сказал мистер де Виллер.

Мама плотно сжала губы.

– Мы внимательно слушаем! – сказал мистер де Виллер.

Мама молчала.

– У меня… плохое предчувствие, – наконец прошептала она.

Губы мистера де Виллера растянулись в ехидную улыбочку.

– Тогда ничем не могу помочь, Грейс. Но мне всё-таки кажется, ты от нас что-то скрываешь. Чего же ты так боишься?

– Что это вообще за граф, и почему мне не нужно с ним знакомиться? – спросила я.

– Потому что у твоей мамы, видите ли, *предчувствие*, – сказал мистер де Виллер и поправил пиджак. – Между прочим, уже двести лет, как он сошёл в могилу, миссис Шеферд.

– Там пусть и лежит, – пробурчала мама.

– Граф Сен-Жермен – пятый из двенадцати путешественников во времени, Гвендолин, – сказал мистер Джордж. – В документариуме висит его портрет, помнишь? Именно он определил принцип действия хронографа и расшифровал древние записи. Он не только понял, как с помощью хронографа попасть в любой год и любой день, но и пролил свет на тайну, которая крылась за другой тайной. *Тайну Двенадцати.*

С помощью хронографа ему удалось связаться с четырьмя путешественниками во времени, которые жили до него, и посвятить их в эту тайну. Граф добивался поддержки лучших умов своего времени: математиков, алхимиков, магов, философов, – и в итоге снискал её. Все они были поражены его открытиями. Вместе они разгадали шифры древних текстов и вычислили даты рождения остальных семи путешественников во времени, которые пока лишь должны были появиться на свет, чтобы завершить Круг. В 1745 году граф основал здесь, в Лондоне, общество хранителей, тайную ложу графа Сен-Жермена.

– Расшифровкой древних текстов граф обязан таким известнейшим личностям как Раймунд Луллий, Генрих Корнелиус, Джон Колет, Генри Дрейпер, Симон Форман, Сэмюель Гартлиб, Кенельм Дигби и Джон Валлис, – сказал мистер де Виллер.

Ни одно из этих имён не показалось мне даже отдалённо знакомым.

– Ни одно из этих имён не кажется ей даже отдалённо знакомым, – сказал Гидеон с издёвкой.

Вот ужас! Он что, умеет читать мысли? На тот случай, если всё-таки умеет, я злобно уставилась на него и подумала что есть силы: *Ты! Гнусный! Выскочка!*

Он отвёл глаза.

– Но ведь Исаак Ньютон умер в 1727 году, как же он мог быть тогда членом ложи? – я сама удивилась, откуда вдруг всплыла эта дата. Ах да, Лесли сказала мне её вчера по телефону. И по неизвестной причине эта цифра крепко засела в моей голове. Прям такой уж дурочкой, как думал Гидеон, я всё-таки не была.

– Правильно, – сказал мистер Джордж и улыбнулся. – Это одно из преимуществ путешественников во времени – можно выбирать себе друзей из прошлого.

– А что это за тайна, которая крылась за другой тайной? – спросила я.

– Тайна Двенадцати раскроется, когда все двенадцать путешественников во времени будут внесены в хронограф, – торжественно сказал мистер Джордж. – Поэтому Круг должен быть завершён. Это великая миссия, которую предстоит исполнить.

– Но я ведь последняя из двенадцати! На мне Круг закроется!

– Именно так и случилось бы, – сказал доктор Уайт, – если бы семнадцать лет назад твоей кузине Люси не взбрело в голову украсть хронограф.

– Хронограф украл Пол, – сказала леди Ариста, – Люси только...

Мистер де Виллер махнул рукой.

– Да-да, давайте просто считать, что они вместе его украли. Две заблудшие души, два ребёнка. Пятьсот лет работы насмарку. Миссия почти провалилась, ещё немного, и завет графа Сен-Жермена был бы утрачен навсегда.

– Завет и есть тайна?

– К счастью, в этих стенах был замурован ещё один хронограф, – сказал мистер Джордж. – Не было предусмотрено, что его когда-нибудь запустят. Он попал к хранителям в 1757 году. Он был повреждён, и несколько сотен лет им никто не пользовался, а драгоценные камни были украдены. Кропотливый труд хранителей, который продолжался два столетья, вернул хронограф к...

Доктор Уайт нетерпеливо перебил:

– Может, сократим эту историю? Прибор починили и теперь он в рабочем состоянии. Проверить его на практике мы смогли, когда одиннадцатый путешественник во времени, Гидеон, достиг возраста посвящения.

Но первый хронограф и кровь десяти путешественников во времени – утрачены. Теперь мы должны начинать всё сначала с помощью второго хронографа.

– Чтобы пролить… э-э-э… чтобы разгадать Тайну Двенадцати? – чуть не сказала им «пролить свет на тайну». Я чувствовала себя так, будто мой мозг вынули, промыли и вставили обратно.

Ответом послужили два торжественных кивка: от доктора Уайта и от мистера Джорджа.

– А эта тайна, она какая?

Мама засмеялась. В этой ситуации её смех был совершенно не к месту. Но она смеялась так беззаботно и искренне, как обычно заливалась Кэролайн, когда смотрела по телевизору сериал про мистера Бина.

– Грейс! – строго шепнула леди Ариста. – Веди себя пристойно!

Но мама продолжала хохотать.

– Тайна, она такая тайная, эта тайна. Как обычно и бывает, – выдавила она между приступами хохота.

– Я же говорил – сплошь истерички, эти Монтроузы, – пробурчал доктор Уайт.

– Как прекрасно, что ты во всём стараешься видеть что-то весёлое, – сказал мистер де Виллер.

Мама вытерла слёзы.

– Простите. Я не нарочно. Честно говоря, я бы сейчас с большей охотой заплакала.

Мне стало совершенно ясно, что мой вопрос о сущности этой тайны так и останется без ответа.

– А что в этом графе такого опасного? Почему мне не следует с ним знакомиться? – продолжала расспрашивать я.

Мама покачала головой, вид у неё снова был предельно серьёзный. Я уже начала беспокоиться. Такие смены настроения с ней раньше не случались.

– Да ничего, – ответил за неё доктор Уайт. – Твоя мама боится, что ты можешь столкнуться с концептуальными идеями, которые противоречат её жизненным воззрениям. Только в этих стенах она всё равно ничего не решает.

– *Концептуальные идеи*, – повторила мама. На этот раз голос её срывался, в нём сквозило неприкрытое ехидство. – Не кажется ли вам, что это масло масляное?

– Да ладно, хватит. Давайте предоставим Гвендолин самой решить, хочет она встретиться с графом или нет.

– Только встретиться и поговорить? В прошлом? – я вопросительно переводила взгляд с мистера де Виллера на мистера Джорджа. – А он может рассказать, что это за тайна?

– Если захочет, – сказал мистер Джордж. – Ты познакомишься с ним в 1782 году. К тому времени он был уже совсем старым. И снова посетил Лондон, что превосходно подходит к нашему замыслу. Он прибыл, чтобы исполнить одну тайную миссию, о которой ничего не известно ни историкам, ни биографам. Ночевал он здесь, в этом доме.

Поэтому спланировать ваш разговор большого труда не составит. Разумеется, Гидеон будет тебя сопровождать.

Гидеон пробормотал что-то невразумительное, мне показалось, что я расслышала слова «*идиотки*» и «*нянька*». «*Нянька для идиотки*»?

Как же он меня бесит, этот Гидеон!

– Мам, что делать?

– Откажись, доченька.

– Но почему?

– Ты ещё не готова.

– Не готова к чему? Почему мне не следует знакомиться с этим графом? Что в нём такого опасного? Ну ответь, ну пожалуйста, мама!

– Да, ответь, Грейс, – сказал мистер де Виллер. – Она ненавидит само стремление к тайным знаниям. От собственной матери получать такие пилюли особенно болезненно, как мне кажется.

Мама молчала.

– Сама видишь, сложно вытянуть из тебя хоть сколько-нибудь полезную информацию, – сказал мистер де Виллер. Его янтарные очи вперились в меня.

Мама всё ещё молчала.

Мне захотелось потрясти её за плечи. Фальк де Виллер был прав: эти никчёмные намёки никак не помогали, даже наоборот.

– Тогда я сама разберусь, – сказала я. – Я хочу с ним познакомиться.

Не знаю, что на меня нашло. Я больше не чувствовала себя пятилетней малышкой, которая вот-вот убежит домой, залезет под кровать и будет там трястись от страха как осиновый лист.

Гидеон вздохнул.

– Грейс, ты сама всё слышала, – сказал мистер де Виллер.

– Предлагаю тебе съездить в Мейфэр и принять успокоительное. Мы сами отвезём Гвендолин домой, когда мы с ней… закончим.

– Я её здесь одну не оставлю, – прошептала мама.

– Скоро уже Кэролайн и Ник из школы вернутся, мам. Ты можешь идти, правда. Я сама о себе позабочусь.

– Нет, не позаботишься, – прошептала мама.

– Давай я тебя провожу, Грейс, – сказала леди Ариста, голос её звучал необычайно мягко. – Я здесь уже двое суток, голова раскалывается. Дело приняло непредсказуемый оборот. Но сейчас… мы больше не в силах что-либо изменить.

– Очень мудро, – сказал доктор Уайт.

Мама готова была расплакаться.

– Хорошо же, – сказала она, – я уйду. Я вверяю вам судьбу моего ребёнка. Я надеюсь только, вы сделаете всё, чтобы с ней ничего не случилось.

– И чтобы она завтра не опоздала в школу, – сказала леди Ариста. – Она не должна пропускать занятия. Это вам не Шарлотта.

Я сконфужено посмотрела на бабушку. Вот о чём я и думать забыла, так это о школе.

– Где моя верхняя одежда? – спросила леди Ариста. Мужчины в зале хором облегчённо вздохнули. Никто не издал ни звука, но вид у всех был вполне красноречивый.

– Миссис Дженкинс обо всём позаботится, леди Ариста, – сказал мистер де Виллер.

– Пойдём, дитя моё, – сказала маме леди Ариста. Мама всё ещё медлила.

– Грейс, – Фальк де Виллер взял её руку и поднёс к своим губам, – было очень приятно свидеться с тобой после стольких лет.

– Не так уж и много лет прошло, – ответила мама.

– Семнадцать.

– Шесть, – сказала мама, в голосе её звучали нотки обиды. – Мы виделись на похоронах моего отца. Но ты, вероятно, запамятовал, – она оглянулась и поискала взглядом мистера Джорджа. – Вы проследите за ней?

– Миссис Шеферд, могу вас заверить, что здесь Гвендолин в полной безопасности, – сказал мистер Джордж. – Можете на нас положиться.

– Мне ничего другого и не остаётся, – мама отдёрнула руку от лица мистера де Виллера и закинула сумку на плечо. – Могу ли я сказать несколько слов своей дочери с глазу на глаз?

– Разумеется, – сказал Фальк де Виллер.

– Следующая дверь по коридору, там вас никто не потревожит.

– Я бы хотела выйти из дома, – сказала мама.

Мистер де Виллер удивлённо поднял брови.

– Боишься, что мы станем подслушивать? Просверлим глазок в портрете и будем следить за вами? – он засмеялся.

– Мне всего лишь нужно сделать пару глотков свежего воздуха, – сказала мама.

Сад в это время был закрыт для посетителей.

Парочка туристов – их можно было распознать по увесистым фотоаппаратам на животах – проводила нас завистливыми взглядами, когда для нас открыли двухметровые железные ворота, увитые вензелями.

Я была поражена обилием цветов, сочной зеленью газона и ароматами, которые витали в воздухе.

– Это ты хорошо придумала, – сказала я. – А то я там чуть в крота не превратилась, – я жадно подставила лицо солнцу.

Светило оно достаточно ярко для начала апреля.

Мама присела на деревянную лавочку и потёрла лоб рукой, точно так же, как перед этим леди Ариста. С той лишь разницей, что мама не выглядела при этом ужасно старой.

– Это настоящий кошмар, – сказала она.

Я плюхнулась на скамейку рядом с ней.

– Да уж, кто бы мог подумать. Ещё вчера утром всё шло своим чередом, а потом вдруг… Моя голова, кажется, вот-вот лопнет, столько новой информации ей предстоит переварить. Тысячу вещей, которые ну никак не желают связываться воедино.

– Мне ужасно жаль, – сказала мама, – я бы так хотела оградить тебя от всего этого.

– Что же ты натворила тогда? Почему все так на тебя обижены?

– Я помогла Люси и Полу сбежать, – сказала мама. Она еле заметно осмотрелась по сторонам, будто удостоверяясь, что никто за нами не подглядывает. – Некоторое время они прятались у нас в Дархеме. Но *они*, конечно же, обо всём разнюхали. Тогда Люси и Пол вынуждены были искать другое убежище.

Я обдумывала всё, о чём мне пришлось сегодня узнать.

Вдруг до меня дошло, где теперь моя кузина.

«Белая ворона» нашей семьи вовсе не бегала среди аборигенов Бразилии, и не скрывалась в женском монастыре Ирландии – именно такие истории выдумывали мы с Лесли.

Нет, Люси и Пол были совсем в другом месте.

– Они прыгнули куда-то в прошлое при помощи хронографа?

Мама кивнула.

– У них не оставалось выбора. Но это решение далось им очень нелегко.

– Почему же?

– Нельзя извлекать хронограф из его времени. Тот, кто это сделает, не сможет вернуться обратно. Забравший хронограф в прошлое должен остаться в прошлом.

У меня перехватило дух.

– Что же заставило их это сделать? – тихо спросила я.

– Они поняли, что в настоящем для них и для хронографа не осталось безопасного укрытия. Рано или поздно хранители выследили бы их в любой точке земного шара.

– Мама, но *зачем* они его украли?

– Они хотели помешать... Кругу Крови замкнуться.

– А что случится, когда замкнётся Круг Крови? – кошмар, послушал бы кто меня. Я стала изъясняться точно как они. *Круг Крови.* Дальше я, наверное, стихами заговорю.

– Доченька, у нас не так уж много времени. Даже если они и утверждают обратное. Они сделают всё возможное, чтобы ты была на их стороне. Ты нужна им, чтобы завершить Круг и раскрыть тайну.

– *Что это за тайна, мама?* – мне показалось, я произношу этот вопрос в тысячный раз. Внутри меня всё так и кипело.

– Мне известно так же мало, как и остальным. Я могу только строить предположения. Это могущественная тайна, и она наделяет властью того, кто сможет ею воспользоваться. Но если власть попадает в плохие руки, она становится очень опасной. Поэтому Люси и Пол посчитали, что тайне лучше остаться неразгаданной. И тогда они принесли себя в жертву.

– Это я уже поняла. Но не поняла, почему.

– Некоторые из тех, кто находится сейчас там внутри, действительно руководствуются одними лишь научными соображениями. Но намерения остальных вряд ли можно назвать благими. Я знаю, они не гнушаются ничем на пути к цели. Не доверяй никому их них. *Никому*, Гвендолин.

Я вздохнула. Ничего полезного из её рассказа извлечь не удалось.

За оградой сада послышался шум мотора. Затем у ворот остановилась машина. Несмотря на то, что заезжать сюда на автомобиле запрещено.

– Грейс, пора! – крикнула снаружи леди Ариста.

Мама встала.

– О, нас ожидает сегодня чудный вечерок. Ледяные взгляды Гленды заморозят любое блюдо.

– А почему акушерка решила уехать именно сегодня? И почему ты не родила меня в роддоме?

– Пусть оставят бедную женщину в покое, – сказала мама.

– Грейс! Едем же, наконец! – леди Ариста постучала острым кончиком зонта по железной ограде.

– Кажется, тебе не поздоровится, – сказала я.

– Сердце разрывается, когда подумаю, что ты остаёшься здесь одна.

– Если хочешь, я поеду с тобой, – сказала я. Но уже произнося эти слова, я совершенно чётко понимала, что мне не хотелось уезжать. Как сказал Фальк де Виллер, я была лишь частью *дела*. И в этом была какая-то притягательная сила.

– Не нужно, – сказала мама. – Если ты продолжишь так же неуправляемо прыгать, тебя могут ранить и даже убить. Здесь ты хотя бы в безопасности, – она обняла меня. – Не забывай, что я тебе говорила. Не доверяй никому. Даже своим собственным ощущениям. И остерегайся графа Сен-Жермена. Он знает, как проникать в душу того, с кем общается. Он может читать мысли и, что гораздо хуже, контролировать волю. Если ты ему это позволишь.

Я прижалась к ней так крепко, как только могла.

– Я так тебя люблю, мама, – через её плечо я увидела, что возле ворот стоит и мистер де Виллер.

Когда мама обернулась, то тоже его заметила.

– *Вот этого* стоит остерегаться особо, – сказала она тихо. – Он стал опасным человеком, – в её голосе прозвучало что-то вроде восхищения.

Поддавшись внезапному порыву, я вдруг спросила:

– У тебя с ним что-нибудь было, мама?

Ответа не потребовалось. По её лицу стало ясно, что я попала в яблочко.

– Мне было семнадцать и меня было легко очаровать, – сказала она.

– Понимаю, – сказала я и усмехнулась. – Глаза у него очень-очень, мне кажется.

Мама усмехнулась в ответ, пока мы подчёркнуто медленно двигались к выходу.

– О да. У Пола были такие же глаза, но он, в отличие от своего старшего брата, никогда не был таким надменным. Не удивительно, что Люси в него влюбилась…

– Как бы хотелось знать, что с ними случилось.

– Боюсь, рано или поздно ты это узнаешь.

– Дай мне ключ, – нетерпеливо сказал Фальк де Виллер. Мама передала ему ключ сквозь железную решётку ворот, и он открыл их.

– Я прислал за вами машину.

– Увидимся за завтраком, Гвендолин, – сказала леди Ариста и цепко схватила меня за подбородок. – Выше голову! Мы – Монтроузы, а это значит, мы всегда и везде следим за осанкой.

– Я буду стараться, бабушка.

– Вот так. Ах! – она замахала руками, словно разгоняя назойливых мух. – Что себе думают эти люди? Я ведь не королева Елизавета!

Но в своей элегантной шляпе, с зонтом и в пальто, которое идеально подходило к аксессуарам, она выглядела для туристов так по-британски, что они принялись фотографировать её со всех сторон.

Мама ещё раз обняла меня.

– Эта тайна унесла уже не одну жизнь, – прошептала она мне на ухо. – Помни об этом.

Со смешанным чувством я провожала взглядом маму и бабушку, пока они не исчезли за поворотом.

Мистер Джордж взял мою руку и крепко сжал её.

– Не бойся, Гвендолин. Ты не одна.

Правильно, я была не одна. Я была рядом с теми, кому нельзя было доверять. *Никому из них*, сказала мне мама. Я посмотрела в простодушные голубые глаза мистера Джорджа, пытаясь отыскать в них что-то колюче-неискреннее, вселяющее страх.

Но не смогла.

Не доверяй никому.

Даже собственным ощущениям.

– Пойдём, проходи-проходи. Пора бы тебе перекусить.

– Надеюсь, эта короткая беседа с матерью немного подняла тебе настроение, – сказал мистер де Виллер, поднимаясь наверх. – Дай-ка угадать: она велела тебе остерегаться нас – мы, дескать, все насквозь продажны и лживы, не так ли?

– Это вам лучше знать, – сказала я. – Но вообще-то мы разговаривали о том, что было у вас с моей мамой много лет назад.

Мистер де Виллер удивлённо поднял брови.

– Так она сказала? – на его лице промелькнуло что-то вроде замешательства. – М-да, это было так давно. Я был молод и …

– И меня легко было очаровать, – дополнила я. – Мама тоже так сказала.

Мистер Джордж громко рассмеялся.

– Ах да, а я-то и забыл совсем. Ты и Грейс Монтроуз, вы были милой парой, Фальк. Пусть даже на три недели. А потом она залепила тебе на рубашку кусок сырного пирога во время благотворительного бала в Холланд Хаузе и объявила, что больше не хочет иметь с тобой ничего общего.

– Это был торт с малиной, – сказал мистер де Виллер и подмигнул мне. – Вообще-то она хотела запустить его прямо мне в лицо. Но, к счастью, попала всего лишь на рубашку. Пятно так и не отстиралось. А всё лишь потому, что она так ревновала к той девочке. А я и имени-то её не помню.

– Ларисса Крофтс, дочь министра финансов, – подсказал мистер Джордж.

– Что, правда? – мистер де Виллер, казалось, удивился. – Того, что был на посту тогда или того, который сейчас?

– Тогда.

– А она была симпатичной?

– Так себе.

– Но вообще-то Грейс первая разбила мне сердце, когда закрутила с тем мальчишкой из школы. Его имя я хорошо запомнил.

– Да, потому что ты сломал ему переносицу и его родители чуть не упекли тебя за решётку, – сказал мистер Джордж.

– Правда, что ли? – я была в полном восхищении.

– Это был несчастный случай, – сказал мистер де Виллер. – Мы играли в одной команде по регби.

– Сколько всего остаётся за кадром, точно, Гвендолин? – мистер Джордж засмеялся. Он продолжал довольно хохотать и когда открыл дверь в Зал Дракона.

– Можно и так сказать, – я остановилась, когда увидела Гидеона. Тот сидел за столом в центре зала и смотрел на нас исподлобья.

Мистер де Виллер подтолкнул меня вперёд.

– Ничего серьёзного, – сказал он. – Любовные связи де Виллеров и Монтроузов к хорошему не приводят. Можно сказать, они изначально обречены на провал.

– Я считаю это предостережение абсолютно излишним, дядя, – сказал Гидеон и скрестил руки на груди. – Она совершенно не в моём вкусе.

«Она» – то есть, я. Прошло ещё пару секунд, пока до меня дошло, что он имел в виду. Первым порывом было возразить ему что-то вроде: «Да я тоже не теряю голову от вида таких высокомерных задавак, как ты» или «ф-ф-ф-у-у-ух, теперь я спокойна. У меня уже есть парень. С *хорошими* манерами».

Но я просто промолчала.

Ну что ж. Я не в его вкусе. И толку-то? Ну и не надо.

Не очень-то и хотелось.

Хроники Хранителей

4 августа 1953

Сегодня мы пережили волнующее событие – визит из прошлого. Гидеон де Виллер будет с этого дня элапсировать у нас каждую ночь по три часа. Мы предоставим ему спальное место в кабинете сэра Вальтера. Там прохладно и спокойно, и таким образом мальчик будет ограждён от любопытных взглядов и глупых вопросов. Во время его сегодняшнего пребывания у нас мимо «совершенно случайно» прошли несколько дежурных офицеров. И «совершенно случайно» у каждого из них назрела пара вопросов касательно будущего. Юноша посоветовал приобрести акции «Эппл». Пока, правда, неизвестно, что это значит.

Отчёт: Роберт Пил, Внутренний Круг.

Глава десятая

Накидка из венецианского бархата на шёлковой подкладке, платье из немецкого льна с набивным рисунком, украшено английскими кружевами.

Корсаж из расшитой парчи.

Мадам Россини аккуратно раскладывала на столе предметы гардероба. После обеда миссис Дженкинс снова привела меня в её швейную мастерскую. В этой маленькой комнатке я чувствовала себя гораздо уютней, чем в холодном зале. Вокруг были разложены удивительные ткани, а мадам Россини со своей черепашьей шеей была, наверное, единственной, кого моя мама не заподозрила бы в плохих намерениях.

– Элегантный вечерний ансамбль цвета маренго, – продолжала она. – Специально к нему изящные парчовые туфли. Они намного удобней, чем кажутся. К счастью, у вас со скелетиной одинаковый размер ноги, – большим и указательным пальцами она брезгливо подняла мою школьную форму и отложила её в сторону. – Фи-фи-фи, даже такая красивая девочка в этом, должно быть, выглядит как пугало огородное. Если б разрешали хоть юбочки укоротить до модной длины. А этот совершенно жуткий желтушный цвет! Модельер, сотворивший такое, ненавидел школьников лютой ненавистью.

– Можно мне нижнее бельё не снимать?

– Только трусы, – сказала мадам Россини (звучало у неё это очень мило, похоже на *трюси*). – Они, конечно, не подходят к остальной одежде, но никто не станет заглядывать тебе под юбку. Но вдруг что – ты себя в обиду не давай! Вид у этих туфель вполне безобидный, но внутри там стальные вставки. Ты была в туалете? Когда наденешь это платье, будет сложно…

– Да, вы спрашиваете об этом уже в четвёртый раз, мадам Россини.

– Я только хотела удостовериться.

Меня всё больше смущало, как сильно они обо мне заботились. Не упускали из виду даже мельчайшие детали.

Пока я ела, миссис Дженкинс принесла мне специальный набор на все случаи жизни. В него входили и зубная щётка, и полотенце, и многое другое. Чтобы перед сном можно было почистить зубы и умыться.

Я боялась, что даже вздохнуть не смогу из-за корсета, и что жаркое полезет обратно, как повидло из пирожка. Но на самом деле оказалось, что носить корсет удивительно удобно.

– Всегда считала, что именно из-за этих штук на завязках женщины падали в обморок.

– Падали, падали. Но такое случалось, если корсет был слишком туго зашнурован. Или потому, что мылись тогда неохотно, а духами поливались со страшной силой. Можешь представить, какое стояло амбре, – сказала мадам Россини. Её прямо затрясло от подобной картины. – В париках прыгали вши и блохи, а ещё я где-то читала, что даже мыши иногда устраивали в волосах свои норки. Ах, такая прекрасная мода и такое отсутствие гигиены. Эта вещь, которая сейчас на тебе – не настоящий корсет, а особое изобретение а-ля мадам Россини. Максимально удобно и сидит как влитое.

– Ох, – я так волновалась, натягивая нижнюю юбку и вдевая туловище в кринолин. – Такое впечатление, будто тянешь на себе птичью клетку.

– Не страшно, – заверила меня мадам Россини, осторожно просовывая мою голову в платье. – Эта юбка ничтожно мала по сравнению с кринолинами, которые носили в те времена в Версале. Четыре с половиной метра в обхвате. Я не шучу. К тому же, каркас у тебя не из китового уса, а из легчайшего суперсовременного углеродного волокна. Его всё равно не видно.

Мадам Россини терпеливо обкладывала меня волнами ткани цвета темной морской волны. На шёлке извивались вышитые цветочки с закрученными усиками, как у огурцов. Такой узорчик мило смотрелся бы на обивке дивана.

Но я не могла не согласиться – это платье действительно было потрясающе удобным. Несмотря на его длину и объём.

– Восхитительно, – сказала мадам Россини и подтолкнула меня к зеркалу.

– Ничего себе! – удивлённо вскрикнула я. Кто бы мог подумать, что эта обивка для дивана может выглядеть так чудесно? Какая же у меня теперь стройная талия, какие выразительные глаза. Ой. Только это декольте оперной певицы меня дико смущало. Вид у него был такой, будто оно вот-вот лопнет по швам.

– Нужна изюминка, – сказала мадам Россини, перехватив мой взгляд. – Это ведь, собственно, вечернее платье. А по вечерам надо показывать себя с лучшей стороны. Надеюсь, когда-нибудь я сошью тебе настоящее бальное платье. А пока давай займёмся твоими волосами.

– Дадите мне парик?

– Нет, – сказала мадам Россини. – Ты юная девушка, это вечерний променад. Вполне достаточно будет хорошей причёски и шляпки (на самом деле, она говорила «шляппо» вместо «шляпки»). Пудру наносить не будем. Твоя кожа – белейший алебастр. А это милое пятнышко на виске в форме полумесяца – само очарование. Ах, мадмуазель, шарман, шарман…

Мадам Россини накрутила мне волосы плойкой. Пряди, которые обычно лезли на глаза, она умело закрепила на затылке, а остальные волосы мягкими локонами уложила на плечи. Я глядела на своё отражение и сама себя не узнавала.

Невольно мне вспомнилась вечеринка по случаю Хэллоуина, которую устраивала Синтия в прошлом году. Моей фантазии хватило только на костюм в форме автобусной остановки. К концу вечера я готова была прибить себя своим же нарядом-вывеской. Каждый гость считал, что пошутит очень оригинально, если подойдёт ко мне узнать расписание своего автобуса.

Ха! Была бы я тогда знакома с мадам Россини! Я бы стала настоящей звездой, гвоздём вечера!

Так хотелось ещё немножко повертеться перед зеркалом, но пришлось закругляться. Мадам Россини снова оказалась за моей спиной, чтобы нацепить мне на голову шляппо. Огромное страшилище из соломы и перьев, украшенное голубыми лентами. Этот соломенный кошмар одним махом испортил весь мой шикарный вид. Я попробовала уговорить мадам Россини убрать шляпу. Но она была непреклонна.

– Убрать шляппо? Нет, это неприлично! Ты же не на конкурс красоты идёшь, ма шер! Здесь главное – правдоподобность.

Я поискала в кармане школьной курточки мобильный телефон.

– Может, вы меня хотя бы сфотографируете разочек – без шляпы?

Мадам Россини рассмеялась.

– Силь-ву-плэ, ма шер!

Я позировала как могла, а мадам Россини нащёлкала не меньше тридцати фотографий, со всех сторон, сначала без шляпы, а затем и в шляпе. Надо же будет дать Лесли повод посмеяться.

– Так, а теперь я пойду и доложу, что ты готова к путешествию. Жди здесь и не трогай шляппо! Оно сидит отлично.

– Хорошо, мадам Россини, – послушно сказала я. Как только она вышла из комнаты, я быстро набрала номер Лесли и послала ей одну из моих фоток в шляпе. Она перезвонила через четырнадцать секунд. Слава Богу, связь в швейной мастерской у мадам Россини была превосходной.

– Я в автобусе, – кричала мне в ухо Лесли, – но блокнот и ручка уже наготове. Только говори громче. Тут рядом со мной двое тугих на ухо индусов. К сожалению, язык жестов им не знаком!

Я выдала все новости и попробовала по-быстрому прояснить Лесли, где я находилась и что мне рассказала мама. Кажется, Лесли улавливала, что к чему, хотя мысли мои путались. Она только повторяла попеременно «с ума сойти!» и «прошу тебя, будь осторожна». Когда я описывала ей Гидеона (Лесли хотела услышать все подробности), она сказала:

– Ну, длинные волосы – это не так уж и плохо. Вполне возможно, он очень неплох собой. Вот вспомни хотя бы «Историю рыцаря». Но при случае проверь его уши.

– Это абсолютно не важно. Он задавака и выскочка. Кроме того, он влюбился в Шарлотту. Ты записала про философский камень?

– Да, всё записала. Как только попаду домой, сразу вылезу в Интернет. Граф Сен-Жермен – почему же мне это имя кажется таким до боли знакомым? Может, из какого-то фильма? Нет, тот был граф Монте-Кристо.

– А если он действительно умеет читать мысли?

– Тогда просто подумай о чём-нибудь совсем безобидном. Или начинай считать от тысячи до одного. Через восемь. Тогда точно не сможешь думать ни о чём другом.

– Они могут прийти за мной в любую секунду. Тогда я просто прерву разговор, ладно? А ты погляди ещё, может, найдёшь что-нибудь о маленьком мальчике по имени Роберт Уайт, который восемнадцать лет назад утонул в бассейне.

– Записала, – сказала Лесли. – С ума сойти. Надо было нам прикупить тебе складной ножичек или газовый баллончик... Знаешь, что? Хотя бы телефон с собой возьми.

Я проковыляла в своём платье до двери и осторожно высунулась в коридор.

– В прошлое взять? Позвонить тебе из прошлого?

– Ты чего, совсем уже?! Зато ты сможешь сделать пару фотографий, которые помогли бы нам разобраться, что к чему. И ещё, может, пришлёшь мне хоть одну фотку этого Гидеона? Если получится, с ушами, пожалуйста. Уши говорят о человеке невероятно много. Особенно форма мочки.

Послышались чьи-то шаги. Я тихо прикрыла дверь.

– Всё, пора заканчивать. До скорого, Лесли.

– Будь осторожна, – успела крикнуть Лесли. Я быстро захлопнула телефон и опустила его в глубокий вырез на груди. В корсете прямо под грудью оставалось немножко пустого места, как раз для одного маленького мобильного телефончика. Интересно, что держали там дамы в былые времена? Бутылочки с ядом, пистолеты (очень маленькие), любовные письма?

Первая мысль, мелькнувшая в моей голове, когда в комнату вошёл Гидеон, была: «Ну почему же ему не надо носить шляпу?»

А вторая мысль: «Как, интересно, можно хорошо выглядеть, если на тебе красная блестящая жилетка, тёмно-зелёные кюлоты до колен и полосатые шёлковые чулки?»

Если у меня оставались ещё хоть какие-то мысли, то сводились они примерно к одному: «Хоть бы он не догадался, о чём я думаю».

Зелёные глаза окинули меня беглым взглядом.

– Крутая шляпа.

Вот ехидный тип!

– Превосходно, – сказал мистер Джордж. Он вошёл в мастерскую следом за Гидеоном. – Мадам Россини, вы проделали колоссальную работу.

– Я знаю, – сказала мадам Россини. Она остановилась в дверном проёме. Мастерская была недостаточно большой для того, чтобы вместить столько людей. Одна только юбка от моего нового платья занимала половину комнаты.

Гидеон собрал волосы на затылке, и у меня появился шанс отыграться.

– Какая миленькая бархатная лента, – сказала я так язвительно, как только смогла. – Наша учительница по географии носит точно такую же!

Вместо того чтобы разозлиться, Гидеон только улыбнулся.

– Это ещё цветочки. Вот видела бы ты меня в парике.

Как-то раз уже доводилось.

– Месьё Гидеон, я приготовила для вас лимонно-жёлтые штаны, а не эти тёмные, – когда мадам Россини сердилась, акцент её усиливался. Она сказала «шитаньи» и «тьёмн».

Гидеон обернулся к мадам Россини.

– Жёлтые штаны к красной жилетке, чулки как у Пеппи Длинныйчулок и коричневое пальто с золотыми пуговицами? Мне такой наряд кажется чересчур пёстрым.

– Но мужчина эпохи рококо именно пёстро и одевался! – мадам Россини посмотрела на него строго. – К тому же, эксперт здесь я, а не вы.

– Да, мадам Россини, – вежливо сказал Гидеон. – В следующий раз я вас обязательно послушаюсь.

Я посмотрела на его уши. Они ни капельки не топорщились и совсем не бросались в глаза. Хотя это всё равно было не важно.

– А где жёлтые замшевые перчатки?

– Понимаете, я подумал, что раз я всё равно не надеваю жёлтые брюки, может, стоит убрать и перчатки.

– Ну конечно! – мадам Россини укоризненно цокнула языком. – Ваше чувство стиля заслуживает всяких похвал, юноша. Но сейчас речь идёт не о хорошем вкусе, а о достоверности. Кроме того, я так старалась, чтобы все цвета подходили как нельзя лучше к вашему лицу. Но вы такой неблагодарный.

Недовольно причитая, она пропустила нас к выходу.

– Большое спасибо, мадам Россини, – сказала я.

– Ах ты, моя лебёдушка! И тебе спасибо! Ты хотя бы умеешь ценить тяжкий труд.

Я не могла не улыбнуться. Мне нравилось, когда меня называли «лебёюжкой».

Мистер Джордж подмигнул мне.

– Следуйте, пожалуйста, за мной, мисс Гвендолин.

– Сначала нужно завязать ей глаза, – сказал Гидеон и сделал попытку сдёрнуть шляпу с моей головы.

– Доктор Уайт настаивает, – с сожалением сказал мистер Джордж.

– Но это же разрушит причёску! – мадам Россини ударила Гидеона по пальцам. – Волосы вы тоже сорвёте вместе с шляппо? Вы что, о шпильках не слышали никогда? Вот! – она передала шляпу и шпильку мистеру Джорджу. – Но пожалуйста, будьте с ней предельно осторожны.

Гидеон повязал мне на глаза чёрную ленту. Когда он провёл рукой по моей щеке, я невольно затаила дыхание. Предательский румянец мне скрыть не удалось.

Но он этого, к счастью, видеть не мог, потому что стоял за моей спиной.

– Ай! – вскрикнула я, потому что под повязку попало несколько прядей.

– Извини. Тебе что-нибудь видно?

– Нет, – перед моими глазами была сплошная темнота. – А почему мне нельзя смотреть, куда мы идём?

– Тебе нельзя знать, где именно находится хронограф, – сказал Гидеон. Он прикоснулся к моей спине и подтолкнул меня вперёд. Это было ужасно неприятно, идти вот так, в совершенной пустоте. Рука Гидеона на моей спине нервировала и сбивала с толку. – Такая предосторожность кажется мне совершенно излишней. Этот дом – настоящий лабиринт. Ты в жизни не найдёшь то место, где была несколько минут назад. К тому же, мистер Джордж считает, что вид у тебя искренний и что тебе можно доверять.

Это было очень мило со стороны мистера Джорджа, даже если я и не понимала точно, что он имел в виду. Кто и почему мог заинтересоваться местонахождением хронографа?

Я натолкнулась плечом на что-то твёрдое.

– Ай!

– Гидеон, возьмите же её за руку, разиня, – вырвалось у мистера Джорджа. – Она ведь не тележка из супермаркета!

Я ощутила в своей руке тёплую сухую ладонь Гидеона. Я вздрогнула и крепко сжала её.

– Ну-ну, – сказал Гидеон, – это всего лишь я. Сейчас осторожно, две ступеньки вниз.

Несколько минут мы шли молча, сначала прямо, потом вверх по лестнице, а может, мы завернули за угол. Я давно перестала следить за дорогой, а старалась только, чтобы рука не дрожала. И не потела. Гидеон ни в коем случае не должен был вообразить, что рядом с ним я начинала смущаться.

Заметил ли он, как участился мой пульс?

Вдруг я поскользнулась, моя правая нога ступила в никуда. Ещё секунда, и я улетела бы куда-то вниз, но Гидеон вцепился в мою спину двумя руками и резким рывком поставил меня на место. Обе его руки лежали на моей талии.

– Осторожно, ступенька, – сказал он.

– Вот спасибо. Я уже заметила, – сказала я возмущённо. – Когда подворачивала ногу!

– Боже мой, Гидеон, будьте же внимательнее! – возмутился мистер Джордж. – Вот, подержите-ка шляпу, а я помогу Гвендолин.

Когда меня за руку взял мистер Джордж, идти стало намного легче. Наверное, потому, что я могла сосредоточиться на шагах, а не уговаривать себя не дрожать. Наш путь тянулся целую вечность. У меня снова возникло такое чувство, будто мы давно уже находимся где-то глубоко под землёй. Когда мы, наконец, остановились, у меня появилось подозрение, что они специально намотали пару крюков, чтобы меня запутать.

Я слышала, как перед нами открылась дверь. Когда мы зашли, дверь затворили. Наконец, мистер Джордж снял с моих глаз чёрную повязку.

– Вот мы и на месте.

– Красив как Аполлон, – сказал доктор Уайт. Обращался он при этом к Гидеону.

– Большое спасибо, – Гидеон коротко поклонился. – Последний писк моды. Прямо из Парижа. Вообще-то я должен был надеть жёлтые брюки и перчатки ко всему этому великолепию. Но просто не решился.

– Мадам Россини вне себя от злости, – сказал мистер Джордж.

– Гидеон! – упрекнул племянника мистер де Виллер. Он внезапно появился за спиной доктора Уайта.

– Это жёлтые брюки, дядя Фальк!

– Ты ведь не едешь на пикник со школьными друзьями, которые могут поднять тебя на смех, – сказал мистер де Виллер.

– Нет, – сказал Гидеон и швырнул на стол мою шляпу. – Я еду с дамочкой в расшитом розовом наряде, которая считает его к тому же чертовски красивым, – он почти трясся от возмущения.

Когда глаза мои привыкли к яркому свету, я нетерпеливо огляделась вокруг. В помещении не было ни одного окна, что не удивительно. Камина в комнате тоже не было. Я тщетно искала машину времени. Но увидела только стол, пару стульев, сундук, шкаф и фразу на латыни, выгравированную на каменной стене.

Мистер де Виллер дружелюбно мне улыбнулся.

– Цвет маренго тебе так идёт, Гвендолин. Очень оригинальная идея с волосами, на такое способна только мадам Россини.

– Э-э-э… спасибо.

– Мы должны поторопиться. Я в этих шмотках скоро сознание потеряю от перегрева, – Гидеон снял плащ и отложил его в сторону. У него на поясе я увидела шпагу.

– Встань вот сюда, – доктор Уайт подошёл к столу и достал из красной бархатной ткани какой-то предмет. На первый взгляд эта штука напоминала каминные часы.

– Я всё настроил. В вашем распоряжении трёхчасовое окно во времени.

Присмотревшись, я поняла, что это никакие не часы, а странный аппарат из полированного дерева и металла с бесчисленными кнопками, клапанами и колёсиками. Все поверхности были расписаны солнцами, лунами, звёздами, они пестрели тайными знаками и замысловатыми узорами. По форме он напоминал футляр от скрипки. На его поверхности блистали драгоценные камни, они были такими большими, что в их подлинность верилось с трудом.

– И это – хронограф? Такой маленький?

– Он весит четыре с половиной килограмма, – сказал доктор Уайт. В его голосе звучала гордость отца, который хвастается весом своего новорождённого ребёнка.

– И – опережая твой вопрос – да, все камни настоящие. Один только рубин тут в шесть каратов.

– Гидеон пойдёт первым, – сказал мистер де Виллер. – Пароль?

– Ква редит нэсцитис, – сказал Гидеон.

– Гвендолин?

– Что?

– Пароль?

– Что ещё за пароль?

– Ква редит нэсцитис, – сказал мистер де Виллер. – Пароль хранителей для двадцать четвёртого сентября.

– Сегодня шестое апреля.

Гидеон рассерженно нахмурился.

– Мы окажемся в двадцать четвёртом сентября, в этих же стенах. Чтобы хранители не отрубили нам головы, стоит запомнить этот пароль. Ква редит нэсцитис. Повтори за мной!

– Ква редит нэсцитис, – сказала я. Ни за что не удержу такое в голове дольше, чем на одну секунду. Ну вот, снова забыла. Может, мне позволят сделать что-то вроде шпаргалки? – Как-как?

– Скажи, вы латынь в школе не учили, что ли?

– Нет, – сказала я. – Только французский и немецкий. И этого уже многовато.

– *Мы не знаем час его возвращения*, – сказал доктор Уайт.

– Приукрашенный перевод, – сказал мистер Джордж. – Можно переформулировать так: *мы не знаем, когда...*

– Господа! – мистер де Виллер многозначительно постучал по циферблату своих часов. – В нашем распоряжении вовсе не бесконечность. Ты готов, Гидеон?

Гидеон протянул руку доктору Уайту. Тот открыл крышку хронографа и приложил указательный палец Гидеона к отверстию.

Послышалось тихое гудение, внутри аппарата пришли в движение зубчатые колёсики. Казалось, это особая тайная мелодия. Как в курантах. Один из драгоценных камней, гигантский бриллиант, вдруг засветился изнутри и озарил лицо Гидеона чистым, ярким светом. И вдруг Гидеон исчез.

– *Отправился*, – прошептала я, всё ещё под впечатлением.

– В прямом значении этого слова, – сказал мистер Джордж. – Сейчас твоя очередь. Становись точно вот сюда.

Доктор Уайт прибавил:

– И думай о том, чему мы тебя учили. Слушайся Гидеона. Всегда держись его, что бы ни случилось, – он взял мою руку и положил указательный палец в открытое отверстие. Что-то острое кольнуло меня в подушечку пальца, я отдёрнула руку:

– Ай!

Доктор Уайт крепко прижал мою руку к отверстию.

– Не шевелись!

На этот раз засветился огромный голубой камень. Голубой свет рассеивался по комнате и ослеплял мне глаза. Последнее, что я увидела, была огромная шляпа, которая, забытая всеми, осталась на столе. Потом вокруг стало темно. Чья-то рука легла на моё плечо.

Чёрт, как они говорили, что там за дурацкий пароль? Ква… ква-ква кваквитис.

– Гидеон, это ты? – прошептала я.

– Кто же ещё, – прошептал он в ответ и убрал руку с моего плеча. – Молодец! Ты не упала! – я слышала, как чиркнула спичка. В следующий момент комнату осветил горящий факел.

– Круто. Ты его с собой принёс?

– Нет, он здесь и был. Подержи-ка.

Когда я взяла в руки факел, то очень обрадовалась, что забыла свою дурацкую шляпу. Все эти расчудесные перья и соломки загорелись бы на первом же сквозняке. И через несколько минут я уже превратилась бы в симпатичную горящую головешку.

– Тишина! – сказал Гидеон, хотя я даже пикнуть не успела. Он отпёр дверь (интересно, Гидеон принёс этот ключ с собой, или тот так и торчал в двери? Я не успела заметить) и осторожно выглянул в коридор. Было темно, хоть глаз выколи.

– Здесь пахнет болотом, – сказала я.

– Чепуха. Пойдём скорей! – Гидеон закрыл за нами дверь, взял у меня факел и ступил в тёмный коридор. Я последовала за ним.

– Не хочешь мне снова глаза завязать? – спросила я с лёгкой издёвкой.

– Тут и так темнее некуда. Как ни старайся, ничего не запомнишь, – ответил Гидеон. – Ещё один повод, чтобы не отходить от меня далеко. Потому что не позднее, чем через три часа нам нужно снова оказаться здесь, внизу.

Ещё один повод выучить дорогу. Как же я управлюсь, если с Гидеоном, например, что-нибудь случится или если нас разделят? Не очень-то хороший план – держать меня в неведении. Но я прикусила язык. Мне нисколечко не хотелось прямо сейчас устраивать перепалку с этим Мистером-Дуристером.

Пахло плесенью. Запах был гораздо противней, чем в наше время. В какой же год мы попали?

Воняло ужасно, чем-то тухлым или гнилым.

Я почему-то невольно подумала о крысах. В фильмах с факелами и узкими коридорами обязательно встречались и крысы! Противные, чёрные крысы, глаза которых светились в темноте. Или мёртвые крысы. Ах да, и пауки ещё. Пауки – это тоже жутковато, и из той же истории. Я старалась не касаться руками стен и не представлять себе, как толстые пауки цепляются за кайму моего платья и взбираются по голым ногам …

Вместо этого я считала шаги до каждого поворота. Через сорок четыре шага мы свернули вправо, после сорока пяти – влево. Потом ещё раз влево – и вышли к винтовой лестнице, которая уходила куда-то наверх. Чтобы поспеть за Гидеоном, пришлось задрать юбку повыше. Где-то наверху горел свет, мы шли прямо на него, потому что с каждым шагом вокруг становилось всё светлее. Наконец, мы добрались до широкого коридора, по бокам которого были закреплены зажжённые факелы. В конце перехода находилась широкая дверь, справа и слева стояли рыцарские доспехи, такие же ржавые, как и в наше время.

К счастью, ни одной крысы мне на глаза не попалось. Но у меня было безотчётное чувство страха. Казалось, будто за нами наблюдают. Чем выше мы поднимались, тем сильней становился этот страх. Я огляделась, но проход был совершенно пуст.

Вдруг рука в доспехах пошевелилась, и из глубины лат донеслось нечто грозное (как мне показалось). Я остановилась как вкопанная и затаила дыхание. Наконец-то стало понятно, кто следил за нами всё это время.

Доспехи добавили ещё кое-что. Как мне показалось, дополнение было явно лишним в этой ситуации: «Стойте, где стоите!»

Я хотела закричать от страха, но снова не могла издать ни звука. Тут до меня, наконец, дошло, что говорили и двигались вовсе не доспехи, а какой-то человек в них. Другие латы, кажется, тоже не пустовали.

– Мы должны поговорить с Мастером, – сказал Гидеон. – Дело не терпит отлагательств.

– Пароль, – сказали вторые доспехи.

– Ква редит нэсцитис, – сказал Гидеон.

Ах да, точно. На миг я поразилась до глубины души. Он запомнил эту сложную штуку слово в слово.

– Проходите, – сказали первые латы и даже открыли перед нами дверь.

За ней простирался ещё один коридор, тоже освещённый факелами. Гидеон закрепил наш факел в подставке на стене и поспешил вперёд, я последовала за ним так быстро, насколько позволял мой кринолин. Я уже совершенно запыхалась.

– Это прямо фильм ужасов. У меня чуть сердце не остановилось. Я думала, эти штуки – просто декорация. То есть, я хотела спросить, в восемнадцатом веке рыцарские доспехи всё ещё в моде, да? А пользы в них уже никакой, кажется.

– Это традиция, – сказал Гидеон. – В наше время тоже немногое изменилось.

– Но в нашем времени я не видела ни одного рыцаря в доспехах.

Но тут мне вдруг подумалось, что, наверное, некоторых я таки видела, просто считала, что это доспехи без рыцаря.

– Давай-ка поторопимся, – сказал Гидеон.

Легко ему говорить, он-то не тянет за собой огромную юбку размером с одноместную палатку.

– А кто этот Мастер?

– У ордена есть Магистр, который им руководит. В то время им был, конечно, сам граф. Орден ещё очень молодой, граф основал его всего тридцать семь лет тому назад. Впоследствии руководство тоже переходило по линии де Виллеров.

То есть граф Сен-Жермен был из рода де Виллеров?

– А сегодня? В наше время? Кто… э-э-э… Магистр?

– Сейчас это мой дядя Фальк, – сказал Гидеон. – Он сменил твоего дедушку, лорда Монтроуза.

– Ах, вот оно что.

Чем дальше, тем больше сюрпризов. Вместо добряка дедушки получай, Гвендолин, Магистра тайного ордена графа Сен-Жермена! И это при том, что я всегда считала его бабушкиным подкаблучником!

– Какой же пост в ордене занимает тогда леди Ариста?

– Никакого. Женщины не могут стать членами ордена. Ближайшие родственницы высших лиц ордена автоматически причисляются ко внешнему кругу посвящённых. Но они не имеют права голоса.

Ну да. Как же иначе.

Может, такое отношение ко мне у де Виллеров в крови? Такое вот специальное отклонение на генетическом уровне, из-за которого у них для женщин припасены только снисходительные улыбочки. Хотя с другой стороны, с Шарлоттой он был очень даже мил. Эта мысль неприятно кольнула меня.

– А почему вы родную бабушку всё время величаете только «леди Ариста»? – спросил он. – Почему бы не называть её просто «бабушкой» или «бабулей», как это делают другие дети?

– Это из той же оперы, – сказала я. – Почему женщины не могут быть членами ложи?

Вдруг Гидеон резко протянул руку, схватил меня и спрятал за своей спиной.

– Помолчи секунду.

– Что?

В конце коридора вверх уходила ещё одна лестница. Из окон лился дневной свет. Прежде, чем мы дошли до ступенек, от темноты отделились двое мужчин с обнажёнными саблями. Они будто поджидали нас.

– Добрый день, – сказал Гидеон, который, в отличие от меня, даже не вздрогнул. Хотя и положил руку на свою саблю.

– Пароль! – крикнул первый мужчина.

– Вы ведь уже были здесь вчера, – сказал второй и подошёл немного ближе, чтобы разглядеть Гидеона. – Или это был ваш младший брат? Сходство обманчиво.

– Это тот самый, что может появляться из ниоткуда? – спросил первый. Оба они уставились на Гидеона, открыв рот. Одежда на них была такая же, как и у моего спутника. Мадам Россини всё-таки оказалась права: во времена рококо мужчины охотно носили всё пёстрое. Эти двое разоделись в бирюзовые наряды в сиреневый цветочек с красными и коричневыми переливами. А один из них был одет в такой же, как у Гидеона, лимонно-жёлтый сюртук. По идее, вид должен быть просто ужасающим, но во всём этом калейдоскопе была какая-то изюминка. Если они и перегибали палку, то лишь самую малость.

На головах у обоих были парики, которые спускались к ушам смешными прядками в форме колбасных обрезков. Дополняла причёску маленькая крысиная косичка на затылке. Она была перевязана шёлковой лентой.

– Скажем так, я умею попадать в этот дом особым способом, – сказал Гидеон с высокомерным смешком. – Я и моя спутница должны поговорить с Мастером. Дело особой важности.

– Я, я… Разъякался тут, тоже мне, герой, – пробурчала я.

– Пароль?

Кто ели бисквитис. Что-то в таком духе.

– Ква редит нэсцитис, – сказал Гидеон.

Ну, почти правильно.

Преемственность по женской линии

Элани Бёргли
Опал
1562 – 1580
|
Сесилия Вудвилль
Аквамарин
1628 – 1684
|
Жанна де Понткаре (Мадам д'Юрфэ)
Цитрин
1705 – 1775
|
Маргарет Тилни
Нефрит
1877 – 1944
|
Люси Монтроуз
Сапфир
(*1976)
|
Гвендолин Шеферд
Рубин
(*1994)

Хроники Хранителей
Том четвёртый, Круг Двенадцати

Глава одиннадцатая

Мужчина в жёлтом сюртуке убрал свою шпагу.

– Следуйте за мной.

Я с любопытством выглянула из первого же окна, которое попалось нам на пути.

Значит, мы попали в восемнадцатый век. У меня прямо мурашки побежали по коже от волнения. Я посмотрела на миловидный внутренний дворик с фонтаном посередине. Там всё осталось прежним. Лестница снова пошла вверх. Гидеон пропустил меня вперёд.

– Ты что, бывал тут? – спросила я с любопытством. Я перешла на шёпот, чтобы тот в жёлтом не мог нас расслышать. Он шёл на пару шагов впереди нас.

– Для них это было вчера, – сказал Гидеон. – Для меня прошло уже почти два года.

– А зачем ты сюда приходил?

– Я представился графу и сообщил ему, что первый хронограф был украден.

– Представляю его реакцию. Он, наверное, был не в восторге.

Наш проводник в жёлтом изо всех сил делал вид, что совсем нас не слышит. Но его уши под буклями парика так топорщились от напряжения, что это невозможно было не заметить.

– Он воспринял это с большим самообладанием. Гораздо спокойнее, чем я ожидал, – сказал Гидеон. – Немного оправившись от удара, он чрезвычайно обрадовался, что второй хронограф в рабочем состоянии. И потому у нас есть шанс завершить всю операцию успешно.

– А где же *сейчас* хронограф? – я перешла на шёпот. – Я имею в виду, в настоящий момент, в *этом* времени?

– Вероятно, где-нибудь в этом здании. Граф никогда не расстаётся с ним надолго. Ему ведь тоже необходимо элапсировать, чтобы предупредить хаотичные прыжки во времени.

– Почему бы нам тогда просто не захватить тот хронограф с собой в будущее?

– Причин достаточно, – сказал Гидеон. Интонация его голоса изменилась, в ней больше не было такого высокомерия, как прежде. Но зато теперь Гидеон принял вид милостивого покровителя. – Самые существенные обстоятельства очевидны. Одно из Двенадцати Золотых Правил хранителей в обращении с хронографом предостерегает: континуум никогда не должен прерываться. Если бы мы забрали хронограф с собой в будущее, граф и путешественники во времени, которые жили после него, были бы вынуждены обходиться без него.

– Да, но тогда бы никто не мог его стащить.

Гидеон покачал головой.

– Видно, что ты пока ещё не очень хорошо знакома с природой времени. Есть определённая цепь событий, и изменять её очень опасно. В худшем случае, ты можешь тогда вовсе не родиться.

– Понимаю, – соврала я.

Беседуя, мы поднялись на второй этаж, прошли мимо двух других мужчин, вооружённых шпагами. Наш жёлтоштанный коротко пошептался с ними о чём-то.

Как там звучал этот пароль? Мне вспоминалось только что-то вроде *ква несквик москитос.* Прямо хоть мозг вынимай и новый вкладывай.

Оба стражника следили взглядами за мной и за Гидеоном с нескрываемым любопытством. Как только мы отошли на несколько шагов вперёд, они снова о чём-то зашептались. Мне так хотелось послушать, что они говорили.

Наш провожатый в жёлтых штанах постучал в дверь. Мы вошли. За письменным столом сидел ещё один мужчина, тоже в парике, совсем светлом, и в разноцветной весёленькой одежде. Из-за столешницы виднелся его пёстрый бирюзовый сюртук и жилет в цветочек, а из-под стола игриво выглядывали красные штаны до колен и полосатые чулки. Я уже устала удивляться.

– Господин секретарь, – сказал жёлтоштанник. – Со мной снова вчерашний посетитель, и он опять знает пароль…

Секретарь недоверчиво посмотрел Гидеону в глаза.

– Как вы можете знать пароль, если мы объявили его всего лишь два часа назад, и с тех пор никто не покидал стен дома? На всех выходах расставлена охрана. А кто *это*? Женщинам сюда вход воспрещён.

Я хотела вежливо представиться, но Гидеон схватил меня за руку и сказал первым:

– Мы должны поговорить с графом. Дело не терпит отлагательств. Мы очень спешим.

– Они прибыли *снизу*, – вставил жёлтоштанник.

– Но графа в доме нет, – с сожалением воскликнул секретарь. Он вскочил из-за стола и манерно заломил руки. – Мы можем отправить посыльного…

– Нет, нам надо поговорить с ним лично. У нас нет времени, чтобы гонять посыльных. Где же граф сейчас?

– Он нанёс визит лорду Бромптону, сейчас они в новом доме лорда на Вигмор-стрит. Граф проводит чрезвычайно важное совещание. Он распорядился о нём ещё вчера, сразу после вашего ухода.

Гидеон тихо чертыхнулся.

– Нам срочно нужна карета на Вигмор-стрит. Немедленно.

– Я похлопочу, – сказал секретарь и кивнул жёлтошталнику. – Займись этим лично, Уилбур.

– Но… хватит ли нам времени? – спросила я. Одна только долгая дорога обратно по затхлому подвалу чего стоит. – Пока мы доедем в карете на Вигмор-стрит?

На Вигмор-стрит находился кабинет нашего зубного врача. Ближайшая станция метро оттуда – Бонд-стрит, Главная линия. Но отсюда нужно сделать как минимум одну пересадку. Так это на метро! А в карете? Мне даже представлять не хотелось, насколько может затянуться такая поездка.

– Может, лучше нам прийти в следующий раз?

– Нет, – сказал Гидеон. Он улыбнулся, в его взгляде зажёгся особенный огонёк. Лицо его теперь выражало нечто новое для меня, едва уловимое – может, жажду приключений?

– У нас ещё два с половиной часа, – сказал он бодрым голосом. – Мы отправляемся на Вигмор-стрит!

Поездка по Лондону в карете была самым захватывающим событием из всего, что случалось со мной до сих пор.

По непонятным причинам Лондон без машин представлялся мне совершенно спокойным местечком. Мне казалось, что по улицам будут прогуливаться люди в шляпах и с зонтиками, порой одна-две кареты процокают мимо, никаких выхлопных газов, никакой вони, никаких бешеных таксистов, которые несутся напролом по пешеходному переходу даже на зелёный свет.

Но на самом деле всё оказалось совершенно иначе... Во-первых, шёл дождь. А во-вторых, даже без машин и автобусов движение было ужасно беспорядочным: кареты и телеги всех мастей и размеров толкались на узких улочках, грязь и вода из луж разлетались во все стороны. Выхлопными газами действительно не пахло, но запах на улице всё равно стоял премерзкий: воняло отбросами, лошадиным навозом и другими нечистотами.

Никогда раньше я не видела столько лошадей в одном месте. Только нашу карету тянула четвёрка лошадок. Все они были вороными и очень красивыми. Мужчина в жёлтом сидел на облучке и лихо направлял коней сквозь этот хаос. Повозка дико шаталась, а когда лошади заходили на поворот, я каждый раз готовилась к тому, что мы вот-вот перевернёмся.

От страха и напряжения – я ведь старалась ещё и не валиться на Гидеона в такой тряске – мне не очень-то удалось рассмотреть Лондон того времени.

Когда я выглядывала из окна, то не видела абсолютно никаких знакомых мест. Казалось, я еду по чужому городу.

– Это Кингвей, – сказал Гидеон. – А так и не скажешь, правда?

Наш кучер как раз производил лихой обгонный манёвр, объезжая воловью упряжку и карету, похожую на нашу.

На этот раз я не смогла ничего поделать, и меня со всей силы швырнуло на Гидеона.

– Он, наверное, считает себя вторым Шумахером, – сказала я и юркнула обратно в свой уголок кареты.

– Править каретой очень забавно, – сказал Гидеон. Казалось, он немного завидует мужчинам на козлах. – В открытых повозках, конечно, ещё веселее. Мне больше нравятся фаэтоны.

Карета снова подпрыгнула, и я почувствовала, что меня начинает подташнивать. Такая скачка явно не рассчитана на людей со слабыми желудками.

– А вот мне больше нравится «Ягуар», – сказала я, бледнея.

Тем не менее, на Вигмор-стрит мы оказались гораздо раньше, чем я предполагала. Мы вышли у роскошного дома. Я огляделась по сторонам. Ничего знакомого. А ведь я довольно часто бывала у зубного врача, намного чаще, чем хотелось бы. Надо всем витал еле ощутимый дух чего-то родного. Дождь прекратился.

Нам открыл лакей. Он пытался уверить нас, что лорда Бромтона в доме нет. Но Гидеон сообщил ему, что нам стало известно обратное. Затем он пригрозил, что если лакей не отведёт нас к своему господину и его посетителю, то сегодня же потеряет место в этом доме.

Он покрутил перед носом у смущённого лакея своим перстнем с печаткой и велел поторапливаться.

– У тебя есть собственный перстень? – спросила я, пока мы ожидали в холле.

– Конечно, есть, – сказал Гидеон. – Ты очень волнуешься?

– А что – должна?

Я всё никак не могла отойти от нашей поездки. Мне с трудом верилось, что бывают вещи ещё более волнительные. Но сейчас, после его слов, сердце моё забилось раненой птицей. Я невольно подумала о том, что говорила о графе Сен-Жермене моя мама. Ведь если он действительно умеет читать мысли…

Я пригладила волосы. Наверное, после такой поездки вся причёска превратилась в воронье гнездо.

– Выглядишь прекрасно, – сказал Гидеон с лёгкой улыбкой.

Это ещё что за тон? Ему обязательно нужно всё время выводить меня из себя?

– Знаешь что? Нашу кухарку тоже зовут миссис Бромптон, – сказала я, чтобы преодолеть неловкость.

– Как тесен мир, – сказал Гидеон.

Лакей сбежал к нам по лестнице, фалды его сюртука развевались на ветру.

– Господа ожидают вас, сэр.

Мы последовали за ним на второй этаж.

– Он действительно умеет читать мысли? – прошептала я.

– Лакей? – прошептал в ответ Гидеон. – Надеюсь, нет. Я как раз думал о том, что он похож на горностая.

Что это ещё за приступ веселья? Мистер крутой-путешественник-во-времени-исполняющий-важную-миссию изволит шутить?

Я резко хмыкнула. (Как бы там ни было, надо видеть во всём светлую сторону.)

– Не лакей, а граф, – сказала я.

Он кивнул.

– По крайней мере, так говорят.

– Он и твои мысли тоже читал?

– Даже если и читал, то я этого не заметил.

Лакей открыл перед нами дверь и глубоко поклонился.

Я остановилась. Может, стоит просто отключить мозг, просто перестать думать? Но это было совершенно невозможно. Как только я попробовала ни о чём не думать, тут же в голове замельтешили тысячи мыслей.

– Сначала дамы, – сказал Гидеон и мягко подтолкнул меня к порогу.

Я сделала пару шагов вперёд, потом опять остановилась в полной нерешительности. Чего же от меня ожидают? Гидеон последовал за мной, лакей ещё раз глубоко поклонился и прикрыл за нами дверь.

Мы стояли в большом, изящно обставленном салоне с высокими окнами и расшитыми шторами. Вот бы пустить эти шторы на платья.

На нас смотрели трое мужчин. Первый был таким полным, что еле поднялся со своего стула. Второй выглядел младше, атлетического телосложения, он единственный был без парика. Третий был худым и рослым, похожим на человека с портрета в документариуме.

Граф Сен-Жермен.

Гидеон поклонился. Но не так низко, как лакей. Трое мужчин поклонились в ответ.

Я продолжала стоять смирно. Никто не научил меня, как делают реверанс в плиссированных юбках. Кроме того, реверансы – такие дурацкие.

– Не думал, что так скоро увижу вас снова, мой юный друг, – сказал тот, кого я посчитала графом Сен-Жерменом. Он широко улыбался. – Лорд Бромптон, разрешите представить вам пра-пра-пра-правнука моего пра-пра-правнука. Гидеон де Виллер.

– Лорд Бромптон! – снова лёгкий поклон. Рукопожатия явно ещё не вошли в моду.

– Я считаю, у моего рода, на первый взгляд по крайней мере, просто прекрасное продолжение, – сказал граф. – Мне явно повезло при выборе дамы сердца. Нашего фамильного носа крючком не видно совершенно.

– Ах, дорогой граф! Вы снова пытаетесь поразить моё воображение вашими невероятными историями, – сказал лорд Бромптон. Он плюхнулся обратно на свой стул, который выглядел таким малюсеньким, что я начала бояться, как бы он не разломился.

Лорд был не просто кругленьким, как мистер Джордж, – этот мужчина был ужасно толстым!

– Но я не имею ничего против, – продолжал он. Его маленькие поросячьи глазки светились от удовольствия. – С вами всегда интересно. Что ни минута – новый сюрприз.

Граф засмеялся и повернулся к молодому мужчине без парика.

– Лорд Бромптон – закоренелый скептик, дорогой мой Миро. Надо будет придумать нечто более удивительное, чтобы убедить его в подлинности нашей истории.

Мужчина ответил что-то на неизвестном мне языке. Речь его звучала жёстко и отрывисто. Граф снова засмеялся. Он повернулся к Гидеону.

– Это, любимый внучек, мой дорогой друг и брат по духу Миро Ракоци, в Хрониках Хранителей он больше известен как *Чёрный Леопард*.

– Очень приятно, – сказал Гидеон.

Снова последовали поклоны.

Ракоци – откуда мне знакома эта фамилия? И почему я резко отвернулась, встретившись с ним взглядом?

Когда граф посмотрел на меня, лицо его осветила улыбка. Я машинально пыталась отыскать в нём общие черты с Гидеоном или Фальком де Виллерами. Но их, казалось, не было вовсе. Глаза графа были очень тёмными, а в его взгляде сквозило нечто пронизывающее, что невольно заставило меня снова подумать о маминых словах.

Подумать! Вот думать как раз и не надо. Но чем-то же должен был заняться мой мозг. Поэтому я начала в уме петь гимн «Боже, храни королеву».

Граф перешёл на французский. Я поняла это не сразу (я ведь ещё и старательно пела в мыслях национальный гимн), но с некоторой задержкой и пробелами я перевела его слова так: «А ты, милое создание, значит... э-э-э... прекрасной... э-э-э.... Жанны д'Юрфэ, хотя я слышал, что у тебя рыжие волосы».

М-да, слова – это фундамент любого иностранного языка, так всегда говорит наш учитель французского. Кто такая Жанна д'Юрфэ, я тоже не знала, поэтому собрать всё предложение воедино было довольно сложно.

– Она не говорит по-французски, – сказал Гидеон. Тоже по-французски. – И она не та девочка, которую вы ожидали увидеть.

– Как это возможно? – граф покачал головой. – Это всё совершенно... э-э-э...

– К сожалению, не та девочка прошла подготовку к.... э-э-э...

Да уж, к сожалению.

– Ошибка? Мне казалось, ошибка полностью исключена.

– Это Гвендолин Шеферд, кузина Шарлотты Монтроуз, о которой я рассказывал вам в прошлый раз.

– Значит, она тоже внучка лорда Монтроуза, последнего… э-э-э… И при этом кузина…. э-э-э… – граф рассматривал меня своими тёмными глазами. В мыслях я снова запела:

«Дай ей ратных побед, счастья и славы…»

– Это… э-э-э… просто не укладывается в голове.

– Наши учёные говорят, что это возможно, генетические… э-э-э… над…

Граф поднял руку, чтобы остановить Гидеона.

– Знаю, знаю. По законам науки это представляется возможным. Но у меня, тем не менее, нехорошее предчувствие.

Тут ему не легче, чем мне.

– Значит, по-французски не говорите? – спросил он, на этот раз по-немецки. Немецкий шёл у меня немного лучше (твёрдая четвёрка несколько лет подряд), но здесь тоже обнаружились пробелы.

– Почему она так плохо подготовлена?

– Она вообще не подготовлена, маркиз. Она не владеет иностранными языками, – на этот раз Гидеон говорил по-немецки. – В другом отношении она тоже совершенно… э-э-э… Шарлотта и Гвендолин родились в один день. Но ошибочно считали, что она родилась на один день позже.

– Но как можно было упустить это из виду? – наконец я поняла всё предложение до последнего слова. Они снова перешли на английский. Граф говорил по-английски совершенно чисто, без акцента.

– Почему у меня закралось подозрение, что хранители в вашем времени несерьёзно подходят к поставленным задачам?

– Мне кажется, ответ содержит вот это письмо, – Гидеон вытащил запечатанный конверт из внутреннего кармана своего сюртука и передал его графу.

Меня сверлил его изучающий взгляд.

...Расстрой их подлые уловки, на Тебя возлагаем нашу надежду, Боже, храни всех нас...

Улучив момент, я переключилась на двух других мужчин. Кажется, у лорда Бромптона пробелов было ещё больше (его рот над вторым и третьим подбородком немного приоткрылся, вид у него был глуповатый). А другой мужчина, господин Ракоци, сосредоточено изучал свои ногти на руках.

Он был совсем молодым, на вид около тридцати лет, у него были тёмные волосы и худое вытянутое лицо. Он мог бы выглядеть совсем даже неплохо, но его рот перекосила дикая гримаса, как будто он попробовал на вкус что-нибудь противное. У его кожи был болезненный бледноватый оттенок.

Я принялась гадать, не нанёс ли он на лицо светло-серую пудру. Но вдруг он поднял голову и посмотрел мне прямо в глаза. Они были глубокого агатово-чёрного цвета, я не могла понять, где заканчивается радужка и начинается зрачок. Вид у этих глаз был странный, мертвенно-неподвижный, но я не могла сказать, почему. Машинально я снова запела про себя «Боже, храни Королеву». В это время граф разломил сургучную печать и развернул письмо. Со вздохом он начал читать. Время от времени он поднимал голову и поглядывал на меня. Я не двигалась с места.

...Твои избранные дары благоволи излить на неё...

О чём говорилось в этом письме? Кто его написал? Лорда Бромптона и Ракоци, похоже, не меньше моего интересовали ответы на эти вопросы.

Лорд Бромптон вытянул свою толстую шею, чтобы хоть мельком увидеть написанное, в то время как Ракоци больше сосредоточился на выражении лица графа. Вероятно, этот мерзкий изгиб губ у него врождённый.

Когда Ракоци опять повернулся ко мне лицом, все волосинки на моих руках встали дыбом. Глаза его выглядели как две чёрные дыры, но теперь я поняла, почему: в них не теплилось ни малейшей искорки, даже слабого отблеска, который придаёт глазам живой вид. Это было не просто странно, это скорее походило на кадр из фильма ужасов. Я была рада, что между мной и этими глазами сохранялось по меньшей мере метров пять.

– Сдаётся мне, твоя мать довольно твердолобая особа, не так ли, дитя моё? – граф закончил читать и сворачивал письмо в трубочку. – Мы можем лишь строить догадки, каковы были её мотивы, – он подошёл немного ближе. Под его сверлящим взглядом я не смогла больше вспомнить ни слова из гимна.

Но вдруг я увидела то, чего в паническом страхе не замечала раньше: граф был стар. Несмотря на то, что глаза его излучали сильнейшую энергетику, осанка была прямой, а голос – молодым и живым, нельзя было не заметить следы старости в его облике. Кожа на лице и руках была мятой как пергамент. Сквозь неё просвечивали голубые вены. Морщины были заметны даже сквозь густой слой пудры. Возраст придавал ему хрупкость, из-за него граф почти вызывал сочувствие.

Во всяком случае, я вдруг резко перестала его бояться. Он же всего на всего старик, даже старше моей бабушки.

– Гвендолин не осведомлена о мотивах её матери, равно как и не знакома с событиями, которые привели к подобному положению дел, – сказал Гидеон. – Она в совершенном неведении.

– Странно, очень странно, – сказал граф, медленно обходя вокруг меня. – Мы действительно ни разу ещё не встречались.

Конечно же не встречались, а как бы мы, интересно, могли встретиться?

– Но тебя бы здесь не было, не будь ты рубином.

Магией ворона он наделён,

Венчает он Круг и Начало Времён.

Он закончил свой обход, встал точно напротив меня и посмотрел мне прямо в глаза.

– Какова твоя магия, девочка?

... И да дарует нам повод воспевать сердцем и голосом...

Ах, ну что же я творю! Это же простой старичок.

Мне надо было всего-навсего вести себя вежливо, а не пялиться на него, как парализованный кролик на змею.

– Я не знаю, сэр.

– Что в тебе особенного? Поведай мне!

Что во мне было особенного? Кроме того факта, что уже два дня я путешествовала в прошлом? В моём ухе снова зазвенел голос тёти Гленды: «*Ещё в раннем детстве было видно, что Шарлотта рождена для высшей цели. Её нельзя сравнивать с обычными детьми*».

– Мне кажется, во мне нет ничего особенного, сэр.

Граф прищёлкнул языком.

– Возможно, ты и права. Это всего лишь стихотворение. Стихотворение сомнительного происхождения, –

казалось, он вдруг потерял ко мне всякий интерес и снова развернулся к Гидеону.

– Сын мой. Я в полнейшем удивлении читаю о твоих достижениях. Разыскал Ланселота де Виллера в Бельгии! Вильям де Виллер, Сесилия Вудвилль – обворожительный аквамарин – и близнецы, с которыми я никогда не познакомлюсь – тоже на крючке. И только представьте себе, лорд Бромптон, этот юноша посетил даже мадам Жанну д'Юрфэ, урождённую Понткаре, в Париже, и уговорил её дать немного крови.

– Вы говорите о мадам д'Юрфэ, которой мой отец благодарен за дружбу с мадам Помпадур и, в конце концов, за знакомство с вами?

– Другой я не знаю, – сказал граф.

– Но эта мадам д'Юрфэ уж десять лет как мертва.

– Семь, если быть точным, – сказал граф. – В то время я гостил при дворе маркграфа Карла Александра фон Ансбаха. Ах, я чувствую такую сильнейшую связь с Германией. Интерес тамошней знати к масонству и к алхимии за последнее время сильно возрос. Кстати говоря, умру я тоже в Германии. Об этом мне сообщили несколько лет назад.

– Вы отвлекаетесь от сути, – сказал лорд Бромптон. – Как мог этот молодой человек посетить мадам д'Юрфэ в Париже? Семь лет назад он сам был ещё ребёнком.

– Вы всё ещё мыслите в неправильном русле, дорогой лорд. Спросите Гидеона, *когда* он имел честь взять кровь у мадам д'Юрфэ.

Лорд вопрошающе посмотрел на Гидеона.

– В мае 1759-го, – сказал Гидеон.

Лорд пронзительно захохотал.

– Но этого не может быть. Вам самому едва исполнилось двадцать лет.

Граф тоже засмеялся довольным смехом.

– В 1759-м. Она мне никогда об этом не рассказывала, старая притворщица.

– В то время вы тоже пребывали в Париже, но у меня был строгий приказ не попадаться вам на пути.

– Из-за континуума, я знаю, – граф тяжело вздохнул. – Иногда поперёк пути становятся мои же собственные законы... Но давайте возвратимся к нашей дорогой Жанне. Пришлось ли тебе применить силу? Со мной она была не очень-то любезна.

– Она мне об этом сказала, – заметил Гидеон. – И о том, как вы выманили у неё хронограф.

– Выманил! Да она даже не знала, какое сокровище досталось ей от бабки. Бедный растерзанный аппарат лежал без дела в пыльном ящике на чердаке. Рано или поздно о нём бы все забыли. Я спас его и стал использовать по назначению. Благодаря гениям, которые в будущем станут членами моей ложи, сегодня он снова в рабочем состоянии. Это почти чудо.

– У мадам было несколько другое мнение на этот счёт. Она сказала, что вы чуть её не задушили. А всё лишь потому, что она не знала дату рождения и девичью фамилию своей прабабушки.

Чуть не задушил? Ну и жестокие же тут нравы.

– И то правда. Подобные пробелы в знаниях стоят мне невероятно больших усилий. Пришлось столько времени корпеть над приходскими книгами, вместо того, чтобы посвятить себя более важным делам. Жанна невероятно злопамятная особа. Тем удивительней кажется мне тот факт, что вам удалось склонить её к сотрудничеству.

Гидеон улыбнулся.

– Задание было не из лёгких. Но мой вид, наверное, вызывает доверие. Кроме того, я протанцевал с ней гавот. И терпеливо выслушал её жалобы касательно вас.

– Как несправедливо. Это ведь именно я устроил ей всю ту любовную кутерьму с Казановой. И пусть его интересовали только деньги мадам д'Юрфэ, ей всё равно завидовали многие женщины. К тому же, хронографом я поделился с ней по-братски. Если бы не я…

Повеселевший граф снова обернулся ко мне в прекрасном расположении духа.

– Такая неблагодарная дамочка, эта твоя прабабка. Большим интеллектом, к сожалению, наделена не была. Я думаю, она так и не разобралась, что с ней происходило, бедная старушка. Она смертельно обиделась из-за того, что я определил её всего лишь цитрином в Кругу Двенадцати. «Это почему же вы – изумруд, а я – только глупый цитрин, – сказала она. – Кто же в наши дни нацепит на себя цитрин, это нужно совсем из ума выжить».

Он захихикал себе под нос.

– Мадам действительно была дурочкой, каких мало. Хотел бы я знать, сколько раз она прыгала в прошлое, когда состарилась. Может, и совсем не прыгала. Особой прыгучестью она никогда не отличалась. Иногда за целый месяц могла не исчезнуть ни разу. Я бы сказал, женская кровь более вялая, чем мужская. Так же и дух – женский намного уступает мужскому в скорости. Ты со мной согласна, девочка?

«Старый шовинист, – думала я, томно прикрывая глаза. – Пустозвон, лентяй». О, Господи!

Я что, с ума сошла? Я же должна ни о чём не думать!

Но графа, наверное, не очень заботило чтение моих мыслей, потому что он снова довольно захихикал.

– А она не очень-то разговорчива, правда?

– Она просто испугалась, – сказал Гидеон.

Была запугана – вот подходящее словцо.

– Женщины пугаться не умеют, – возразил граф. – Под кажущимся испугом или стеснением таится глупость.

Я всё больше убеждалась, что бояться этого графа нет причин. Он просто самовлюблённый дедуля-женоненавистник, который любит поговорить и послушать самого себя.

– Сдаётся мне, вы не очень-то высокого мнения о женском поле, – сказал лорд Бромптон.

– Вот и неправда! – возразил граф. – Я люблю женщин. Действительно люблю. Я просто не верю в то, что их способ мыслить может помочь человечеству совершить прорыв. Поэтому в моей ложе женщинам делать нечего, – он одарил лорда сияющей улыбкой. – Кстати говоря, лорд Бромптон, для многих мужчин это становится решающим аргументом за вступление в мою ложу.

– И несмотря на это женщины от вас без ума! Мой отец не уставал рассказывать мне всё новые и новые истории ваших успехов у слабого пола. Кажется, женщины всегда были у ваших ног как здесь, в Лондоне, так и в Париже.

Граф замолчал, вспоминая свои любовные победы.

– Завоевать сердце женщины и подчинить его себе – дело нехитрое, мой дорогой лорд. Все они одинаковы. Не будь я занят выполнением высшей миссии, давно бы издал что-то вроде руководства для мужчин с советами, как надо обращаться с женщинами.

Да уж. У меня и название для этой книженции наготове. «Задушил – охмурил». Или «Таким способом вы заболтаете до смерти любую женщину».

Я чуть было не засмеялась. Но вдруг я заметила, что господин Ракоци внимательно меня изучает. Всё моё бахвальство испарилось, как не бывало.

Кажется, я схожу с ума! Чёрные глаза встретились с моими на долю секунды, затем я опустила взгляд в пол, выложенный мозаикой, и попробовала побороть чувство паники, которое разрасталось во мне. Бояться здесь стоило вовсе не графа. Это было ясно. Но по этой причине мне ещё долго не удастся почувствовать себя в безопасности.

– Всё это очень занятно, – сказал лорд Бромптон. Множество его подбородков дрожали от удовольствия. – Из вас и ваших спутников вышли бы хорошие актёры, сомнений нет. Как говаривал мой отец, умеете вы поражать воображение, дорогой мой граф Сен-Жермен. Вот только доказательств у вас нет. До сих пор вы не предъявили мне ни единого трюка.

– *Трюка*! – воскликнул граф. – О, мой дорогой лорд, вы раб сомнений. Я бы давно уже потерял всякое терпение в общении с вами, если бы не чувствовал себя в ответе перед вашим отцом, Господь да упокоит его душу. И если бы мой интерес в ваших деньгах и влиянии был не так велик.

Лорд натужно рассмеялся.

– По крайней мере, вы говорите честно.

– В алхимии без протекций не обойтись.

Граф резко обернулся к Ракоци.

– Нужно будет действительно продемонстрировать лорду парочку наших *трюков*, Миро. Он принадлежит к числу людей, которые верят только в то, что увидели собственными глазами. Но сначала мне нужно переговорить с моим правнуком с глазу на глаз и передать ему письмо к Гроссмейстеру моей ложи в будущем.

– Вы вполне можете воспользоваться кабинетом, который находится за соседней дверью, – сказал лорд и указал на дверь за своей спиной. – Буду с нетерпением ждать вашего представления.

– Пойдём, сын мой, – граф взял Гидеона под руку. – Есть ещё кое-что, о чём я хотел бы тебя расспросить. И кое-что, о чём тебе необходимо узнать.

– У нас ещё полчаса, – сказал Гидеон, поглядев на карманные часы, которые были прикреплены к его жилетке золотой цепочкой. – Затем нам надо вернуться обратно в Темпл.

– Этого времени будет достаточно, – сказал граф. – Пишу я быстро, к тому же я умею делать два дела одновременно – говорить и писать.

Гидеон усмехнулся. Кажется, граф действительно казался ему очень остроумным. А ещё он, очевидно, совершенно забыл о том, что я до сих пор рядом с ним.

Я откашлялась. Уже возле самой двери он ещё раз обернулся и вопросительно поднял бровь.

Я тоже молча кивнула в ответ, потому что такое вслух сказать никто бы не решился. *Только не оставляй меня одну с этими фриками.*

Гидеон засомневался.

– Она будет только мешать, – сказал граф.

– Подожди меня здесь, – сказал Гидеон неожиданно очень мягким тоном.

– Лорд и Миро составят ей компанию, – сказал граф. – Вы можете тем временем расспросить её о будущем. Такой шанс бывает раз в жизни. Спросите её об автоматических поездах, которые будут ездить под землёй из Лондона во все концы света. Или о серебряных летательных аппаратах, которые поднимаются в воздух с рёвом тысячи львов и пересекают огромные моря.

Лорд так сильно смеялся, что мне стало очень страшно за судьбу его стула. Каждая его жировая складка пришла в движение.

– Ещё что-нибудь?

Я ни в коем случае не хотела оставаться наедине с ним и с Ракоци.

Но Гидеон только рассмеялся, хотя я и посылала ему красноречивые взгляды.

– Скоро вернусь, – сказал он.

Хроники Хранителей

12 июня 1948

Чёрный Турмалин, Пол де Виллер, прибыл сегодня, как и договорено, из 1992 года для элапсации в документариум. Но на этот раз он был в сопровождении рыжеволосой девушки, которая утверждала, что её зовут Люси Монтроуз и что она внучка нашего адепта Лукаса Монтроуза. Вне всякого сомнения, она обладала невероятной схожестью с Аристой Бишоп (Линия Нефрита, номер карты наблюдения 4).

Мы отвели обоих в кабинет Лукаса. Сейчас нам совершенно ясно, что Лукас сделает предложение Аристе, а не Клодин Сеймор, как мы надеялись. Хотя у Аристы, нужно признать, ноги красивее, и хороший удар левой.

Очень странно, когда видишь внуков прежде, чем появились дети.

Отчёт: Кеннет де Виллер, Внутренний Круг

Глава двенадцатая

Когда Гидеон и граф вышли, я невольно отступила на пару шагов назад.

– Вы вполне можете присесть, – сказал лорд, указывая на один из изящных стульев. Ракоци криво улыбнулся. Это что, ухмылочка в мою честь? С такой улыбкой ему ничего не светит, пускай потренируется перед зеркалом.

– Нет, спасибо. Я лучше постою, – ещё шаг назад, и я чуть не натолкнулась на голого ангелочка, который стоял в углу на тумбе. Чем больше расстояние между мной и этими чёрными глазами, тем уверенней я буду себя чувствовать.

– Так вы действительно изволили прибыть из XXI века?

Да уж, *изволила*. Моей воли здесь было мало. Но я всё равно кивнула.

Лорд Бромптон в нетерпении потёр руки.

– Значит, так… а какой король правит Англией в XXI веке?

– Страной управляет премьер-министр, – сказала я, немного помедлив. – У королевы в наши дни в основном представительские функции.

– У королевы?

– Да, её зовут Елизавета Вторая. Она очень милая. Она даже приходила в прошлом году к нам в школу на Интернациональный праздник. Мы пели гимн Великобритании на семи языках, а Гордон Гельдерман попросил её поставить ему автограф в учебник английского, а потом продал этот учебник за 80 фунтов на *Ebay*. Но это вам, конечно, ничего не скажет. В общем, у нас есть премьер-министр и совет депутатов, которых избирает народ.

Лорд Бромптон понимающе засмеялся.

– Весёлое представление, правда, Ракоци? Удивительное граф придумал нам сегодня развлечение. А как дела обстоят в XXI веке с Францией?

– Кажется, у них там тоже премьер-министр. Насколько я знаю, короля у них нет, даже просто для того, чтобы представлять их перед другими странами. У них была революция, потом они упразднили знать и короля вместе с нею. А бедной Марии Антуанетте вообще голову отрубили. Ужасно, не правда ли?

– О да, – засмеялся лорд. – Эти французы вообще ужасные люди. Поэтому мы, англичане, предпочитаем с ними дела не иметь. Поведайте-ка ещё вот что: с кем мы воюем в XXI веке?

– Ни с кем, – сказала я немного неуверенно. – По крайней мере, не по-настоящему. Мы вмешиваемся то там, то тут. То на Ближнем Востоке, то в каком-то другом регионе. Честно говоря, я вообще в политике полный ноль. Спросите меня лучше что-нибудь о... о... холодильниках! Конечно, не о том, как они работают. Тут я не разбираюсь. Я знаю только, что они *работают*. В каждой квартире Лондона стоит такой холодильник. Вы можете несколько дней подряд хранить в нём сыр, молоко и мясо.

По лорду Бромптону было видно, что холодильники его не особо интересуют. Ракоци потягивался на своём стуле как кот. Я надеялась изо всех сил, что ему не придёт в голову встать и подойти ко мне.

– Вы можете расспросить меня о телефонах, – сказала я быстро. – Хотя я и не могу объяснить, как они устроены, – увидев выражение лица лорда Бромптона, стало ясно, что он бы тоже не смог.

Честно говоря, вид у него был такой, что не стоило и пытаться объяснять ему даже принцип работы электрической лампочки. Я искала что-нибудь ещё, что могло бы его заинтересовать.

– А в… э-э… в каком-то году между Дувром и Кале проложили туннель, он находится под Ла-Маншем.

Лорду Бромптону это показалось невероятно смешным. От смеха он захлопал себя по толстым бёдрам.

– Восхитительно! Восхитительно!

Только я чуть-чуть расслабилась, как в разговор вступил Ракоци. Он говорил по-английски с сильным акцентом.

– А что с Трансильванией?

С Трансильванией? Родиной графа Дракулы? Он что, серьёзно? Я старалась не смотреть в чёрные глаза. Может, передо мной сидел сам граф Дракула! Во всяком случае, цвет лица у него был подходящий.

– Моя родина затерялась в прекрасных Карпатах. Княжество Трансильвания. Что случится с Трансильванией в XXI веке? – голос его был хриплым. В нём слышалась ностальгия по родному краю. – И что с народом куруцци?

С каким народом? Куруцци? Никогда о таких не слышала.

– Ну, в Трансильвании в наше время достаточно тихо, – осторожно сказала я. Честно говоря, я вообще слабо представляла, где это находится. Слово Карпаты я знала только из пословицы. Когда Лесли говорила о своём дяде Лео из Йоркшира, то обычно это звучало так: «Он живёт где-то в Карпатах». А для леди Аристы всё, что находилось за Челси – это уже Карпаты. Ну да, вполне возможно, что в Карпах действительно жили какие-нибудь куруццы.

– Кто правит Трансильванией в XXI веке? – хотел знать Ракоци. Он весь напрягся, казалось, он вот-вот выпрыгнет со стула, если мой ответ его не удовлетворит.

Гм-гм... хороший вопрос.

Это что же за страна? Может, Болгария? Или Румыния? Или Венгрия?

– Я не знаю, – сказала я честно. – Это так далеко. Я спрошу об том миссис Каунтер. Это наша учительница географии.

Ракоци выглядел разочарованно. Может, стоило ему наврать чего-нибудь. *Трансильванией вот уже двести лет правит князь Дракула. Она считается заповедником, где разводят особый вид летучих мышей, везде в мире они уже вымерли. А куруццы – самые счастливые люди в Европе.* Думаю, ему бы такая история понравилась гораздо больше.

– А как обстоят дела с колониями в XXI веке? – спросил лорд Бромптон.

Я с облегчением увидела, как Ракоци снова облокотился о спинку стула.

Когда рассеялись тучи, выглянуло солнце, а в комнату проскочил яркий луч света, Ракоци, вопреки моим ожиданиям, не превратился в горку пепла.

Некоторое время мы почти непринуждённо болтали об Америке и Ямайке, а также о некоторых островах, хотя мне было очень стыдно признавать, что многие названия я слышала впервые. Лорд Бромптон был сильно озадачен тем фактом, что все колонии перешли на самоуправление. (Я сказала это почти наугад, полной уверенности у меня не было.) Он, конечно же, не верил ни одному моему слову и время от времени разражался звонким смехом. Ракоци больше в нашем разговоре не участвовал, он только переводил изучающий взгляд то на свои длинные ногти (скорее похожие на звериные когти), то на обои. Иногда он поднимал глаза и поглядывал на меня.

– Ах, как всё-таки жаль, что вы – всего лишь актриса, – вздохнул лорд Бромптон. – А ведь так хотелось бы поверить вам.

– Да уж, – сказала я с пониманием. – На вашем месте я бы тоже не поверила. К сожалению, доказательств ведь у меня нет... О, погодите секундочку!

Я порылась в декольте и вытянула оттуда телефон.

– Что это у вас? Портсигар?

– Нет! – я раскрыла телефон. Тот пикнул, потому что мы находились вне зоны покрытия. Конечно, вне зоны. – Это вот … а, ладно. Я могу этим снимать.

– Снимать?

Я кивнула и подняла телефон так, чтобы лорд и Ракоци были видны на экране телефона.

– Улыбочка! Готово! – солнце светило достаточно ярко, и вспышка не сработала.

А жаль. Это наверняка смогло бы их поразить.

– Что произошло? – лорд Бромптон удивительно быстро поднял в воздух свою тушу и подошёл ко мне.

Я показала ему картинку на экране. И он, и Ракоци получились неплохо.

– Но… но что это? Как это возможно?

– Мы называем это фотографией, – сказала я. Толстые пальцы лорда Бромптона ощупывали поверхность телефона.

– Превосходно! Ракоци, вам обязательно нужно на это взглянуть!

– Нет, спасибо, – без энтузиазма ответил Ракоци.

– Не знаю, как вам удалось такое, но это лучший фокус, который я когда-либо видел. О, а что происходит сейчас?

На дисплее появилась фотография Лесли. Лорд нечаянно нажал на кнопку.

– Это моя подруга Лесли, – сказала я грустно. – Фото было сделано на прошлой неделе. Видите, там за её спиной, это Марилебоун-хайстрит. Сэндвич, который она держит в руках – из кафешки «Прэт», а это вот парфюмерный магазин, видите? Моя мама всегда покупает там лак для волос, – мне вдруг так сильно захотелось домой. – А там виднеется такси. Это что-то вроде кареты, только без лошадей.

– Сколько вы хотите за эту волшебную шкатулку? Готов заплатить за неё любые деньги!

– Э-э-э… понимаете, это ведь правда не продаётся. Мне эта штучка ещё пригодится, – с сожалением пожав плечами, я захлопнула телефон и снова опустила волшебную шкатулку... э-э-э… то есть, мобильный… в укромное место. Ещё секунда, и было бы слишком поздно. Как раз открылась дверь и в комнату вошли граф и Гидеон. Граф удовлетворённо посмеивался, Гидеон казался совершенно серьёзным. Тут и Ракоци поднялся со своего стула.

Гидеон окинул меня испытующим взглядом, который я парировала.

Он, должно быть, подумал, что я сбежала, трясясь от страха? Нет, не выйдет.

Вообще-то, он учил меня далеко от него не отходить. А сам при первой же возможности оставил меня одну.

– Как вы тут? Беседуете? Что скажете, лорд Бромптон, понравилось ли вам в XXI веке? – спросил граф.

– Без сомнения! Какие восхитительные идеи у вас, – сказал лорд Бромптон и захлопал в ладоши. – Это и впрямь было очень занятно.

– Я знал, что вам понравится. Но что же вы не предложили бедной девочке присесть?

– О, я предлагал. Но она предпочла постоять, – лорд наклонился ко мне и доверительным тоном продолжил:

– Я бы *очень* хотел получить этот серебряный ящичек, граф.

– Серебряный ящичек?

– Спешим откланяться, – сказал Гидеон, быстрыми шагами пересёк комнату и подошёл ко мне.

– Понимаю, понимаю. XXI век ждёт, – сказал лорд Бромптон. – Большое спасибо за ваш визит. Было очень интересно.

– Могу только присоединиться к словам лорда, – сказал граф.

– Надеюсь, вы почтите нас своим визитом ещё раз, – сказал лорд Бромптон.

Ракоци не сказал ничего. Он просто посмотрел на меня.

Неожиданно я почувствовала себя так, будто на шею мне легла ледяная рука. Я начала испуганно хватать ртом воздух и оглядываться по сторонам. Вокруг не происходило ничего подозрительного. И всё-таки я совершенно чётко ощущала железные пальцы, которые всё крепче и крепче сжимались вокруг моей шеи.

– *Могу надавить в любой момент.*

Но произнёс эти слова вовсе не Ракоци, а граф. При этом губы его оставались неподвижными. Я в замешательстве переводила взгляд с его рта на его руку. Между мной и графом было около четырёх метров. Как ему удавалось держать ладонь на моём горле? И почему в моей голове звучал его голос, хотя сам он в это время молчал?

– *Я не знаю, какова твоя роль, девочка, и вообще, важна ли ты. Но я не потерплю, чтобы кто-то нарушал мои правила. Это предупреждение. Ты поняла?*

Давление на мою шею усилилось.

Я была парализована страхом. Я могла только уставиться на него и хватать ртом воздух. Неужели никто не видит, что со мной творится?

– *Так ты поняла меня или нет?*

– Да, – прошептала я.

Хватка сразу ослабла и рука отцепилась. Воздух свободно хлынул в мои лёгкие.

Граф скривил губы и встряхнул кистью руки.

– Мы ещё увидимся, – сказал он.

Гидеон поклонился. Трое мужчин ответили поклоном на поклон.

Только я стояла как вкопанная, не в состоянии пошевелить ни рукой, ни ногой, пока Гидеон не схватил меня и не вытащил из комнаты.

Даже когда мы уже сидели в карете, напряжение не покидало меня. Я чувствовала себя вялой и бессильной, и даже униженной.

Как графу удалось поговорить со мной так, чтобы никто этого не услышал? И как он смог дотронуться до меня, хотя мы стояли на расстоянии четырёх метров друг от друга?

Мама была права. То, что о нём говорили – правда. Он был в состоянии проникать в тело человека и контролировать его ощущения. Меня обманули его пустая, нарочитая болтовня и хрупкий вид. Я сильно недооценила силу графа.

Как глупо с моей стороны.

Да я вообще как-то недооценила всю эту историю, в которую ввязалась.

Карета тронулась с места. Её подбрасывало так же сильно, как и во время первой поездки. Гидеон отдал приказ жёлтоштаннику поторапливаться. Мне это показалось совершенно излишним. Ведь уже на пути сюда он нёсся как ошалелый.

– С тобой всё в порядке? У тебя такой вид, будто ты повстречала привидение, – Гидеон стянул свой плащ и положил его на сидение. – Очень даже жарко для сентября.

– Нет, не привидение, – сказала я, не в состоянии смотреть ему в глаза.

Мой голос дрожал.

– Лишь графа Сен Жермена и один из его *фокусов.*

– Он был с тобой не особенно вежлив, – рассуждал Гидеон. – Но этого и следовало ожидать. У него наверняка было о тебе несколько другое представление.

Я ничего не ответила, поэтому он продолжал:

– В предсказаниях двенадцатый путешественник во времени всегда предстаёт как некто особенный. *«Магией ворона он наделён».* Что это означает, правда, не знает никто. Граф, кажется, так и не поверил мне, что ты всего лишь обычная школьница.

Странно, но это замечание подавило во мне чувство бессилия и собственной никчёмности, которое появилось после знакомства с графом. Вместо покорности и страха я ощущала теперь жесточайшую обиду. И ярость. Я прикусила губу.

– Гвендолин?

– *Что ещё*?

– Это не должно тебя обидеть. Я не имел в виду «*серая мышка*», я имел в виду «обычная девочка».

– Да всё в порядке, – сказала я и обдала его гневным взглядом. – Мне всё равно, что ты обо мне думаешь.

Его вид оставался совершенно невозмутимым.

– Что поделаешь.

– Ты же совсем меня не знаешь! – воскликнула я.

– Вполне возможно, – сказал Гидеон. – Но я знаю целую толпу таких же девочек, как и ты. Все вы одинаковы.

– Целую толпу? Да ну!

– Такие девочки, как ты, интересуются только причёсками, одёжками, фильмами и звёздами. Вы постоянно хихикаете и бегаете стайками в туалет. И презираете Лизу, которая футболку купила на распродаже в *Marks & Spencer*.

Хоть я и была ужасно зла, мне никак не удалось сдержать улыбку.

– Хочешь сказать, все девчонки, которых ты знаешь, презирали Лизу, купившую футболку в *Marks & Spencer*?

– Ты знаешь, что я имею в виду.

– Знаю, – я не хотела продолжать разговор, но меня понесло. – Ты считаешь, что все девчонки, которые не похожи на Шарлотту – поверхностные дурочки. Только потому, что у них было нормальное детство, а не постоянные уроки фехтования и тайноведенья. На самом деле, у тебя просто никогда не было времени, чтобы познакомиться с нормальной девочкой, поэтому ты мелешь такую чепуху.

– Вот ты как! Неправда! Я ведь, как и ты, учился в обычной гимназии.

– Да уж! – остановиться я уже не могла. – Если ты готовился к путешествиям во времени хотя бы наполовину так же старательно, как и Шарлотта, то друзей у тебя не было ни среди мальчиков, ни среди девочек. А все твои соображения насчёт обыкновенных девчонок основывались на наблюдениях, которые ты сделал, одиноко болтаясь на школьном дворе. Или ты хочешь меня убедить, что одноклассники разделяли твои страшно прикольные увлечения – латынь, менуэт и езду в каретах?

Вместо того, чтобы обидеться, Гидеон, казалось, развеселился.

– Ты забыла игру на скрипке, – он откинулся на спинку и скрестил руки на груди.

– На скрипке? Правда? – моя ярость растаяла так же внезапно, как и появилась. Значит, скрипка – всё-таки угадали!

– Наконец твоё лицо хоть немного порозовело. Только что оно было таким же бледным, как у Миро Ракоци.

Точно, Ракоци.

– Как эта фамилия пишется по-английски?

– Через «си» и «зет», – сказал Гидеон. – А что?

– Хочу его погуглить.

– Он тебе прямо так понравился?

– Понравился? Да он вампир! Родом из Трансильвании.

– Родился он действительно в Трансильвании. Но никакой он не вампир.

– Откуда тебе-то знать?

– Потому что вампиров не бывает, Гвендолин.

– Что, правда? А машин времени? – а также людей, которые могут задушить кого-нибудь, даже не прикоснувшись. – Почему бы и вампирам тоже не существовать в таком случае? Ты хоть раз заглядывал в его глаза? Настоящие чёрные дыры.

– Он слишком увлекается напитками из белладонны, и вот результат, – сказал Гидеон. – Белладонна – это растительный яд, который якобы расширяет сознание.

– А ты откуда знаешь?

– Прочёл в Хрониках Хранителей. Ракоци назван там *Чёрным Леопардом.* Он дважды спасал графа от покушения. Он очень силён и хорошо владеет оружием.

– А кто хотел убить графа?

Гидеон пожал плечами.

– У такого человека, как он, есть множество врагов.

– Охотно верю, – сказала я. – Но у меня сложилось впечатление, что он и сам неплохо может за себя постоять.

– Без сомнения, – согласился Гидеон.

Я задумалась, нужно ли рассказать Гидеону о том, что сделал граф. И решила всё-таки промолчать. Гидеон не просто был вежлив с ним, он общался с ним так, будто они – закадычные друзья.

Не доверяй никому.

– Ты что, действительно слетал в прошлое ко всем этим людям и взял у них кровь? – спросила я вместо этого.

Гидеон кивнул.

– Если считать тебя и меня, то в хронограф снова вписаны восемь из двенадцати путешественников во времени. Оставшихся четырёх я тоже скоро разыщу.

Я вспомнила слова графа и спросила:

– А как ты мог съездить в Париж и в Брюссель? Я думала, время, которое можно провести в прошлом, ограничено – больше пары часов там находиться нельзя.

– Не больше четырёх часов, если быть точным, – сказал Гидеон.

– За четыре часа невозможно попасть из Лондона в Париж, не говоря уже о том, чтобы танцевать там гавот и набирать кровь.

– Именно. Поэтому мы поехали в Париж *до того*, глупышка, – сказал Гидеон. – То же самое мы проделали и в Брюсселе, и в Милане, и в Бате. Остальных я смог найти в Лондоне.

– Поняла.

– Да что ты?! – улыбка Гидеона снова стала ужасно ехидной.

На этот раз я постаралась её не заметить.

– Да-да. Теперь для меня кое-что постепенно проясняется.

Я выглянула из окошка.

– По этим лугам мы сюда не ехали, ведь так?

– Это Гайд-парк, – сказал Гидеон. Его лицо вдруг напряглось. Казалось, что-то его насторожило.

Он высунулся из кареты.

– Эй, Уилбур, или как вас там, – что мы здесь делаем? Ведь мы должны как можно скорее попасть в Темпл!

Ответ мужчины на козлах я разобрать не смогла.

– Остановите здесь! – приказал Гидеон. Когда он снова повернулся ко мне, лицо его совершенно побледнело.

– Что там случилось?

– Я не знаю, – сказал он. – Наш кучер уверяет, что получил приказ отвезти нас по южной стороне парка к месту встречи.

Кони остановились, и Гидеон открыл дверцу кареты.

– Здесь что-то не сходится. У нас не так уж много времени в запасе. Я сяду на козлы и как можно скорее доставлю нас в Темпл, – он вылез из кареты и закрыл дверцу. – А ты оставайся здесь, что бы ни случилось.

В этот момент что-то грохнуло. Я невольно пригнулась. И хотя этот звук был знаком мне только из фильмов, я сразу поняла, что это выстрел. Послышался тихий вскрик, кони заржали, карета сделала рывок вперёд, но затем снова остановилась, качаясь из стороны в сторону.

– Пригнись! – крикнул Гидеон, и я ничком упала на скамейку.

Прозвучал второй выстрел. Тишина, которая последовала за выстрелом, была просто невыносимой.

– Гидеон! – я выпрямилась и выглянула наружу.

Перед окном на лужайке стоял Гидеон с обнажённой шпагой.

– Я же сказал, оставайся там!

Слава Богу, он ещё жив. Но опасность не миновала. Как будто из пустоты появилось двое мужчин в чёрном. Через секунду показался и третий, на коне. Он гарцевал в тени деревьев. В руке у него поблёскивал пистолет.

Гидеон фехтовал с двумя одновременно, никто их них не проронил ни звука. Гробовую тишину нарушал только звон шпаг. Несколько секунд я заворожённо наблюдала, как умело орудует шпагой Гидеон. Это было похоже на сцену из фильма. Каждый выпад, каждый удар, каждый прыжок выглядел просто идеально, как будто эти лихие каскадёры целыми днями только тем и занимались, что упражнялись на плацу. Я пришла в себя, когда один из мужчин крикнул и упал на колени, из его горла фонтаном хлестала кровь. Это был никакой не фильм, это всё происходило *взаправду*. Кажется, шпага – смертельное оружие (раненый мужчина корчился на земле, страшно хрипя), но что она может сделать против пистолета? Почему бы Гидеону не носить с собой пистолет? Это было бы куда проще – захватить с собой из нашего времени более практичное оружие. А куда делся кучер? Почему он не сражается против них вместе с Гидеоном?

Между тем, мужчина с пистолетом спрыгнул с лошади.

К моему удивлению, он тоже вытащил шпагу и ринулся с ней на Гидеона. Почему он не воспользуется своим пистолетом? Вместо этого он отбросил его в траву.

– Кто вы? Что вам нужно? – спросил Гидеон.

– Только ваша жизнь, – ответил тот, кто присоединился последним.

– Этого вы не получите никогда!

– Мы возьмём, то, что нам нужно! Можете мне поверить!

Их борьба опять стала похожа на хорошо отрепетированный танец. Третий, смертельно раненый мужчина бездыханно лежал на земле, а остальные бились рядом.

Гидеон отражал каждый удар, будто зная наперёд, что у них на уме, но другие, без сомнения, тоже с детства обучались фехтованию. С быстротой молнии шпага одного скользнула по плечу Гидеона, пока тот отражал удар второго противника.

В последний момент Гидеон ловко увернулся, а не то и без руки мог остаться. Я услышала треск досок, когда шпага просвистела мимо и вонзилась в стенку кареты.

Этого всего не может быть! Кто эти типы и что им от нас нужно?

Я поспешно отодвинулась вглубь кареты и высунулась из другого окошка. Неужели никто не видит, что тут происходит? Неужели вот так, посреди бела дня в Гайд-парке на проезжую карету мог напасть кто угодно? Мне начинало казаться, что битва длится уже целую вечность.

И хотя Гидеон держался изо всех сил и отражал несколько ударов одновременно, не было похоже, что он владеет преимуществом в борьбе. Двое других постепенно загонят его в тупик, тут ему и конец.

Я понятия не имела, сколько времени прошло с момента выстрела, и когда мы прыгнем обратно в наше время.

Наверное, не слишком скоро. Не стоило надеяться на то, что мы просто растворимся перед глазами противника.

Я больше не могла просто так сидеть сложа руки в карете и наблюдать за тем, как эти двое убивают Гидеона.

Может, я смогу вылезти из окошка и привести подмогу? Ещё секунду я примерялась, пролезет ли моя огромная юбка через дверцу, но уже через мгновение я стояла в пыли на обочине и пыталась сориентироваться.

С другой стороны кареты доносились лишь тихие звуки: кто-то кряхтел, кто-то чертыхался, звенел металл.

– Сдавайтесь, – прохрипел противник.

– Никогда, – ответил Гидеон.

Я осторожно продвигалась вперёд к лошадям. При этом я чуть не споткнулась обо что-то жёлтое. Мне едва удалось подавить крик. Это был мужчина в жёлтых штанах.

Он свалился с козел и лежал спиной на песке. Я с ужасом увидела, что часть его лица была отрублена, а одежда залита кровью. Глаз на изуродованной половине лица болтался и смотрел в пустоту.

Именно ему предназначался этот выстрел. Эта картина была такой страшной, что я почувствовала, как в животе у меня всё переворачивается. Я ещё никогда не видела мёртвого человека. Сколько бы я отдала за то, чтобы сидеть сейчас в кино и просто отвернуться при виде такой сцены!

Но это была реальность. Этот мужчина был мёртв, а жизнь Гидеона за моей спиной висела на волоске.

Звон шпаг вернул меня из оцепенения. Гидеон застонал, и это окончательно привело меня в чувство.

Прежде чем я успела понять, что творю, я увидела шпагу на поясе у мертвеца и выхватила её. Она была гораздо тяжелее, чем я ожидала. Но я сразу почувствовала себя гораздо лучше. Я понятия не имела, как надо обращаться с оружием. Было ясно одно: эта штука была опасной и острой.

Звуки борьбы не утихали. Я осторожно выглянула из-за кареты и увидела, что нападающим удалось оттеснить Гидеона к её задней стенке. Из его парика выбилась пара прядей, волосы падали ему на лоб. Рукав на одежде Гидеона был сильно рассечён, но, слава Богу, крови я нигде не увидела. Его не ранили.

Я последний раз оглянулась по сторонам. Помощи ждать было неоткуда. Я взвесила шпагу в своей руке и решительно вышла из укрытия. По крайней мере, моё появление отвлечёт тех двоих и тем самым я могла бы поддержать Гидеона.

Но на самом деле всё получилось как раз наоборот. Двое нападающих сражались спиной ко мне, так что заметить меня они не могли. Зато глаза Гидеона при моём появлении расширились от испуга.

Он замешкался и пропустил удар, а один из одетых в чёрное чужаков атаковал его. Он попал почти в то же самое место, где уже был рассечён рукав. На этот раз показалась кровь. Гидеон фехтовал дальше, будто ничего не случилось.

– Долго вы не продержитесь, – победно выкрикнул мужчина, ещё яростней наступая на Гидеона. – Молитесь, если можете, потому что сейчас вы окажетесь перед лицом Создателя.

Я двумя руками вцепилась в рукоятку шпаги и побежала на врагов, не обращая внимания на растерянный взгляд Гидеона. Мужчины не слышали моих шагов, они заметили меня лишь когда шпага, прорвав чёрную ткань, вонзилась в спину первого противника. Она вошла без малейшего сопротивления, почти бесшумно.

В одно мгновение меня пронзила жуткая мысль, что я промахнулась. Может, шпага прошла как раз между рукой и корпусом. Но мужчина с глухим хрипом выронил шпагу и упал, как подкошенный. Лишь когда он был на земле, я отпустила рукоять шпаги.

О, Боже мой.

Гидеон воспользовался этой секундой и ранил второго в колено.

– Ты с ума сошла? – закричал он на меня, ногой отбрасывая в сторону шпагу своего противника. Он приставил остриё шпаги к его горлу.

Боевой настрой противника сразу испарился.

– Прошу, сохраните мне жизнь, – сказал он.

От страха мне свело челюсть.

Этого не могло случиться. Я не могла проткнуть человека шпагой.

Мужчина издал слабый хрип. Второй выглядел так, будто вот-вот расплачется.

– Кто вы и что вам от нас нужно? – холодно спросил Гидеон.

– Я сделал только то, что от меня требовали. Прошу вас!

– Кто требовал? – под остриём шпаги на шее мужчины показалась капля крови.

Гидеон стиснул губы, как будто ему едва удавалось сдержать себя, чтобы не пустить в ход оружие.

– Я не знаю имён, клянусь вам, – искажённое страхом лицо начало расплываться. Зелень лужайки замельтешила перед моими глазами. Я почти с облегчением отдалась потоку и закрыла глаза.

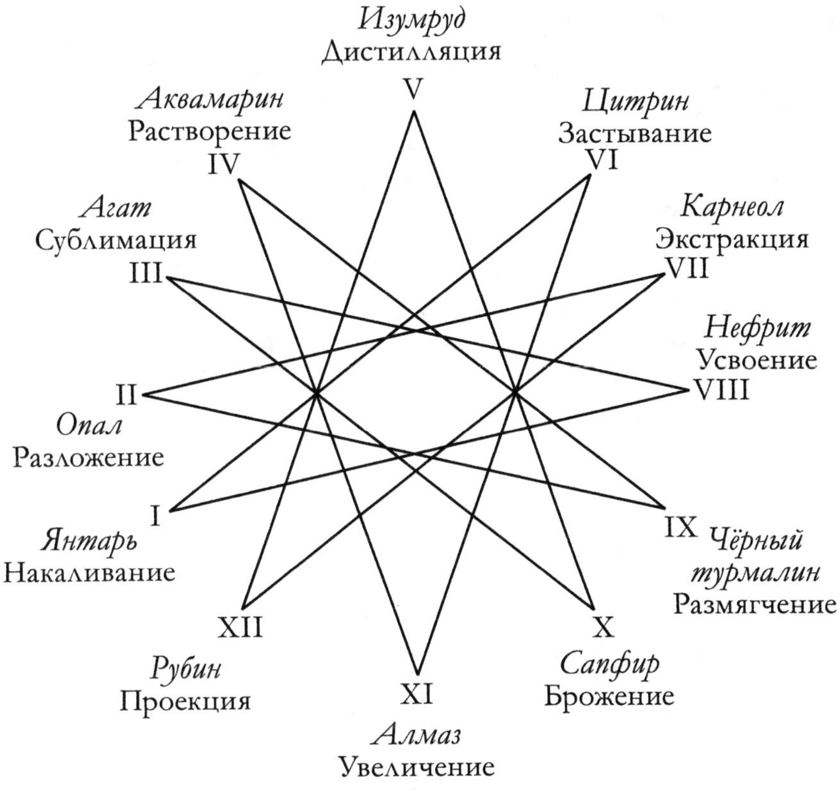

Из тайных записей графа Сен-Жермена

Глава тринадцатая

Я мягко приземлилась вовнутрь собственной юбки, но встать не получалось. Казалось, что ноги вдруг стали мягкими, я дрожала всем телом, а от страха зуб на зуб не попадал.

– Вставай! – Гидеон протянул мне руку. Шпагу он снова засунул за пояс. На ней запеклась кровь. Глядя на это, я содрогнулась от ужаса. – Пойдём, Гвендолин! Люди смотрят.

Наступил вечер, давно потемнело, но мы оказались в кругу света, потому что приземлились прямо под фонарём. Какой-то человек в спортивном костюме размеренно бежал по парку. Он окинул нас изумлённым взглядом.

– Говорил я тебе или нет, чтобы ты сидела в карете? Говорил? – я не отреагировала, поэтому Гидеон потянул меня за руку и помог встать. Лицо его было совершенно белым. – Это было невероятно легкомысленно и... очень... опасно... и... – он перевёл дух и выразительно глянул на меня, – и чертовски смело.

– Я думала, что почувствую, если попаду в ребро, – сказала я, стуча зубами. – Я и не знала, что это такое чувство, будто... будто разрезаешь торт. Что, у него костей не было, что ли?

– Наверняка были, – сказал Гидеон. – Но нам повезло и ты попала как раз куда-то между ними.

– Он умрёт?

Гидеон пожал плечами.

– Если это была чистая работа, то нет. Но хирурги в восемнадцатом веке не такие профи, как ребята из Анатомии Грей.

Чистая работа? Что это ещё за слова? Как же я могла? Кажется, я только что убила человека!

От подобных мыслей у меня снова подкосились ноги. Но Гидеон крепко вцепился в мою руку.

– Пойдём, нам надо попасть обратно в Темпл. Там нас уже заждались.

Кажется, Гидеон понимал, в каком именно уголке парка мы оказались, потому что он целеустремлённо тащил меня куда-то на дорогу мимо двух дамочек. Те неспешно выгуливали собак и провожали нас любопытными взглядами.

– Пожалуйста, прекрати стучать зубами. Это звучит жутковато, – сказал Гидеон.

– Я убийца, – сказала я.

– Ты о самообороне когда-нибудь слышала? Ты защитила сама себя. То есть, на самом деле, меня, если быть точным.

Он криво улыбнулся. В моей голове вмиг пронеслись все те обидные выражения, которые я наговорила ему всего час тому назад.

– Это было вовсе не обязательно, – сказал он.

– Ах, вот как! Не обязательно! А что с твоей рукой? Никак, кровь?

– Это не страшно. Доктор Уайт мне поможет.

Некоторое время мы шли молча. Прохладный вечерний воздух явно шёл мне на пользу: пульс постепенно пришёл в норму, зубы тоже больше не стучали.

– У меня прямо сердце остановилось, когда я вдруг увидел тебя там, – наконец произнёс Гидеон. Он отпустил мою руку.

Кажется, он почувствовал, что я уже сама смогу удержаться на ногах.

– А почему у тебя не было пистолета? – набросилась я на него. – Вот у того, другого, был!

– Даже два, – сказал Гидеон.

– Почему же он ими не воспользовался?

– Он воспользовался. Первой пулей застрелил бедолагу Уилбура, а вторая пуля чудом пролетела мимо меня.

– Но почему он не выстрелил ещё раз?

– Потому что у каждого пистолета только одна пуля, глупышка, – сказал Гидеон. – Практичное маленькое огнестрельное оружие, которое ты видела в «Джеймсе Бонде», ещё не изобрели.

– Но ведь *сейчас*-то его уже изобрели! Почему ты не берёшь с собой в прошлое нормальный пистолет, а таскаешься с какой-то дурацкой шпагой?

– Я тебе не наёмный убийца, – сказал Гидеон.

– Но это ведь… как так… должно же быть хоть какое-то преимущество, когда прилетаешь из будущего? А, вот мы где!

Мы оказались возле Эпсли-хауса, у выхода из Гайд-парка. Дамочки с собаками, спортсмены и простые прохожие смотрели на нас во все глаза.

– Давай вызовем такси до Темпла, – сказал Гидеон.

– У тебя при себе есть деньги?

– Нет, конечно!

– У меня с собой телефон, – сказала я и выловила его из своего декольте.

– А-а-а, вот что за *серебряная шкатулка!* Я подозревал! Ты глу… дай сюда!

– Эй! Это моё!

– Да? Может, ты и номер знаешь, по которому я собрался звонить?

Гидеон поднёс телефон к уху.

– Прошу меня простить, дорогая моя, – какая-то старушка потянула меня за рукав. – Не могу удержаться от вопроса: вы, случайно, не из театра?

– Э-э-э… да, – сказала я.

– Ах, так я и думала, – старушка еле-еле удерживала на поводке свою таксу. Та изо всех сил тянула хозяйку к другой собаке, на пару метров вперёд. – Наряд выглядит очень правдоподобно. Так сумеет пошить лишь талантливый костюмер. Знаете, я ведь тоже много шила, когда была молодой… Полли! Перестань вырываться!

– Они сейчас заберут нас, – сказал Гидеон и отдал мне телефон. – Мы пройдёмся до Пикадилли.

– Где же можно вас увидеть? На какой сцене вы блистаете? – спросила старушка.

– Ну… вы знаете… к сожалению, сегодня вечером был последний спектакль в этом сезоне, – сказала я.

– Ах, как жаль.

– Да. Мне тоже.

Гидеон потянул меня дальше.

– До свидания.

– Я не представляю, как те мужчины смогли нас выследить. И по какому такому приказу Уилбур повёз нас в Гайд-парк. У нас просто не было времени на то, чтобы добираться окольными путями, – Гидеон на ходу разговаривал сам с собой.

Здесь, на улице, мы смотрелись ещё более эффектно, чем в парке.

– Ты со мной разговариваешь?

– Кто-то знал, что мы будем там. Но откуда? Как это могло случиться?

– Уилбур… его единственный глаз был… – вдруг меня охватил страшный приступ тошноты.

– Что с тобой?

Меня скрутило, и я присела на корточки у обочины.

– Гвендолин, хватит! Нам нужно дойти вот туда! Просто глубоко вдохни, и всё пройдёт.

Я остановилась. Хватит, так хватит.

– Пройдёт? – мне гораздо больше хотелось закричать, но я старалась говорить очень медленно и отчётливо.

– А пройдёт ли то, что я только что убила человека – это пройдёт? То, что сегодня вся моя жизнь пошла коту под хвост – это пройдёт? То, что высокомерный, длинноволосый трус, который пиликает на скрипочке и носит шёлковые чулочки, постоянно мной помыкает – это пройдёт? Если тебе интересно, от всего этого меня тошнит. И, если тебе интересно, от тебя самого меня тоже – тошнит!

Последнее предложение я произнесла немного визгливо, но это ничего. Вдруг я заметила, насколько мне полегчало, когда я выговорилась. Впервые за этот день я чувствовала себя по-настоящему свободной. Тошнота вдруг тоже отступила.

Гидеон пялился на меня такими ничего не понимающими глазами, что, не будь я так растеряна, обязательно бы рассмеялась.

Ха! Наконец-то и ему досталось!

– А сейчас я хочу домой, – я старалась достойно закрепить свой триумф.

К сожалению, мне это не совсем удалось, потому что при мысли о моей семье губы опять начинали дрожать. Я почувствовала, как глаза наполняются слезами.

Чёрт, чёрт, чёрт!

– Ну всё, хватит уже, – сказал Гидеон.

Его неожиданно мягкий голос разбил всё моё самообладание.

Слёзы градом покатились из глаз.

– Эй, Гвендолин, мне правда жаль, – Гидеон подошёл совсем близко, взял меня за плечи и прижал к себе. – Я-то, идиот, совершенно не подумал о твоих чувствах, – бормотал он куда-то мимо моего уха. – Помню, как у меня самого кошки скребли на душе, когда я только начинал прыгать. Ну и пусть я со шпагой, пусть и скрипка тоже...

Он нежно погладил меня по голове.

Я всхлипнула ещё громче.

– Ну не плачь, – сказал он беспомощно, – всё в порядке.

Но ничто не было в порядке. Всё было ужасно. Жуткая погоня сегодня ночью, когда меня посчитали воровкой, кошмарные глаза Ракоци, граф со своим ледяным голосом и рукой, которая пыталась меня задушить. И наконец, бедный Уилбур, и этот мужчина, в спину которого я вонзила шпагу. В довершение всего оказалось, что я ничего не могу доказать Гидеону. Я даже не могу высказать своё мнение так, чтобы при этом не расплакаться и чтобы ему не приходилось меня утешать. Я вырвалась из его объятий.

О Господи! И что я себе только думала! А ну-ка соберись, плакса! Я смущённо размазывала слёзы по всему лицу.

– Вот, возьми, пожалуйста, – сказал он, и с улыбкой вытянул лимонно-жёлтый платок с оборками из своего кармана. – В восемнадцатом веке одноразовые платочки ещё не изобрели. К сожалению. Но давай я отдам тебе этот. Насовсем.

Только я потянулась за платком, как перед нами остановился чёрный лимузин. В машине нас ждал мистер Джордж. Его лысина была усыпана капельками пота. Когда я увидела, кто нас встречает, все мои неспокойные мысли вдруг угомонились.

Осталась лишь смертельная усталость.

– Мы чуть с ума не сошли от волнения, – сказал мистер Джордж. – О боже мой, Гидеон, что с твоей рукой? Ты истекаешь кровью! А Гвендолин отчего в таком виде? Она ранена?

– Лишь очень измучена, – коротко ответил Гидеон. – Мы отвезём её домой.

– Сожалею, но не получится. Мы должны осмотреть вас обоих. А твою рану нужно как можно скорее показать врачу.

– Кровь давно уже остановилась. Это просто царапина, правда. Гвендолин хочет домой.

– Она, наверное, ещё не достаточно долго проэлапсировала. Ведь завтра она должна пойти в школу и …

Голос Гидеона снова наполнился высокомерием и уверенностью, но на этот раз они были адресованы не мне.

– Мистер Джордж, она отсутствовала три часа. Этого точно хватит на последующие восемнадцать часов.

– Может и хватит, – сказал мистер Джордж, – но это противоречит правилам. Кроме того, нам нужно знать, как…

– Мистер Джордж!

Он сдался, отвернулся и постучал в кабину водителя.

Стекло с гудением опустилось.

– Поезжайте направо по Беркли-стрит, – сказал он. – Мы сделаем небольшой крюк. Бурдон-плейс, 81.

Я облегчённо вздохнула, когда машина заехала на Беркли-стрит.

Мне наконец-то можно было домой. К маме.

Мистер Джордж пристально оглядел меня. Его сострадательный взгляд будто говорил, что никогда в жизни он не видел более жалкого зрелища, чем я сейчас.

– Что же там произошло, во имя всего святого?

Свинцовая усталость не отступала.

– В Гайд-парке на нашу карету напали трое незнакомцев, – сказал Гидеон. – Кучера застрелили.

– Какой кошмар, – сказал мистер Джордж. – Я не очень понимаю, о чём речь, но всё подтверждается.

– Как так?

– Запись от 14 сентября 1782 года. Адепт второго уровня Джеймс Уилбур был найден мёртвым в Гайд-парке. Пистолетным выстрелом ему снесло пол-лица. Так и не удалось выяснить, кто совершил это преступление.

– Вот мы-то и выяснили, – сказал Гидеон с ухмылкой. – То есть, я видел убийцу. Но имени его я не знаю.

– А я этого убийцу заколола, – сказала я металлическим голосом.

– Что?

– Она вонзила ему шпагу в спину, – сказал Гидеон. – С разбега. Но убила она его или нет, мы точно не знаем.

Голубые глаза мистера Джорджа округлились.

– Она… что?

– Их было двое на одного, – пробормотала я. – Не могла же я сидеть и ждать неизвестно чего.

– Вообще-то трое на одного, – поправил меня Гидеон. – Одного уложил я. Я же сказал, оставайся в карете, что бы ни случилось.

– Мне показалось, что ты долго не продержишься, – сказала я, не глядя на него.

Гидеон молчал.

Мистер Джордж переводил взгляд с меня на Гидеона и качал головой.

– Это какое-то наваждение! Твоя мать меня убьёт, Гвендолин! Ведь предполагалось, что ты будешь в полной безопасности. Знакомство с графом должно было состояться в нашем же доме. Любой риск совершенно исключён. Ни секунды в опасности. А вместо этого ты проехала через полгорода, на вас напали какие-то разбойники... Гидеон, во имя всего святого! Что ты себе думал?

– Все бы закончилось хорошо, если бы кто-то нас не предал, – Гидеон раздражённо нахмурился. – Кто-то знал о нашем визите. Кто-то, кто имел власть над Уилбуром и отдал ему приказ везти нас в парк.

– Но зачем кому-то хотеть вашей смерти? И кто мог знать, что вы прибудете именно в тот день? Никакой логики, – мистер Джордж покусывал нижнюю губу.

– О, вот мы и на месте.

Я подняла глаза. Это действительно был наш дом. Во всех окнах горел свет.

Где-то там наверху меня ждала мама. И моя кровать.

– Спасибо, – сказал Гидеон.

Я повернулась к нему.

– За что?

– Может… может, я бы и правда не продержался, – сказал он. По его лицу скользнула кривая улыбка. – Я считаю, ты действительно спасла мою дурацкую шкуру.

О… Я даже не знала, что ответить. И лишь глядела на него во все глаза. Вдруг я почувствовала, что моя губа снова предательски задрожала. Гидеон быстро достал из кармана свой кружевной платочек, на этот раз я его приняла.

– Лучше вытри всё лицо, а то твоя мама подумает, будто ты ревела ревмя, – сказал он.

В любой другой ситуации я бы рассмеялась, но только не сейчас. Сейчас стольких усилий стоило не расплакаться.

Водитель открыл дверцу, и мистер Джордж вышел из машины.

– Я провожу её до дверей, Гидеон, это займёт всего минуту.

– Спокойной ночи, – выдавила я.

– И тебе, – сказал Гидеон и улыбнулся. – Увидимся завтра.

– Гвен! Гвенни! – Кэролайн изо всех сил трясла меня за плечо. – Если ты сейчас же не встанешь, то точно опоздаешь в школу.

Я сердито натянула одеяло на голову. Просыпаться не хотелось. Ещё во сне я точно знала, что ужасные воспоминания окружат меня, как только улетучится эта прекрасная полудрёма.

– Я не шучу, Гвенни! Уже пятнадцать минут восьмого!

Тщетно я закрывала глаза. Было слишком поздно. Воспоминания атаковали моё сознание как… э-э-э… Аттила этих... э-э-э… вандалов?

В истории я действительно была полный ноль. Перед моим внутренним взором пролетели события последних двух дней. Они походили на остросюжетный фильм.

Я не помнила лишь одного – как очутилась в кровати. Воспоминания обрывались на том моменте, когда мистер Бернхард открыл дверь.

– Добрый вечер, Гвендолин. Добрый вечер, мистер Джордж, сэр.

– Добрый вечер, мистер Бернхард. Я привёл домой Гвендолин немного раньше, чем предполагалось. Пожалуйста, передайте от меня привет леди Аристе.

– Разумеется, сэр. Хорошего вечера, сэр, – выражение лица мистера Бернхарда оставалось как всегда непроницаемым и после того, как он закрыл дверь за мистером Джорджем.

– Красивое платье, мисс Гвендолин, – сказал он немного погодя. – Вторая половина восемнадцатого века?

– Кажется, да.

Я так устала. Мне хотелось свернуться калачиком прямо на ковре в прихожей и отключиться до утра.

Никогда ещё я не радовалась своей кроватке так, как в тот вечер.

Я боялась только одного: что по дороге на четвёртый этаж я ненароком попадусь на глаза тёте Гленде, леди Аристе или Шарлотте. И что те начнут потчевать меня упрёками, насмешками и вопросами.

– К сожалению, господа поужинали без вас. Но я вам кое-что припас.

– О, это очень мило с вашей стороны, мистер Бернхард, но я хочу только…

– Спать? – сказал мистер Бернхард, и по его лицу скользнула озорная улыбка. – Предлагаю вам сразу же направиться в спальню. Все дамы в музыкальной комнате. Поэтому вас никто не услышит. Только крадитесь тихо, как мышка. Я дам знать вашей матери и передам вам ужин прямо наверх, в спальню.

Я слишком устала, чтобы удивиться его заботе и обходительности. Пробормотав: «Большое спасибо, мистер Бернхард», я поднялась наверх. Ужин и разговор с мамой я помню смутно, потому что в это время я почти засыпала. Совершенно точно, что жевать я была уже не в состоянии. Хотя, кажется, мистер Бернхард принёс мне суп.

– О! Какая красота! – Кэролайн обнаружила платье, которое висело на спинке стула вместе с кружевным нижним бельём. – Ты прихватила его с собой из прошлого?

– Нет, мне его дали ещё до того, – я поднялась на локти. – Мама вам обо всём рассказала?

Кэролайн кивнула.

– Много рассказывать ей не пришлось. Тётя Гленда так возмущалась, что теперь, наверное, даже соседи в курсе. Она такого наговорила: будто наша мама – ужасная обманщица, и что она украла у Шарлотты ген путешественника во времени.

– А что Шарлотта?

– Заперлась в своей комнате и просидела там весь вечер, как тётя Гленда её не умоляла. Тётя Гленда кричала, что теперь жизнь Шарлотты пошла под откос. И во всём виновата мама. Бабушка сказала, что если тётя Гленда сейчас же не выпьет таблетку, она будет вынуждена вызвать врача. А бабушка Мэдди в перерывах вставляла что-нибудь об орле, сапфире, рябине и часах с башни.

– Ужасное, должно быть, зрелище, – сказала я.

– Ужасно увлекательное, – сказала Кэролайн. – Ник и я страшно рады, что ген у тебя, а не у Шарлотты. Я верю, что ты всё можешь так же хорошо, как и она. Хотя тётя Гленда говорит, что мозг у тебя как горошина, а ноги – обе левые. Она такая противная, – Кэролайн провела рукой по блестящей ткани корсета. – Может, примеришь его после школы? Хочется на тебя в нём поглядеть!

– Ясное дело, – сказала я. – Можешь тоже надеть, если хочешь.

Кэролайн захихикала.

– На меня оно великовато, Гвенни! А тебе действительно пора вставать, не то останешься без завтрака.

Только оказавшись под душем, я окончательно проснулась. Пока я мыла голову, мысли мои невольно возвращались к событиям вчерашнего вечера, а точнее, к событиям тридцати минут (приблизительно), которые я, воя и причитая, провела в объятиях Гидеона.

Я вспомнила, как он притянул меня к себе и гладил по волосам. Я была так расстроена, что даже не подумала, как близко мы вдруг оказались. Из-за такой вот собственной неосмотрительности мне стало совсем стыдно. Подобные нежности явно были не в его стиле (даже если он просто решил проявить сочувствие). И это как назло случается в тот момент, когда я так твёрдо настроилась презирать Гидеона до конца своих дней!

– Гвенни! – Кэролайн постучала в дверь ванной. – Давай выходи! Хватит уже там сидеть!

И то правда. Мне действительно уже пора. Надо снова выходить туда, к этой странной новой жизни, которая в один миг стала моей. Я закрутила кран с горячей водой. Меня обдала холодная струя. Под таким бодрящим душем следы усталости исчезли, как не бывало. Моя школьная форма осталась в швейной мастерской мадам Россини, а две блузки валялись в стирке. Поэтому пришлось надеть запасной костюм, хотя он стал уже немного узковат.

Блузка натянулась на груди, а юбка была чуточку коротковатой. Какая разница. Тёмно-коричневые школьные туфли тоже остались в Темпле, поэтому я откопала чёрные кроссовки. Хотя, вообще-то, в спортивной обуви ходить в школу запрещалось.

Но не станет же директор Гиллс именно сегодня устраивать рейд по классам и выискивать тех, кто одет не по уставу. Посушить волосы феном я не успевала. Поэтому я, как могла, вытерла их полотенцем и расчесала. Мокрые и скользкие, они липли к плечам. От белых локонов, которые уложила мне вчера мадам Россини, не осталось и следа.

Некоторое время я вглядывалась в собственное отражение в зеркале. Выспавшейся меня не назовёшь. Но вообще выглядела я намного лучше, чем ожидала. Я нанесла немножко маминого крема против морщин на лоб и щёки. Никогда не рано начать заботиться о своей коже – так говорила мама.

Я бы с удовольствием обошлась без завтрака, но рано или поздно всё равно придётся встретиться с Шарлоттой и тётей Глендой. А так я быстренько и безболезненно проскочу через это испытание.

Их голоса были слышны уже на лестнице. О том, что все уже на месте можно было догадаться, даже не заходя в столовую.

– Эта большая птица – символ несчастья, – послышался голос бабушки Мэдди.

Вот-те на! Бабушка Мэдди никогда не вставала раньше десяти. Очень уж она любила поспать подольше. Зачем существуют на свете завтраки, оставалось для неё загадкой.

– Послушайте же меня, наконец!

– Мэдди, ну посуди сама! Чем нам поможет твоё видение? Мы уже выслушали тебя, по меньшей мере, раз десять.

– Точно, – сказала тётя Гленда. – Если я ещё хоть раз услышу про *сапфир в форме яйца*, то закричу.

– Доброе утро, – сказала я.

Последовало короткое молчание. Все таращились на меня, как на клонированную овечку Долли.

– Доброе утро, дитя моё, – нарушила молчание леди Ариста. – Надеюсь, тебе хорошо спалось.

– Да, просто великолепно, спасибо. Я так устала вчера.

– Конечно, слишком большая нагрузка для такой, как ты, – брезгливо пробормотала тётя Гленда.

Это была правда. Я плюхнулась на своё место, напротив Шарлотты, которая, должно быть, так и не притронулась к своему бутерброду. Она смотрела на меня так, будто я одним своим видом испортила ей аппетит.

Но что это? Мама и Ник заговорщицки мне улыбнулись, а Кэролайн пододвинула миску с хлопьями и молоко. С другого конца стола мне приветливо кивнула бабушка Мэдди в своём розовом халате.

– Ангел мой! Как я рада тебя видеть! Ты, наконец, поможешь нам разобраться. Весь это сумасшедший дом вчера совершенно сбил нас с толку. Гленда припомнила старую историю, как Люси сбежала с этим красавчиком де Виллером. Я никогда не понимала, зачем поднимать вокруг детей такой шум. Ну, пустила их Грейс к себе на пару дней, ну и что с того? Я думала, всё уже в прошлом.

Но нет, только эта история поросла травушкой, как пришёл верблюд и сожрал муравушку.

Кэролайн захихикала. Она наверняка вообразила в роли верблюда тётю Гленду.

– Это тебе не сериал, тётя Мэдди, – прошипела тётя Гленда.

– И слава Богу, – сказала бабушка Мэдди. – В таком сериале я бы запуталась безнадёжно.

– Всё же так просто, – сказала Шарлотта холодно. – Все думали, что ген у меня, а на самом деле выяснилось, что он у Гвендолин.

Она отставила свою тарелку и встала из-за стола.

– Посмотрим, как она справится.

– Шарлотта, постой! – но тётя Гленда не смогла удержать Шарлотту и та выскочила из комнаты. Прежде чем побежать ей вслед, тётя Гленда строго глянула на маму. – Постыдилась бы, Грейс!

– Страшная женщина, – сказал Ник.

Леди Ариста глубоко вздохнула.

Мама тоже вздохнула следом за ней.

– Гвендолин, мне пора на работу. Я договорилась с мистером Джорджем, он заберёт тебя сегодня после уроков. Ты отправишься на элапсацию в 1956 год, в безопасный подвал. Там ты сможешь в тишине сделать домашнее задание.

– Офигеть! – сказал Ник.

Я подумала так же.

– А после этого ты сразу же отправишься домой, – сказала леди Ариста.

– Вот и день пролетел, – сказала я. Неужели такими станут теперь мои будни? После школы на элапсацию в

Темпл, там в дурацком подвале писать домашку, а потом домой на ужин. Какой кошмар!

Бабушка Мэдди тихо чертыхнулась, потому что рукав её халата угодил прямиком в повидло.

– В такое время надо ещё видеть десятый сон, я всегда говорила.

– Верняк, – сказал Ник.

Мама как обычно поцеловала его, Кэролайн и меня на прощание, а потом положила руку мне на плечо и тихо сказала:

– Вдруг тебе доведётся случайно увидеть моего папу, поцелуй его от меня.

Леди Ариста при этих словах вздрогнула. Она молча допила свой чай, затем посмотрела на часы и произнесла:

– Если вы хотите прийти в школу вовремя, поторопитесь.

– Когда вырасту, обязательно открою своё детективное агентство, – сказала Лесли. Мы прогуливали географию миссис Каунтер, закрывшись вдвоём в одной кабинке в девчачьем туалете. Лесли сидела на крышке унитаза, на коленях у неё лежала толстая папка. Я прислонилась к дверце кабинки, на которой от надписей ручкой и маркером живого места не осталось. «Дженни любит Адама», «Малкольм идиот», «Жизнь – дерьмо». И тому подобные изречения.

– Обожаю разгадывать тайны, это у меня в крови, – сказала Лесли. – Может, пойти на исторический факультет, чтобы изучать мифы и легенды? А потом я поступлю как Том Хэнкс в «Кодс да Винчи». Внсшность у мсня, конечно, гораздо более привлекательная, и помогать мне будет кто-нибудь крутой.

– Да, так и сделай, – сказала я. – Это то, что нужно. Пока я буду весь остаток своей жизни зависать в 1956 году, в подвале без единого окошка.

– Всего по три часа в день, – сказала Лесли. Она была уже в курсе последних новостей. У меня складывалось впечатление, что во всех сложнейших перипетиях она разбиралась куда легче и быстрее, чем я.

Лесли выслушала всё до последней истории с тремя мужчинами в чёрном, и даже стерпела нескончаемый поток моих угрызений совести.

– Лучше ты защитишь себя сама, чем дашь кому-то раскромсать тебя, как торт на блюде, – высказалась она.

Странно, но её слова успокоили меня гораздо лучше, чем все увещевания мистера Джорджа и Гидеона.

– Значит, ситуация такова, – сказала она наконец. – Пока ты занята домашкой в каком-то подвале, ты, по крайней мере, можешь не попадаться на глаза никаким жутким графам, владеющим телекинезом.

Телекинез – таким словом Лесли обозвала способность графа душить человека, находясь при этом в отдалении от него. С помощью телекинеза, считала она, можно общаться друг с другом, не раскрывая при этом рта. Она пообещала сегодня же вечером разобраться в этом вопросе как следует. Весь вчерашний день и полночи ушло у неё на то, чтобы прошерстить Интернет в поисках информации о графе Сен-Жермене и других персонажах.

От моих бурных благодарностей она лишь отмахнулась. По её словам, это доставило ей огромное удовольствие.

– Значит так, этот граф Сен-Жермен – довольно неоднозначная историческая фигура, даже его дата рождения точно не известна. О его происхождении ходят легенды, – сказала она, и лицо её засветилось от восхищения. – Говорят, ему удалось остаться вечно молодым. Одни объясняют это магией, другие – здоровым питанием.

– Но он *был старым*, – сказала я. – Может, он хорошо сохранился, но старым он точно был.

– Так, потом эту теорию опровергли, – сказала Лесли. – Кажется, твой граф был удивительной личностью, потому что он фигурирует во многих романах. А для некоторых эзотерических школ он вообще стал кем-то вроде гуру – посвящённым, хотя и не совсем понятно, что они имели в виду. Он был членом различных тайных обществ. Масонской ложи, ордена розенкрейцеров и ещё парочки организаций. Он был замечательным музыкантом, играл на скрипке и сочинял музыку. Он бегло говорил на дюжине языков. Некоторые утверждают также, что он – а теперь держись крепче – мог путешествовать во времени. Во всяком случае, он утверждал, что был свидетелем многих событий, которые случились задолго до его рождения.

– Угу, вполне возможно.

– Да. С ума сойти. Кроме того, он занимался алхимией. В Германии сохранилась настоящая башня для алхимических экспериментов графа и его учеников.

– Алхимия – это как-то связано с философским камнем, да?

– Точно. И с магией. Философский камень каждый воспринимал по-своему. Одни просто хотели в домашних условиях получать золото. Но потом короли и знать совсем с ума сошли от этой лженауки – они всё охотились за людьми, которые называли себя алхимиками, а те охотились за золотом. Из этих попыток добыть золото, кроме всего прочего, получился фарфор. Но чаще у алхимиков вообще ничего не получалось. Поэтому их частенько объявляли обманщиками и еретиками, кидали в темницу, или вообще чикали им голову с плеч.

– Сами виноваты, – сказала я. – Надо было внимательней слушать учителя на уроке химии.

– Но на самом деле алхимики хотели вовсе не золота. Это делалось только для отвода глаз. Философский камень часто используется как синоним бессмертия.

Алхимики думали, что если положить правильные ингредиенты – глаза жабы, кровь девственницы, волоски из кошачьего хвоста, ха-ха, шутка, – да, так вот, если взять правильные ингредиенты и смешать их верным химическим способом, то в результате получается эликсир бессмертия. Сторонники графа Сен-Жермена утверждали, что он знал этот рецепт и поэтому не старел. Некоторые источники указывают, что он умер в 1784 году в Германии. Но есть и другие источники со свидетельствами очевидцев, которые встречали его через несколько лет после 1784-го живым и здоровым.

– Гм-гм, – пробормотала я. – В то, что он был бессмертным, я не верю. Но, может, он хочет стать бессмертным? Вдруг это и есть тайна, скрытая за Тайной? Именно это случится, когда Круг замкнётся.

– Возможно. Но это только одна сторона медали. Её отстаивают горячие сторонники эзотерических тайных теорий. Они частенько подделывали данные в свою пользу. Критичные наблюдатели исходят из того, что мифы, которые витают вокруг графа Сен-Жермена – большей частью выдумки чистейшей воды, богатая фантазия последователей и его собственные розыгрыши, – Лесли отбарабанила это так бегло и с таким энтузиазмом, что я не могла сдержать смех.

– Может, сходишь к мистеру Уитмену и попросишь его задать тебе реферат по этой теме? – предложила я. – Ты столько всего разузнала, что, наверное, можешь составить об этом книжку.

– Не думаю, что бельчонок оценит мои старания, – сказала Лесли. – Ведь он тоже всего лишь один из фанатов графа Сен-Жермена. Он же хранитель, ему положено. Для меня он в этой истории совершенно чётко фигурирует как персонаж негативный. Я имею в виду графа Сен-Жермена, а не бельчонка. Он угрожал тебе и душил тебя. А твоя мама предостерегала, чтобы ты держалась от него подальше. Она знает больше, чем прикидывается. И эта информация могла попасть к ней только от Люси.

– Я думаю, что все знают больше, чем прикидываются, – вздохнула я. – Во всяком случае, все знают больше, чем я. Даже ты!

Лесли засмеялась.

– Просто представь, что я – внешняя часть твоего собственного мозга. Граф всегда сгущал краски насчёт своего происхождения. Имя и титул, во всяком случае, он точно выдумал. Возможно, он внебрачный сын Марии-Анны Нойбургской, вдовы испанского короля Карла Второго.

На роль отца претендентов много. Согласно другой теории, он был сыном трансильванского князя, который вырос при дворе последнего герцога из династии Медичи в Италии. Как бы там ни было, доказать ничего не возможно. Все беспомощны, как слепые котята. Но у нас-то с тобой тоже есть теперь своя теория на этот счёт.

– Что, правда?

Лесли раздражённо нахмурилась.

– Ну конечно! Мы же теперь знаем, что один из его родителей наверняка из рода де Виллеров.

– Да? А откуда мы это знаем?

– Ах, Гвен! Ты же сама говорила, что первый путешественник во времени – де Виллер. Поэтому граф должен быть законным или незаконным членом семьи. Это тебе понятно? Или как? А то у его предков не было бы этой фамилии.

– Э-э-э… да, – сказала я неуверенно. Со всей этой наследственной петрушкой я ещё не особенно разобралась. – Но мне кажется, что в трансильванской теории тоже что-то есть. Не может быть простым совпадением то, что этот Ракоци родом из Трансильвании.

– Я разузнаю все детали, – пообещала Лесли. – Т-с-с!

Дверь распахнулась, и кто-то зашёл в туалет.

Она – по крайней мере, мы посчитали, что это она – зашла в соседнюю кабинку, чтобы пописать. Мы сидели тихо, пока она не ушла.

– Даже руки не помыла, – сказала Лесли. – Фи-и-и… Я рада, что не знаю, кто это был.

– Кажется, бумага кончилась, – сказала я. Ноги мои затекли. – Думаешь, нам влетит? Миссис Каунтер наверняка заметит, что нас не было. А если не заметит сама, то кто-нибудь настучит.

– Да для миссис Каунтер все школьники на одно лицо. Что она там может заметить. С пятого класса она меня называет Лили, а тебя постоянно путает с Синтией. Точно тебе говорю! Нет-нет, то, что мы тут разбираем, гораздо важней, чем урок географии. Ты должна быть подготовлена как нельзя лучше. Чем больше ты знаешь о своём противнике, тем лучше.

– Знать бы только, кто мой противник.

– Никому нельзя доверять, – сказала Лесли точь-в-точь как моя мама.

– Если бы мы были в каком-нибудь фильме, тогда бы злодеем оказался тот, от кого меньше всего ожидаешь. Но поскольку мы не в фильме, я бы указала на того типа, который тебя душил.

– Но кто подослал к нам этих мужчин в Гайд-парке? Граф? Да никогда в жизни! Гидеон ему нужен для того, чтобы собирать кровь остальных путешественников во времени.

– Да, ты права, – Лесли задумчиво покусывала нижнюю губу.

– Но, может, в этом фильме злодеев несколько. Люси и Пол тоже могут оказаться отрицательными героями. Украли же они хронограф. А кто этот человек в чёрном из дома номер восемнадцать?

Я пожала плечами.

– Сегодня утром он стоял там, как и обычно. Ты что, считаешь, он тоже прячет под плащом шпагу?

– Нет. Я думаю, что он – один их хранителей и поэтому простаивает там дни напролёт просто так, из принципа, – Лесли снова углубилась в содержимое папки. – О хранителях как таковых я найти ничего не смогла. Это, кажется, совсем засекреченная информация.

Но некоторые имена, из тех, которые ты назвала – Черчилль, Веллингтон, Ньютон, – можно встретить, читая про масонов. Значит, стоит исходить из того, что обе ложи что-то связывает между собой. Об утонувшем мальчике Роберте Уайте я тоже ничего не нашла. Но в библиотеке можно заказать всё номера «Таймс» и «Обсервера» за последние сорок лет. Я уверена, что-нибудь да обнаружится. Что там ещё? А, точно, рябина, сапфир и ворон. Значит так, всю эту эзотерическую дребедень можно трактовать как угодно, никаких достоверных источников я не нашла. Здесь надо больше опираться на факты, чем на весь этот балаган. Ты просто должна побольше выяснить. Прежде всего, о Люси и Поле, и о том, почему они украли хронограф. Им наверняка известно кое-что, чего не знают всё остальные. Или не хотят знать. Или с чем они не согласны.

Дверь снова отворилась. Шаги на этот раз были тяжёлыми и энергичными. И они стремительно приближались к нашей кабинке.

– Лесли Хей и Гвендолин Шеферд! Вы сейчас же выйдете отсюда и вернётесь на урок!

Мы с Лесли смущённо молчали. Потом Лесли сказала:

– Вы знаете, это *туалет для девочек*, мистер Уитмен.

– Считаю до трёх, – сказал мистер Уитмен. – Раз, два …

На «три» мы сами открыли дверцу.

– Я занесу это в журнал, – сказал мистер Уитмен, глядя на нас, как рассерженный бельчонок. – Я очень разочарован. Прежде всего тобой, Гвендолин. Ты думаешь, раз ты заняла место своей кузины Шарлотты, ты сможешь делать и позволять себе всё, что угодно? Шарлотта никогда не пренебрегала школьными обязанностями.

– Да, мистер Уитмен, – сказала я. Такое властное поведение было совсем не в его стиле. Он мог казаться обворожительным и, в крайнем случае, язвительным.

– А сейчас – марш в класс.

– Откуда вы узнали, что мы тут? – спросила Лесли.

Мистер Уитмен не ответил. Он требовательно протянул руку к папке.

– А *это* я возьму на сохранение!

– О нет, пожалуйста, не надо, – Лесли прижала папку к груди.

– Лесли, отдай!

– Но она мне нужна для… для учёбы!

– Считаю до трёх…

На «два» Лесли, скрепя сердце, отдала папку. Было так стыдно, когда мистер Уитмен втолкнул нас в кабинет географии. Миссис Каунтер, наверное, восприняла наш прогул как личную обиду, потому что остаток урока она вела себя так, будто нас в классе не было.

– Вы курили что-то? – хотел знать Гордон.

– Нет же, дурень, – накинулась на него Лесли, – мы просто хотели поговорить спокойно.

– Вы прогуливали урок только затем, чтобы *поговорить*? – Гордон нарочито хлопнул себя по лбу. – Что тут скажешь! *Девчонки*!

– Теперь мистер Уитмен сможет просмотреть всю папку, – сказала я Лесли. – И тогда он узнает, тогда узнают хранители, что я обо всём тебе рассказала. А это явно запрещено.

– Да уж, – сказала Лесли. – Может, они пришлют мужчину в чёрном, чтобы убрать меня. Потому что я знаю кое-что, о чём знать не положено…

Такая перспектива, казалось, её очень даже веселила.

– Ну а если они действительно на это пойдут?

– Тогда… я хотела купить тебе сегодня вечером газовый баллончик. Вот куплю сразу ещё один для себя, – Лесли похлопала меня по плечу. – Пойдём! Мы себя в обиду не дадим!

– Не дадим.

Я так завидовала умению Лесли оставаться оптимисткой в любой ситуации. Она всегда умела находить в любых вещах что-нибудь хорошее. Если в них, конечно, было хоть что-то хорошее.

Хроники Хранителей

От 14 августа 1949.
15.00-18.00.
Люси и Пол появились в моём кабинете для элапсации. Мы непринуждённо беседовали о реконструкции и застройке города. Невозможно поверить, что Ноттинг-Хилл в их время станет одним из самых успешных и дорогих районов города. (Они называют это «стильный».)
Кроме того, они принесли мне список победителей всех чемпионатов в Уимблдоне с 1950 года.
Я пообещал положить выигрыш со ставок в фонд оплаты высшего образования моих детей и внуков.
Кроме того, я подумываю о приобретении небольшой недвижимости в Ноттинг-Хилле.
Чем чёрт не шутит.

Отчёт: Лукас Монтроуз, адепт третьего уровня.

Глава четырнадцатая

Уроки медленно тянулись к обеду, отвратительному, как и всегда (пирог и жаркое). Последним была химия. Потом нас наконец-то отпустили домой. Я, в общем-то, была бы не прочь снова завалиться спать. Шарлотта целый день нарочито меня не замечала. Когда я попыталась заговорить с ней на перемене, Шарлотта сказала:

– Если ты вдруг пришла извиниться – забудь!

– За что это я должна извиниться? – спросила я раздражённо.

– Ну, если ты даже не догадываешься…

– Шарлотта! Ну что я могу поделать, если не ты, а я унаследовала этот дурацкий ген!

Шарлотта прожгла меня насквозь гневным взглядом.

– Это не *дурацкий* ген, это дар. Нечто особенное. А в тебе он просто зря пропадает. Но ты ещё просто малявка, чтобы хоть приблизительно соображать, что к чему.

Затем она резко развернулась и пошла прочь.

– Скоро придёт в себя, – сказала Лесли, когда мы собирали портфели. – Ей просто надо свыкнуться с мыслью, что она больше никакая не особенная.

– Но ведь это так несправедливо, – сказала я. – Я же ничего ей не сделала.

– Честно говоря, да, – Лесли протянула мне свою расчёску. – Вот, возьми!

– Зачем?

Я послушно провела расчёской по волосам.

– И всё-таки – зачем? – спросила я.

– Я просто хотела, чтобы ты выглядела привлекательно, когда снова встретишься с Гидеоном. Как хорошо, что тебе не обязательно пользоваться тушью для увеличения ресниц. Твои ресницы и так безумно длинные и чёрные.

Когда она вспомнила про Гидеона, я густо покраснела.

– Может, я его сегодня и вовсе не увижу. Они же решили заслать меня в 1956 год в подвал, чтобы я там делала домашку.

– Да, но, возможно, он направится туда же. Следом за тобой или немного раньше.

– Лесли, я не в его вкусе!

– Он не это имел в виду, – сказала Лесли.

– Нет уж, именно это!

– Ну и что с того? Мне кажется, на его мнение можно повлиять. В любом случае, он-то в *твоём* вкусе.

Я открыла рот, но не придумала, что ответить и закрыла его снова. Отрицать не было смысла. Он действительно был в моём вкусе.

Хотя я бы с большим удовольствием притворилась, что это не так.

– Он понравился бы каждой нормальной девочке, – сказала я. – По крайней мере, его внешность – так точно. Но он постоянно действует мне на нервы, помыкает мною направо и налево. И вообще, он просто… просто ужасно…

– … прекрасный? – Лесли озарила меня любезной улыбкой. – Ты тоже такая, честное слово. Ты самая лучшая девчонка из всех, которых я знаю. Ну, может, за исключением меня! Ты, кстати, и сама можешь им неплохо покомандовать. А сейчас пошли. Я обязательно хочу посмотреть на лимузин, который тебя заберёт.

Джеймс холодно кивнул мне, когда я прошла мимо его арки.

– Погоди-ка, – сказала я Лесли. – Я хочу кое-что спросить у Джеймса.

Когда я остановилась, высокомерное выражение лица Джеймса исчезло, и он радостно мне улыбнулся.

– Я ещё раз обдумал наш последний разговор, – сказал он.

– Про поцелуи?

– Нет же! Про оспу. Вполне возможно, я всё же заразился тогда… Твои волосы сегодня так блестят. Очень красивая причёска.

– Спасибо, Джеймс. Можешь сделать для меня одно одолжение?

– Надеюсь, дело не касается поцелуев?

Я не могла не рассмеяться.

– Неплохая идея, – сказала я. – Но на этот раз речь идёт о светских манерах.

– Манерах?

– Ну да. Ты всё время бурчишь, что я им никак не научусь. И ты совершенно прав. Поэтому я хотела попросить тебя, чтобы ты показал мне, как правильно себя вести. В твоём времени. Как надо говорить, как делать реверанс, да всё подряд.

– … Как держать веер? Как танцевать? Как вести себя, если в зал входит принц-регент?

– Точно!

– Да, я могу тебя этому научить, – сказал Джеймс.

– Ты просто замечательный, – сказала я и развернулась, чтобы идти дальше. – Да, вот ещё что. Джеймс! А ты умеешь фехтовать на шпагах?

– Само собой разумеется, – сказал Джеймс. – Не хотелось бы себя хвалить, но среди моих друзей я считался лучшим фехтовальщиком. Сам Гальяно говорит, что я настоящий самородок.

– Супер! – сказала я. – Ты настоящий друг.

– Ты хочешь, чтобы привидение научило тебя фехтовать? – Лесли следила за нашим разговором с нескрываемым любопытством. Конечно, она слышала только мою часть диалога.

– А привидение сможет вообще держать в руке шпагу?

– Посмотрим, – ответила я. – Во всяком случае, он в восемнадцатом веке как дома. Он ведь оттуда родом.

Гордон Гельдерман нагнал нас на лестнице.

– Ты снова разговаривала с аркой, Гвендолин. Я точно видел.

– Да, Гордон. Это моя любимая арка. Она обижается, когда я прохожу мимо и не здороваюсь.

– Ты вообще в курсе, что ты странненькая?

– Да, дорогой Гордончик. Я знаю. Но у меня, по крайней мере, голос нормального тембра.

– *Это* пройдёт.

– Было бы хорошо, если бы *ты* прошёл, – сказала Лесли.

– А-а-а, вы, наверное, опять хотите *просто поговорить*, – сказал Гордон. Он всегда был таким приставучим. – Понимаю. Вы ведь всего лишь пять уроков просидели за одной партой. Пойдём в кино сегодня вечером?

– Нет, – сказала Лесли.

– Да я всё равно не смогу, – сказал Гордон, следуя за нами по вестибюлю словно тень. – Мне же надо писать это тупое сочинение про перстни с печатками. Я уже говорил, что ненавижу мистера Уитмена?

– Да, всего лишь раз сто, – сказала Лесли.

Лимузин перед воротами школы я заметила прежде, чем мы вышли во двор. Сердце моё забилось быстрее.

Мне всё ещё было больно вспоминать события вчерашнего вечера.

– Вау, это ещё что за тачка? – Гордон тихонько присвистнул. – Кажется, слухи про то, что дочка Мадонны учится в нашей школе, подтверждаются. Она, конечно, записана под другим именем.

– Ну ясно, – сказала Лесли и зажмурилась, глядя на солнышко. – Именно потому её и забирает лимузин. Чтобы никто не заметил.

Вокруг лимузина уже собралась толпа. Синтия со своей подружкой Сарой тоже стояла на лестнице и пялилась на улицу.

Но их интересовал не сам лимузин, а кое-кто мило беседовавший кое с кем справа от машины.

– Никогда бы не подумала, что эта зануда водится с парнями, – сказала Сара. – А тем более, с такими симпатичными.

– Может, это её двоюродный брат, – сказала Синтия. – Или даже родной.

Я схватила Лесли за руку. На нашем школьном дворе стоял Гидеон собственной персоной. Он был в совершенно обычной одежде, в джинсах и футболке. И он разговаривал с Шарлоттой.

Лесли сразу же его узнала.

– Я-то думала, что у него длинные волосы, – укоризненно сказала она.

– Ну да, а какие же?

– *Длинноватые*, – сказала Лесли. – Это разные вещи. Он очень крутой.

– Он голубой, ставлю пятьдесят фунтов, что он голубой, – сказал Гордон. Он прислонился на моё плечо, чтобы лучше видеть, и выглядывал между мной и Синтией.

– О боже, он коснулся её! – сказала Синтия. – Он взял её за руку!

Улыбку Шарлотты было видно даже отсюда. Она улыбалась не очень-то часто (не считая роли Моны Лизы). Но в такие моменты она выглядела так трогательно. У неё даже появились незаметные доселе ямочки. Гидеон, должно быть, тоже это заметил. Шарлотта явно не казалась ему «серой мышкой».

– Он гладит её по щеке!

О боже мой. *Точно!* Вид Шарлотты и Гидеона вместе больно кольнул меня. И дальше не замечать этого чувства было просто невозможно.

– Сейчас он её поцелует!

Всё мы затаили дыхание. И действительно, казалось, Гидеон вот-вот поцелует Шарлотту.

– Но только в щёку, – Синтия облегчённо вздохнула.

– Это наверняка её двоюродный брат, ну ведь так же, Гвенни? Правда?

– Нет, – сказала я. – Никакие они не родственники.

– И он вовсе даже не голубой, – сказала Лесли.

– На что спорим? Ну, посмотри на его перстень!

Шарлотта одарила Гидеона ещё одной лучезарной улыбкой и летящей походкой направилась к воротам. Кажется, всё её скверное настроение как ветром сдуло.

Гидеон обернулся и посмотрел в нашу сторону. Хорошенькое зрелище его ожидало: четыре девчонки и Гордон, хихикают и выглядывают с лестницы.

Я знаю таких девочек, как ты.

Что и требовалось доказать. Ну и ладно.

– Гвендолин! – крикнул Гидеон. – Ну наконец-то!

Синтия, Сара и Гордон дружно обомлели. Да и я, честно признаться, тоже. Только Лесли не так-то легко было вывести из равновесия. Она легонько подтолкнула меня в спину.

– Давай-ка скорее. Твой лимузин ждёт.

Спускаясь вниз по лестнице, я буквально спиной ощущала провожающие меня взгляды. Наверное, там все просто рты поразевали. Гордон так точно.

– Привет, – сказала я, подойдя к Гидеону. Больше я не могла издать ни звука. В лучах солнечного света его глаза казались ещё более глубокими, чем раньше.

– Привет, – он посмотрел на меня как-то чересчур внимательно. – Как спалось?

– Нормально, – я застегнула куртку на груди. – Школьная форма немножко маловата.

Гидеон усмехнулся. Затем он перевёл взгляд на лестницу.

– Это что, твои подружки там, наверху? Мне кажется, одна из них вот-вот сознание потеряет.

О боже.

– Это Синтия Дейл, – сказала я, даже не обернувшись. – У неё повышенный уровень эстрогена в крови. Если интересует, могу познакомить.

Гидеон улыбнулся ещё шире.

– Может, в другой раз. А сейчас – нам пора! У нас сегодня ещё много работы.

Он взял меня за руку (с лестницы раздался громкий визг) и провёл меня к лимузину.

– Я должна делать домашнее задание в 1956 году.

– Планы изменились, – Гидеон открыл передо мной заднюю дверцу (дружный писк с лестницы). – Мы проведаем твою пра-прабабушку. Она очень просила, чтобы явилась именно ты, – рука Гидеона легла мне на спину, он помог мне забраться в машину (повторный писк с лестницы).

Я уселась на заднее сидение. Напротив появилось уже знакомое кругленькое лицо.

– Привет, мистер Джордж.

– Гвендолин, моя смелая девочка, как ты сегодня? – мистер Джордж и его лысина сияли почти одинаково ярко.

– Э-хм, спасибо, хорошо, – я покраснела, подумав вдруг, какое, должно быть, жалкое впечатление я производила вчера вечером.

Хоть бы Гидеон обошёлся сегодня без своих колкостей.

Он вёл себя так, будто ничего не случилось.

– Что ты говорил о моей пра-прабабушке? – поспешно спросила я. – Что-то я не очень поняла.

– Да мы и сами не разобрались до конца, – вздохнул Гидеон.

Лимузин тронулся в путь. Я боролась с искушением поглядеть в заднее окошко на лица своих друзей.

– Маргарет Тилни, урождённая Гранд, она была бабушкой твоей бабушки Аристы и последней путешественницей во времени перед Люси и тобой.

Хранители без особых усилий смогли вписать её в хронограф после второго неконтролируемого прыжка во времени в 1894 году. Остаток своей жизни – а умерла она в 1944 – Маргарет Тилни успешно элапсировала с помощью хронографа. Хранители описывают её как особу дружелюбную и готовую к сотрудничеству, – мистер Джодж нервно потёр лысину. – Во время воздушной атаки Лондона во Второй мировой войне группа хранителей перевезла её вместе с хронографом в деревню, где она и скончалась. На момент смерти ей было шестьдесят семь лет, причиной смерти стало воспаление лёгких.

– Какая… грустная история, – я толком не понимала, зачем мне вся эта информация.

– Как тебе известно, Гидеон посетил в прошлом уже семерых из двенадцати путешественников во времени. Он взял у них кровь для второго, нового хронографа. Можно сказать, он посетил шестерых, если мы посчитаем близнецов за одного. Если прибавить ещё твою и его кровь, то не хватает всего лишь четырёх в Кругу Двенадцати. Опал, нефрит, сапфир и чёрный турмалин.

– Элани Бёргли, Маргарет Тилни, Люси Монтроуз и Пол де Виллер, – добавил Гидеон. – Нужно найти этих четверых и взять у них кровь, – да поняла же я, поняла, не такая уж я дурочка, какой, наверное, им кажусь.

– Вот именно. Мы не подозревали, что с Маргарет могут возникнуть какие-нибудь трудности, – мистер Джордж откинулся на сидение. – С остальными – да, но с Маргарет Тилни для волнений не было совершенно никаких причин. Её жизнь буква к букве вписана в Хроники. Мы обладаем точнейшей информацией касательно того, где она находилась и что делала в каждый день своей жизни. Потому организовать встречу Маргарет и Гидеона не составило большого труда. Прошлой ночью он отправился в 1937 год, чтобы встретиться с Маргарет Тилни в нашем доме в Темпле.

– Правда? Прошлой ночью? А когда же ты спишь?

– Нам нужно было спешить, – сказал Гидеон. Он скрестил руки на груди. – Мы выделили на всю операцию только один час.

Мистер Джордж добавил:

– Но вопреки нашим ожиданиям, Маргарет отказалась дать кровь, после того, как Гидеон ввёл её в курс дела, – он посмотрел на меня выжидающе. Ой, кажется, они ждут, чтобы я что-то сказала?

– Может… э-э-э... может, она просто не совсем поняла, что к чему, – ответила я. История казалась очень уж запутанной.

– Она прекрасно всё поняла, – Гидеон покачал головой. – Она знала ещё до моего прихода, что первый хронограф был украден, и что я попытаюсь взять её кровь для второго экземпляра.

– Но откуда она смогла узнать, что случится через много лет после её смерти? Она могла предвидеть будущее? – тут я вдруг поняла, что же произошло в этой истории с Маргарет Тилни. Кажется, я постепенно начинала думать как настоящая путешественница во времени. – Кто-то успел побывать там до тебя и рассказать ей, да? – сказала я.

Гидеон кивнул.

– И уговорил её ни при каких обстоятельствах не сдавать свою кровь. Ещё более странным мне показался тот факт, что Маргарет вообще отказалась со мной говорить. Она позвала на помощь хранителей и требовала, чтобы они защитили её от меня.

– Но почему? – я задумалась. – Кажется, подозревать можно только Люси и Пола. Они путешествуют во времени и именно они не хотят, чтобы Круг Двенадцати замкнулся.

Мистер Джордж и Гидеон обменялись красноречивыми взглядами.

– После возвращения Гидеона перед нами оказалась настоящая загадка, – сказал мистер Джордж. – У нас действительно есть некое слабое предположение о том, что могло произойти. Но доказательств тому нет. Поэтому сегодня утром Гидеон снова отправился в прошлое и ещё раз посетил Маргарет Тилни.

– Оказывается, день у тебя был сегодня очень даже насыщенный, – я искала на лице Гидеона следы усталости, но не находила их. Напротив, он выглядел бодрым и готовым к действию. – Как, кстати, твоя рука?

– Нормально. Слушай внимательно, что рассказывает мистер Джордж. Это важно.

– На этот раз Гидеон отыскал Маргарет сразу же после её прыжка во времени в 1894-м году, – сказал мистер Джордж. – Надо сказать, что это вещество или, как мы его называем, ген путешественника во времени, проявляется в крови только после первого прыжка. Граф Сен-Жермен в своё время ставил множество опытов, чтобы выяснить этот факт. Тем самым он чуть не вывел из строя первый хронограф. Поэтому нет смысла брать кровь путешественников во времени в детские годы. Хотя в некоторых случаях это могло бы значительно облегчить нашу работу. Понимаешь?

– Да, – сказала я, на этот раз просто, чтобы поддержать мистера Джорджа.

– Гидеон встретился с Маргарет сегодня утром на её первой официальной элапсации. Сразу после первого неконтролируемого прыжка во времени она отправилась в Темпл. Там её готовили к тому, чтобы вписать в хронограф, но она неожиданно прыгнула во второй раз. Этот прыжок считается самым длинным неуправляемым прыжком, когда-либо пережитым путешественником во времени. Он продолжался более двух часов.

– Мистер Джордж, не отвлекайтесь на детали, – попросил Гидеон, его голос дрожал от нетерпения.

– Да-да, так о чём это я? Значит так, Гидеон посетил Маргарет во время её первой элапсации. Тогда он снова рассказал ей историю украденного хронографа и заверил, что со вторым хронографом всё изменится к лучшему.

– Ага! – громко перебила я. – Значит, Маргарет уже *до того* знала всю эту историю. Гидеон же сам ей всё рассказал.

– Да, так вполне могло бы произойти, – сказал мистер Джордж. – Но даже в тот раз юная Маргарет слышала эту историю уже не в первый раз.

– Значит, кто-то побывал там до Гидеона. Люси и Пол. Они прыгнули в прошлое с помощью украденного хронографа и предупредили Маргарет Тилни. Она знала, что рано или поздно появится кто-то, кто захочет взять у неё кровь.

Мистер Джордж ничего не ответил.

– А на этот раз она разрешила взять у неё кровь?

– Нет, – сказал мистер Джордж. – Она снова отказалась.

– Во всяком случае, в шестнадцать лет она не была такой упрямой, как в старости, – сказал Гидеон. – На этот раз мы смогли хотя бы немного побеседовать. И в конце концов Маргарет сказала, что если бы она с кем-то и вела переговоры, так только с тобой.

– Со *мной*?

– Она назвала твоё имя. Гвендолин Шеферд.

– Но ведь… – я прикусила нижнюю губу. А мистер Джордж и Гидеон внимательно за мной наблюдали. – Я думала, Люси и Пол пропали до моего рождения. Как же они могли знать моё имя и сказать его Маргарет?

– Да, хороший вопрос, – сказал мистер Джордж. – Понимаешь, Люси и Пол украли хронограф в мае того года, когда ты появилась на свет. Сначала они скрывались с ним в настоящем времени. Несколько месяцев им довольно ловко удавалось обманывать хранителей, которые шли по их следу. Они постоянно покупали неправильные билеты, искали укрытия и пускали в ход другие манёвры. Они часто переезжали с места на место и объездили с хронографом пол-Европы. Но мы подбирались к ним всё ближе и ближе. Тогда они поняли, что в полной безопасности они смогут быть только в прошлом. Сдаваться они, к сожалению, не хотели. Люси и Пол твёрдо отстаивали свои бессмысленные идеалы, – он вздохнул. – Они были такими страстными, такими молодыми… – выражение его лица на миг стало каким-то мечтательным.

Гидеон предостерегающе кашлянул, и мистер Джордж прекратил смотреть в пустоту. Он продолжал:

– До сегодняшнего дня мы считали, что они решились на этот шаг в сентябре, за пару недель до твоего рождения. Находились они тогда здесь, в Лондоне.

– Но как бы они тогда смогли узнать моё имя!

– Правильно, – сказал мистер Джордж. – Поэтому теперь мы работаем с версией, по которой они прыгнули в прошлое *после* твоего рождения.

– По причине, которая нам неизвестна, – добавил Гидеон.

– Но предстоит ещё разобраться, откуда Люси и Пол знали твоё имя и были осведомлены о твоём предназначении. Так или иначе, Маргарет Тилни не захотела иметь с нами дела.

Я задумалась.

– Как же нам теперь достать её кровь? – о боже, неужели это я такое сказала? – Вы же не станете применять силу, правда? – моё воображение уже нарисовало мне Гидеона с наручниками в одной и огромным шприцом в другой руке. Радужное представление о прекрасном принце сильно подпортилось.

Мистер Джордж покачал головой:

– Одно из Двенадцати Золотых Правил хранителей гласит: применять силу только в том случае, когда всё другое – переговоры и мирное урегулирование – произвести невозможно.

Поэтому давайте всё же попробуем исполнить просьбу Маргарет. Мы пошлём к ней тебя.

– Чтобы я её уговорила?

– Чтобы мы поняли, что она знает и чего хочет. С тобой Маргарет пойдёт на контакт, она же сама так решила. Нам нужно знать, что она тебе скажет.

Гидеон вздохнул.

– Из этого ничего не выйдет. Но я устал убеждать в этом остальных. Они считают иначе.

– Именно. Поэтому мадам Россини уже шьёт тебе симпатичное платьице для лета 1912 года, – сказал мистер Джордж. – Ты должна познакомиться со своей прапрабабушкой.

– А почему именно в 1912 году?

– Мы выбрали этот год совершенно произвольно. Но Гидеон предполагает, что вы можете попасть в ловушку.

– В ловушку?

Гидеон ничего не сказал, он только посмотрел мне в глаза. Вид у него был мрачный.

– По законам логики это совершенно исключено, – сказал мистер Джордж.

– Зачем кому-то необходимо нас поймать?

Гидеон наклонился ко мне:

– Подумай сама: первый хронограф во власти Люси и Пола. Уже десять из двенадцати путешественников во времени в него внесены. Чтобы завершить Круг и достичь тайны им нужна лишь твоя и моя кровь.

– Но... ведь Люси и Пол как раз пытались помешать тому, чтобы Круг завершился и тайна открылась, – сказала я.

Мистер Джордж и Гидеон снова обменялись красноречивыми взглядами.

– Так считает твоя мама, – сказал мистер Джордж.

Так до настоящего момента считала и я.

– А вы думаете по-другому?

– Посмотри на это с другой стороны: а что, если Люси и Пол хотят использовать тайну только в своих целях? – спросил Гидеон. – Что, если именно поэтому они и украли хронограф? Тогда единственное, чего им недостаёт, чтобы победить графа Сен-Жермена – это нашей крови.

Некоторое время я вникала в его слова. Затем я сказала:

– А встретить нас они могут только в прошлом. Поэтому, чтобы взять нашу кровь, они должны заманить нас куда-нибудь?

– Возможно, они считают, что должны силой взять у нас кровь, – сказал Гидеон. – Точно так же, как и мы знаем, что они никогда не дадут нам взять их кровь добровольно.

Я подумала о мужчинах, которые напали на нас вчера в Гайд-парке.

– Точно, – сказал Гидеон, как будто прочитав мои мысли. – Если бы им удалось нас убить, они бы забрали столько нашей крови, сколько вздумается. Остаётся только выяснить, как они узнали о том, где нас искать.

– Я знаю Люси и Пола. Это просто не в их стиле, – сказал мистер Джордж. – Они выросли на Двенадцати Золотых Правилах хранителей. И совершенно точно, они не отдали бы приказ об убийстве своих собственных родственников. Они тоже за переговоры и по...

– Вы *знали* Люси и Пола, мистер Джордж, – перебил Гидеон. – Но кто может сказать наверняка, кем они стали, когда выросли?

Я переводила взгляд с одного на другого.

– В любом случае, было бы интересно узнать, чего от меня хочет моя пра-прабабушка, – сказала я. – К тому же, как это может оказаться ловушкой, если мы сами выбираем время для нашей встречи?

– Мне тоже так кажется, – сказал мистер Джордж.

Гидеон сдался. Он вздохнул:

– Да. И решение уже принято.

Мадам Россини натянула на меня длинное белое платье. Оно было в ромбик, сверху было пришито что-то вроде матросского воротничка. На талии мадам Россини повязала мне широкую ленту из небесно-голубого сатина. Она была сделана из того же материала, что и оборка, закрывающая шов между воротничком и застёжкой.

Когда я поглядела в зеркало, то немножко разочаровалась. Вид у меня был какой-то чересчур кроткий. В таком наряде я напоминала себе послушниц из монастыря Святого Луки, куда мы иногда ходили на воскресную службу.

– Моду 1912-го, конечно, нечего и сравнивать с экстравагантностью рококо, – сказала мадам Россини, вручая мне кожаные сапожки на застёжках. – Женские прелести скорее скрывали, чем показывали. Я так считаю.

– Я тоже так считаю.

– Осталась только причёска, – мадам Россини усадила меня на стул и принялась расчёсывать мои волосы на косой пробор. Затем она зачесала назад каждую прядь отдельно.

– Это не слишком ли... э-э-э-м-м.... *пышно* у меня над ушами?

– Так и должно быть, – сказала мадам Россини.

– Но почему-то кажется, что так мне не очень идёт. А вы как думаете?

– А я думаю, что тебе идёт совершенно всё, маленькая моя лебёдушка. Кроме того, это же не конкурс красоты. Речь идёт о...

– Достоверности. Я знаю.

Мадам Россини засмеялась.

– Браво!

На этот раз за мной пришёл доктор Уайт. Он забрал меня, чтобы отвести в подвал, где стоял хронограф. Доктор Уайт смотрел на меня исподлобья, хмурый, как обычно. В противоположность ему маленький Роберт встретил меня радостной улыбкой.

Я улыбнулась ему в ответ. Он был таким милым, со своими белыми локонами и ямочками на щеках.

– Привет!

– Привет, Гвендолин, – сказал Роберт.

– Что за привычка брататься при встрече, – сказал доктор Уайт, сжимая в руках чёрную повязку.

– О нет, ну зачем опять её?

– Причин верить тебе – ровно ноль, – сказал доктор Уайт.

– Ах, ну какой же вы грубиян! Дайте сюда! – мадам Россини вырвала повязку из рук доктора Уайта. – На этот раз никто не посмеет испортить причёску.

А жаль. Мадам Россини собственноручно с большой осторожностью завязала мне глаза. Ни один волосок не выбился из моей мудрёной причёски.

– Бон шанс, ма шер! – сказала она, когда доктор Уайт вывел меня из комнаты.

Прощаясь, я наугад махнула рукой в тот угол, где стояла мадам Россини. Снова появилось это неприятное ощущение, когда ступаешь в пустоту.

Но дорога казалась мне уже более знакомой. На этот раз Роберт предупреждал меня обо всех опасностях:

– Ещё две ступеньки, а потом налево за потайную дверь. Осторожно, тут порог. Ещё десять шагов и начинается большая лестница.

– Спасибо большое за заботу.

– Только не надо иронизировать, – сказал доктор Уайт.

– А почему ты меня слышишь, а он нет? – печально спросил Роберт.

– Я и сама не знаю, – сказала я. Мне стало так жаль бедняжку Роберта. – Ты хочешь ему что-то сказать?

Роберт молчал.

Доктор Уайт сказал:

– Гленда Монтроуз была права. Ты действительно любишь поговорить сама с собой.

Я ощупала рукой стену.

– Ага, эту арку я уже знаю. Сейчас будет ступенька, да, вот и она, а через тридцать четыре шага надо повернуть направо.

– Ты, оказывается, шаги считаешь!

– От скуки. А почему вы такой недоверчивый, а, доктор Уайт?

– Вовсе нет. Я тебе полностью доверяю. Пока ещё. Ты пока производишь впечатление вполне приличной девочки. В худшем случае ты следуешь диким идеям своей мамаши. Но никто не знает, что из тебя вырастет. Поэтому мне бы очень не хотелось, чтобы ты знала, где находится хронограф.

– Ну, не может же ваш подвал быть таким уж огромным, – сказала я.

– Тебе-то откуда знать, – сказал доктор Уайт. – Там сгинул не один человек.

– Что, правда?

– Да, – в его голосе сквозила насмешка. Я почувствовала, что он шутит. – Они целыми днями блуждали по коридорам, пока, наконец, не наткнулись на выход.

– Я бы сказал ему, что мне так жаль, – сказал Роберт. Он долго думал над этой фразой.

– О… – бедный мальчик. Мне так захотелось остановиться и обнять его. – Но ты же не виноват.

– Ты уверена? – доктор Уайт всё ещё думал о заблудившихся в подвале.

Роберт недовольно засопел.

– Утром мы поругались. Я сказал ему, что ненавижу его, и что хотел бы, чтобы у меня был другой папа.

– Он ведь не поверил тебе, правда же?

– Вот и нет. Поверил, очень даже поверил. И сейчас он думает, что я его не люблю. А я не могу больше сказать ему ни словечка, – высокий голосок Роберта дрожал, острой болью отзываясь в моём сердце.

– И поэтому ты всё ещё здесь?

– Я не хочу оставлять его одного. Хоть он и не может меня видеть, но, мне кажется, он чувствует, что я здесь, рядом.

– О, мой хороший! – я больше не могла этого вынести и резко остановилась. – Поверь, он точно-точно знает, что ты его любишь. Всё папы на свете знают, что дети иногда говорят что-то, чего на самом деле не думают.

– Разумеется, – сказал доктор Уайт. Его голос вдруг показался мне уставшим. – Некоторые папы не разрешают детям целых два дня смотреть телевизор только потому, что те оставили велосипед под дождём. Не удивительно, что дети потом кричат на них и говорят вещи, в которые и сами не верят.

Он потащил меня дальше.

– Я рада, что вы это говорите, доктор Уайт.

– Я тоже! – сказал Роберт.

Остаток пути и Роберт, и я пребывали в прекрасном расположении духа. Тяжёлая дверь отворилась перед нами и захлопнулась, когда мы зашли.

Первое, что я увидела, когда сняла повязку, был цилиндр. Он возвышался на голове у Гидеона. Я тут же громко рассмеялась. Ха-ха! На этот раз он будет дурачком в шляпе!

– У вас сегодня отличное настроение, – сказал доктор Уайт. – Благодаря плодотворным разговорчикам с самой собой, – но голос его звучал не так едко как раньше.

Мистер де Виллер засмеялся вместе со мной.

– Мне тоже он кажется смешным, – сказал он. – Прямо директор цирка какой-то.

– Рад, что смог вас позабавить, – сказал Гидеон.

Всё, кроме цилиндра, сидело на нём идеально. Длинные тёмные брюки, тёмный сюртук, белая рубашка. Как будто он собирался на свадьбу. Гидеон смерил меня с головы до ног изучающим взглядом. Я затаила дыхание, ожидая услышать новую колкость.

Но он ничего не сказал, лишь усмехнулся.

Мистер Джордж был занят настройкой хронографа.

– Гвендолин получила полные указания?

– Мне кажется, да, – сказал мистер де Виллер. Целых полчаса, пока мадам Россини готовила костюм, он разговаривал со мной о так называемой «Операции Нефрит».

Операция Нефрит!

Я казалась себе немножко похожей на агента секретной полиции Эмму Пил. Нам с Лесли очень нравился фильм с Умой Турман.

«Мстители».

И я никак не могла взять в толк, почему Гидеон так упорно считал всё это мероприятие ловушкой.

Маргарет Тилни действительно выразила желание поговорить именно со мной. Но определённого времени она ведь не назначала.

Даже если ей и хотелось заманить нас в ловушку, откуда она могла знать, в какой день и час её жизни мы появимся.

Очень сомнительно, что Люси и Пол смогут проследить именно за этим отрезком времени.

Произвольно решение пало на июнь 1912 года. Маргарет Тилни было тогда тридцать пять лет, она жила со своим мужем и тремя детьми в частном доме в Белгравии. Именно туда-то мы и собирались наведаться.

Я подняла глаза и увидела, как Гидеон скользил взглядом по моей одежде. Точнее, по разрезу платья. Ну и ну! Совсем обнаглел!

– Эй, ты что, уставился на мою грудь? – возмущённо прошипела я.

Он улыбнулся.

– Не совсем, – прошептал он в ответ.

Вдруг до меня дошло, что он имел в виду. В эпоху рококо гораздо легче было прятать некоторые предметы за всякими кружевами, подумала я со вздохом.

Но, к сожалению, мистер Джордж уже обернулся. Он наклонился ко мне.

– Это что, мобильный телефон? – спросил он. – Брать с собой в прошлое какие-либо предметы строго запрещено.

– Но почему нет? Они могут очень даже пригодиться! (Фотография Ракоци и лорда Бромптона получилась просто отличной!) – Если бы у Гидеона был с собой приличный пистолет в прошлый раз, мы бы не пострадали.

Гидеон нахмурился.

– Только представь себе, что случится, если ты вдруг потеряешь в прошлом свой телефон, – сказал мистер де Виллер. – Наверное, тот, кто его найдёт, воспользоваться им никак не сможет. А вдруг всё-таки сможет? Тогда будущее изменится благодаря твоему телефону. Или благодаря пистолету! Даже подумать страшно, что произошло бы с человечеством, если бы оно додумалось до использования такого хитроумного оружия ещё раньше.

– К тому же, это стало бы доказательством вашего, да и нашего тоже, существования, – сказал доктор Уайт. – Мелкая оплошность могла бы изменить совершенно всё. Тогда целый континуум оказался бы в опасности.

Я прикусила нижнюю губу, размышляя о том, как бы изменил будущее человечества, например, мой газовый баллончик, потеряй я его в восемнадцатом веке. Наверное, только к лучшему, если бы его нашёл кто-то нормальный...

Мистер Джордж требовательно выставил руку вперёд.

– С этого момента я за всем прослежу.

Со вздохом я опустила руку в декольте и вытянула телефон.

– Но я хочу забрать его, как только вернусь!

– Вы, наконец, наговорились там или нет? – осведомился доктор Уайт. – Хронограф готов к запуску.

Я тоже была готова к запуску. У меня появилось странное волнение, сердце забилось быстрее. Вся эта история с 1912 годом прельщала меня куда больше, чем домашка в затхлом подвале в скучном году.

Гидеон бросил на меня испытующий взгляд. Наверное, прикидывал, что я ещё могла припрятать.

Я с невинным видом подняла на него глаза. Газовый баллончик захвачу уже в другой раз. А жаль.

– Гвендолин, ты готова? – спросил он наконец.

Я улыбнулась.

– Если ты готов, то и я тоже.

Ни слова боле: пала связь времён!
Зачем же я связать её рождён?

Гамлет
Уильям Шекспир
(1564-1616)
(пер. А. Кронеберга)

Глава пятнадцатая

Экипаж хранителей доставил нас в Белгравию. Мы ехали вдоль берега Темзы и на этот раз я уже смогла уловить, где мы находимся. Лондон был уже более знакомым, чем в восемнадцатом веке. Солнце освещало Биг Бен и Вестминстерское аббатство. К моей огромной радости по широким бульварам гуляли люди в шляпах, с зонтиками, и в длинных, как у меня, платьях. Парки стояли в цвету, улицы были добротно замощены брусчаткой, никакой грязи и вони.

– Это прямо как декорации к мюзиклу! – сказала я. – Я тоже хочу такой зонтик.

– Мы искали денёк посолнечней, – сказал Гидеон. – И год поспокойней.

Он оставил свой цилиндр в подвале. На его месте я поступила бы точно так же, поэтому я не сказала ему ни слова в упрёк.

– А почему бы нам не встретиться с ней прямо в Темпле, когда она придёт на элапсацию?

– Я уже дважды пробовал это сделать. Не так-то просто было убедить хранителей, что я пришёл с миром. На мне был перстень, я знал пароль, но всё безрезультатно. Реакцию хранителей из прошлого предугадать невозможно. Если произойдёт заминка, они, скорее, кинутся защищать путешественника во времени, которого они знают и видят постоянно, чем какого-то непонятного пришельца из будущего. Так они и поступили сегодня ночью, и затем утром. Возможно, если мы посетим её дома, шансы на успех увеличатся. К тому же, мы возьмём неожиданностью.

– А не может такого случиться, что к ней приставят круглосуточную охрану? Она же, в общем-то, знает, что рано или поздно мы должны явиться, да и она сама ждёт нас, притом много лет подряд, не так ли?

– В Хрониках Хранителей нет никакого упоминания о дополнительной охране. Только тот страж, который должен следить за домом каждого путешественника во времени.

– Человек в чёрном! – воскликнула я. – Возле нашего дома тоже один такой ходит.

– Не очень-то хорошая конспирация, правда? – Гидеон ухмыльнулся.

– Да уж. Моя младшая сестра считает, что он волшебник, – тут я вдруг подумала ещё об одной вещи. – А у тебя есть братья или сёстры?

– Младший брат, – сказал Гидеон. – Но он уже достаточно взрослый и самостоятельный, ему семнадцать.

– А тебе?

– Девятнадцать. По подсчётам нашего времени.

– В школу ты больше не ходишь, чем же ты тогда занят целыми днями? Кроме того, что ты постоянно прыгаешь в прошлое. Ну и кроме всякой там игры на скрипке и тому подобного.

– Формально я студент Лондонского университета, – сказал он. – Но этот семестр я, наверное, прогуляю.

– А ты студент какого факультета?

– Отчего это ты вдруг стала такой любопытной, а?

– Надо же мне чинно вести беседу, – сказала я. Эту фразу я услышала у Джеймса. – Так что, какой факультет?

– Медицинский, – Гидеон, казалось, немного смутился.

Я подавила возглас удивления и опять отвернулась к окну. Медицинский. Интересно-интересно!

– Этот тип из твоей школы – ты с ним встречаешься?

– Что? Кто? – я озадаченно посмотрела на Гидеона.

– Тот, который положил руку тебе на плечо, – спросил он как бы мимоходом, в голосе его сквозило безразличие.

– А, ты про Гордона Гельдермана? Ах, боже мой…

– Если вы не вместе, почему ты разрешаешь ему прикасаться к себе?

– Я не разрешаю. Честно говоря, я просто не заметила, что он это сделал.

А всё потому, что я была так увлечена наблюдением за Гидеоном и Шарлоттой, за их обменом любезностями. Вспомнив об этом, я залилась краской. Он же поцеловал её. Ну, или почти поцеловал.

– Ты почему покраснела? Из-за Гордона Геллана?

– Гельдермана, – поправила я.

– Ладно, Гельдермана. На вид он настоящий дурачок.

Я рассмеялась.

– Не только на вид, – сказала я. – Болтает всякую чепуху. И целуется ужасно.

– Такие подробности меня не интересовали, – Гидеон нагнулся и стал завязывать шнурки. Затем он выпрямился, скрестил руки на груди и выглянул из окна. – Вот, это уже Белгрейв-роуд. Интересно тебе поглядеть, как выглядит твоя пра-прабабушка?

– Да, и даже очень, – я сразу же забыла, о чём мы говорили несколько секунд назад.

Как же это всё-таки странно. Моя пра-прабабушка, которую мы вот-вот навестим, была немного младше моей мамы.

Кажется, она удачно вышла замуж. Дом на Итон-плейс, где затормозил наш экипаж, выглядел просто шикарно. А швейцар, который открыл дверь, был тоже просто шикарным. Даже более величественным, чем мистер Бернхард. На нём были белые перчатки!

Пока швейцар рассматривал визитку Гидеона и выслушивал его объяснения, его взгляд недоверчиво скользил по нашим лицам. Гидеон уверял его, что мы своим неожиданным появлением решили сделать хозяевам сюрприз. Конечно же, леди Тилни очень обрадуется, когда услышит, что навестить её зашла старая подруга Гвендолин Шеферд.

– Мне кажется, ты для него недостаточно изысканный, – сказала я, когда швейцар с визиткой удалился докладывать о нас господам. – Такой ты скучный без цилиндра и бакенбард.

– И без усов, – сказал Гидеон. – У лорда Тилни такие усищи, от одного уха до другого. Видишь? Там впереди висит его портрет.

– Вот это да, – сказала я. Ох и странные кавалеры нравились моей пра-прабабушке. Это был специальный вид усов, которые по ночам накручивают на бигуди, чтобы они днём так браво смотрелись.

– А что, если она к нам не выйдет? – спросила я. – Может, ей уже надоело с тобой встречаться.

– Не думаю. С последней нашей встречи для неё прошло восемнадцать лет.

– Неужели так долго?

На лестнице стояла женщина, стройная и высокая, её рыжие волосы были подобраны в странную причёску, между прочим, очень похожую на мою. Она выглядела как леди Ариста, только на тридцать лет моложе. Я не переставала удивляться – её прямая походка была точь-в-точь как у леди Аристы. Когда она приблизилась ко мне, мы некоторое время стояли молча, поглощённые созерцанием друг друга.

В пра-прабабушке я узнала и некоторые черты моей мамы.

Уж не знаю, что или кого во мне увидела леди Тилни, но она кивнула и улыбнулась, словно мой вид её чем-то удовлетворил.

Гидеон выждал ещё несколько секунд, а потом произнёс:

– Леди Тилни, у меня к вам всё тот же разговор, что и восемнадцать лет назад. Нам нужно немного вашей крови.

– Я отвечу вам то же, что ответила восемнадцать лет назад. Ты моей крови не получишь, – она посмотрела на него с улыбкой. – Но зато я могу предложить вам чаю. Хотя ещё довольно рано. За чашечкой чая наша беседа потечёт более свободно.

– Тогда нам срочно нужно выпить по чашечке чая, – галантно произнёс Гидеон.

Мы последовали за моей пра-прабабушкой наверх по лестнице и вошли в комнату, которая находилась в глубине коридора. Маленький круглый столик у окна был накрыт на троих: тарелки, чашки, приборы, хлеб, масло, мармелад, а посередине горка бутербродов и булочек.

– Всё наготове, будто вы только нас и ждали, – сказала я, пока Гидеон оглядывался по сторонам.

Она снова улыбнулась.

– Да что вы говорите? Действительно, такая мысль вполне может прийти в голову. Но на самом деле я ждала других гостей. Садитесь же, прошу вас.

– Нет, спасибо. При таких обстоятельствах мы лучше постоим, – Гидеон вдруг напрягся. – Не будем вам мешать. Нам бы только хотелось получить пару ответов.

– На какие вопросы?

– Откуда вы знаете, как меня зовут? – спросила я. – Кто рассказал вам обо мне?

– Мне нанесли визит из будущего, – она улыбнулась ещё шире прежнего. – Со мной такое частенько случается.

– Леди Тилни, в прошлый раз я уже пытался вам объяснить, что другие ваши посетители из будущего оперируют совершенно неверными фактами, – сказал Гидеон. – Вы совершаете большую ошибку, доверяя не тем людям.

– Я ей тоже об этом твержу, – сказал мужской голос. В дверях появился какой-то юноша. Он медленно подошёл к нам.

– Маргарет, я устал тебе повторять, ты совершаешь большую ошибку, доверяя не тем людям. О, выглядит великолепно. Это для нас?

Гидеон резко вдохнул, потянулся ко мне и схватил меня за запястье.

– Ни шага вперёд! – прошептал он.

Незнакомец удивлённо поднял бровь.

– Я бы взял бутерброд с сыром, если ты не против.

– Пожалуйста-пожалуйста.

Моя пра-прабабушка вышла из комнаты, а на пороге появился швейцар. Даже в своих белых перчатках он выглядел как вышибала из дорогого столичного диско-клуба.

Гидеон тихо выругался.

– Милхауса можете не бояться, – сказал юноша. – Как-то раз он, правда, сломал шею кое-кому, но по неосмотрительности. Правда же, это был несчастный случай, да, Милхаус?

Я не могла отвести от него взгляд. У этого юноши были совершенно особенные, но такие до боли знакомые глаза янтарного цвета. Глаза волка. Глаза Фалька де Виллера.

– Гвендолин Шеферд! – он широко мне улыбнулся. Эта улыбка ещё сильнее напомнила мне Фалька де Виллера. Но этот был лет на двадцать моложе. Волосы у него были очень тёмные, коротко подстриженные.

Его взгляд внушал мне страх. В нём помимо дружелюбия скрывалось ещё что-то, чему я не могла подобрать названия. Может, ярость? Или боль?

– Для меня большая честь познакомиться с тобой, – его голос на мгновение сорвался. Он протянул мне руку, но Гидеон крепко схватил меня и прижал к себе.

– Не притрагивайся к ней!

Незнакомец снова удивлённо поднял бровь.

– Чего же ты так боишься, малыш?

– Я точно знаю, что тебе от меня нужно!

Я ощутила, как часто забилось сердце Гидеона.

– Кровь? – незнакомец взял один из тонко нарезанных бутербродов и отправил его себе в рот. – Но у меня нет ни шприца, ни скальпеля, разве ты не видишь? А сейчас отпусти бедную девочку. Ты же её удушишь, – и снова этот странный взгляд, обращённый ко мне.

– Меня зовут Пол. Пол де Виллер.

– Я так и подумала, – сказала я. – Это вы соблазнили мою кузину Люси и толкнули её на кражу хронографа. Зачем вы это сделали?

Пол де Виллер снова улыбнулся.

– Как-то мне не по себе, оттого что ты мне вдруг «выкаешь».

– А мне не по себе оттого, что вы меня знаете.

– Прекрати с ним разговаривать, – сказал Гидеон.

Его хватка немного ослабла. Теперь он держал меня только одной рукой. Другой он постарался открыть боковую дверь. Затем Гидеон заглянул в соседнюю комнату. Там откуда-то появился ещё один мужчина в белых перчатках.

– Это Франк. Он не такой большой и сильный как Милхаус, поэтому в руке у него пистолет, видишь?

– Да, – процедил Гидеон и захлопнул дверь. Пистолет у этого Франка действительно был. И мы действительно попали в ловушку.

Но как же это случилось? Маргарет Тилни никак не могла каждый день из своей жизни накрывать для нас стол и приставлять к боковым дверям вооружённого швейцара.

– Откуда вы узнали, что мы появимся именно сегодня? – спросила я Пола.

– М-да, если я сейчас скажу тебе, что просто проходил мимо и решил заглянуть на чашечку чая, ты мне, наверное, не поверишь? Так? – он схватил булочку и уселся на стул. – Как дела у твоих дорогих родителей?

– Замолчи! – прошипел Гидеон.

– Неужели мне нельзя всего лишь невинно осведомиться, как идут дела у её родителей?

– Хорошо, – ответила я. – У мамы всё хорошо. А папа умер.

Пол, кажется, испугался.

– Умер? Но он же был здоров как бык, такой крепкий и сильный парень!

– У него был рак крови, – сказала я. – Он умер, когда мне было семь лет.

– О, боже мой. Мне очень жаль, – взгляд Пола стал серьёзным и грустным. – Наверное, сложно тебе было расти без отца.

– Прекрати с ним разговаривать, – снова сказал Гидеон. – Он просто хочет задержать нас, пока не прибудет подкрепление.

– Ты всё ещё считаешь, что я здесь из-за вашей крови? – янтарные глаза засветились каким-то опасным блеском.

– Разумеется, – ответил Гидеон.

– И ты считаешь, что Милхаусу, Франку, мне, да ещё и пистолету с тобой не справиться? – насмешливо спросил Пол.

– Разумеется, – снова ответил Гидеон.

– О, я уверен, дорогой брат, что хранители постарались сделать из тебя настоящего костолома, – сказал Пол. – Ты же, в общем-то, должен вернуть всё на круги своя. Или этот самый Круг завершить. Второй хронограф тебе поможет. Я-то всего лишь немножко фехтую, ну и по традиции, играю на скрипке. Но держу пари, ты дополнительно занимался тхэквондо и другими подобными штуками. Надо же уметь как следует драться, когда тебе предстоит постоянно прыгать в прошлое и брать у людей кровь.

– До сегодняшнего дня все эти люди сдавали мне кровь совершенно добровольно.

– Но лишь потому, что они не знают, к чему это приведёт!

– Нет! Потому что они не хотят разрушить то, что столетиями изучали, охраняли и разрабатывали хранители.

– Да конечно! Такими высокими речами нас тоже напичкали в своё время по самое не могу. Но нам известна правда! Мы знаем, каковы намерения графа Сен-Жермена.

– И какова же эта правда? – вырвалось у меня.

Со стороны лестницы послышались шаги.

– А вот и подкрепление, – сказал Пол, даже не обернувшись.

– Правда в том, что он только и делает, что врёт, – сказал Гидеон.

Швейцар посторонился и пропустил в комнату хрупкую рыжеволосую девушку. Она вполне могла бы сойти за дочь леди Тилни, будь она несколькими годами младше.

– Не могу в это поверить, – сказала девушка. Она смотрела на меня так, будто ей в жизни не приходилось встречать чего-либо более странного и удивительного.

– Да, это так, принцесса! – сказал Пол. Голос его стал нежным и заботливым.

Девушка не двинулась с места.

– Ты – Люси, – сказала я. Невозможно было не заметить нашего семейного сходства.

– Гвендолин, – сказала Люси. То есть, она прошептала это одними губами.

– Да, это Гвендолин, – сказал Пол. – А этот тип, который её заграбастал, будто она его плюшевый медвежонок – это мой двоюродный племянник. Или как там это правильно называется. Он, правда, всё время порывается уйти.

– Пожалуйста, останьтесь! – сказала Люси. – Мы должны с вами поговорить.

– Возможно, в другой раз, – твёрдо сказал Гидеон. – В более спокойной обстановке.

– Это важно! – сказала Люси.

Гидеон засмеялся.

– Не сомневаюсь.

– Уходи, если хочешь, малыш, – сказал Пол. – Милхаус проводит тебя до дверей. Но Гвендолин ещё ненадолго останется с нами. Мне кажется, она более разговорчива и дружелюбна. Ей пока что не успели промыть мозг всем этим… чёрт!

Последнее относилось к пистолету, который откуда ни возьмись появился в руке у Гидеона. Он совершенно спокойно направил оружие на Люси.

– А сейчас мы с Гвендолин покинем этот дом, – сказал он. – Люси проводит нас до дверей.

– Ну ты и… подлец! – тихо сказал Пол. Он встал и нерешительно поглядывал то на Милхауса, то на Люси, то на нас.

– Сядь, где сидел, – произнёс Гидеон ледяным тоном. Но я чувствовала, как участился его пульс. Свободной рукой он всё ещё прижимал меня к себе.

– А вы, Милхаус, присаживайтесь рядом с ним. Тут ещё остались бутерброды и булочки.

Пол снова присел и посмотрел на боковую дверь.

– Скажешь Франку хоть слово – и я нажму на курок, – сказал Гидеон.

Люси смотрела на него широко открытыми глазами, но мне не показалось, что ей было страшно. А вот Полу было. По-моему, он действительно поверил, что Гидеон может выстрелить.

– Делай, что он говорит, – приказал он Милхаусу. Швейцар присел за стол, бросая на нас злобные взгляды.

– Ты с ним уже встречался, правда? – Люси посмотрела Гидеону прямо в глаза. – Ты уже виделся с графом Сен-Жерменом.

– Трижды! – сказал Гидеон. – И он знает точно, что у вас на уме. Обернись! – он приставил пистолет к затылку Люси. – А теперь вперёд!

– Принцесса…

– Всё в порядке, Пол.

– Они снабдили его проклятой автоматической пушкой. Мне казалось, это противоречит Двенадцати Золотым Правилам.

– Мы отпустим её, когда окажемся на улице, – сказал Гидеон. – Но пусть только дотронется до кого-то из нас – и я нажму на курок. Пойдём, Гвендолин. Придётся им поискать другой способ, чтобы добыть нашей крови.

Я замешкалась.

– Может, они действительно просто хотят с нами поговорить?

– Я совершенно уверен, что это не так, – сказал Гидеон.

– Это бесполезно, – вздохнул Пол. – У этого мозг уже промыт дочиста.

– Это дело рук графа, – сказала Люси. – Он, как ты знаешь, умеет убеждать.

– Мы ещё увидимся! – сказал Гидеон. Тем временем мы уже спускались по лестнице.

– Это, кажется, угроза? – крикнул Пол. – Мы *действительно* ещё увидимся, можешь не сомневаться!

Гидеон держал пистолет у головы Люси, пока мы не вышли из комнаты.

Я всё время ждала, что из соседней комнаты выстрелит Франк, но вокруг царила тишина.

Моей пра-прабабушки тоже нигде не было видно.

– Вы не должны позволить Кругу замкнуться, – настойчиво сказала Люси. – И вам нельзя искать встречи с графом. Особенно тебе, Гвендолин, тебе нельзя его видеть!

– Не слушай её! – Гидеону пришлось отпустить меня, потому что одной рукой он держал пистолет, а второй пытался открыть дверь. Он выглянул на улицу. Сверху доносился гул голосов. Я боязливо покосилась на лестницу. Там наверху сидели трое сильных мужчин с пистолетом. Там им и следовало оставаться.

– Я уже с ним встретилась, – сказала я Люси. – Вчера...

– О нет! – лицо Люси побледнело ещё сильнее. – Он знает, в чём твоя магия?

– Какая ещё магия?

– Магия ворона, – сказала Люси.

– Магия ворона – это выдумка, не больше, – Гидеон крепко схватил меня за руку и потянул вниз по лестнице, на улицу.

Нашего экипажа и след простыл.

– Это неправда! И граф тоже это знает.

Гидеон всё ещё держал Люси под прицелом, но взгляд его был направлен на окна второго этажа. Там ведь вполне мог стоять Франк со своим пистолетом. Пока что нас прикрывал козырёк крыши.

– Подожди, – сказала я Гидеону. И посмотрела на Люси.

В её больших голубых глазах стояли слёзы. Отчего-то так сложно было ей не поверить.

– А почему ты так уверен, что они лгут, Гидеон? – тихо спросила я.

Он раздражённо взглянул на меня. Глаза его сверкнули.

– Уж я-то знаю, – прошептал он.

– Звучит не очень убедительно, – сказала Люси. – Вы можете нам доверять.

Неужели мы действительно могли им довериться? Но зачем им тогда совершать такие манипуляции и выискивать нас здесь?

Краем глаза я увидела, как из двери выскользнула чья-то тень.

– Осторожно! – крикнула я. Но Милхаус уже был совсем рядом. Швейцар замахнулся, чтобы ударить, но в последний момент Гидеон резко развернулся.

– Милхаус, нет!

Это был голос Пола. Он доносился с лестницы.

– Беги! – крикнул Гидеон. Я решилась за долю секунды.

Бежала я так быстро, насколько мне позволяли мои новые сапожки. Мне всё время казалось, что я вот-вот услышу выстрел за своей спиной.

– Поговори с дедушкой! – крикнула Люси мне вслед. – Спроси его о зелёном всаднике!

Гидеон нагнал меня лишь за следующим поворотом.

– Спасибо, – пропыхтел он и засунул пистолет в карман. – Главное, её здесь не потерять. Сейчас – прямо.

Я огляделась.

– За нами кто-нибудь гонится?

– Не думаю, – сказал Гидеон. – Но на всякий случай нам лучше поторопиться.

– Откуда он вдруг там взялся, этот Милхаус? Я всё время следил за лестницей.

– Наверное, в доме есть ещё один выход. Я тоже об этом не подумала.

– Куда же запропастился этот хранитель с нашим экипажем? Он ведь должен был нас дождаться.

– Чёрт-те что, – Гидеон совсем выбился из сил. Люди на улице бросали на нас удивлённые взгляды, когда мы пробегали мимо. Но мы уже к такому привыкли.

– А кто такой этот зелёный всадник?

– Я без понятия, – сказал Гидеон.

У меня уже закололо в боку. Долго я такого темпа не вынесу. Гидеон повернул на маленькую улочку и, наконец, остановился у входа в какой-то храм. *Holy Trinity* – прочитала я на табличке.

– Что мы здесь делаем? – я еле переводила дыхание.

– Мы пришли исповедаться, – сказал Гидеон. Он огляделся по сторонам и отворил тяжёлую дверь. Мы попали в тёмный зал, дверь за нами закрылась. Здесь витали тишина и покой. Чувствовался запах фимиама и в душу вселялось торжественное настроение, которое возникает у каждого, когда заходишь в церковь.

Это была милая церковь. На окнах сверкали пёстрые витражи.

Стены из светлого песчаника, подсвечники, в каждом из которых пылали по нескольку свечей. Каждая из них таила чью-то молитву или чьё-то желание.

Гидеон провёл меня по левому нефу прямо к исповедальне, отодвинул завесу и указал не место в маленькой кабинке.

– Ты что, серьёзно? – прошептала я.

– Да. А как же ещё. Я сяду на другую сторону и мы дождёмся прыжка в наше время.

Я смущённо уселась на деревянный стульчик. Гидеон задёрнул штору перед моим носом. Через секунду отворилось маленькое резное окошко.

– Удобно?

Постепенно я приходила в себя, глаза привыкали к церковной полутьме.

Гидеон посмотрел на меня с наигранной серьёзностью.

– Итак, дочь моя! Возблагодарим же Господа нашего за кров над нашими головами.

Я уставилась на него непонимающим взглядом. Как он мог оставаться в таком расслабленном, почти весёлом настроении? Ведь только что он был в такой непростой ситуации. Боже мой! Он ведь только что держал под прицелом мою двоюродную сестру! Как он мог сохранять такое хладнокровие после всего, что с нами произошло.

– Ты что, снова язвишь?

Вдруг Гидеон смутился. Он пожал плечами.

– Придумай что-то получше!

– Да уж! Может, песенку сочиним по мотивам того, что только что произошло? Почему Люси и Пол говорили, что кто-то промыл твой мозг?

– Мне-то откуда знать? – он провёл рукой по волосам. Я заметила, что ладонь его немного подрагивала.

Значит, всё-таки он не такой спокойный, каким прикидывается.

– Они хотят вселить в тебя неуверенность. И в меня тоже.

– Люси сказала, что я могу спросить своего дедушку. Наверное, она не знает, что он умер, – я вспомнила глаза

Люси, наполненные слезами. – Бедная. Ужасно, наверное, никогда больше не увидеть никого из своей семьи.

Гидеон ничего не ответил. Мы немного помолчали.

Сквозь щель между шторой и стенкой был виден алтарь. Какая-то деревянная фигурка вышла из темноты и поглядела на нас. Она была совсем маленького роста, с острыми ушками и хвостом, как у ящерицы. Я быстро отвернулась. Если это привидение поймёт, что я его вижу, то сразу же начнёт приставать.

Эти фигурки с резных желобов могут быть очень настырными, в этом я убедилась на собственном опыте.

– А ты уверен, что можешь доверять графу Сен-Жермену? – спросила я, пока смешное привидение скакало в нашу сторону.

Гидеон глубоко вздохнул.

– Он гений. Он открыл такое, что ни один человек до него… да, я ему доверяю. Что бы ни придумали себе Люси и Пол, они ошибаются, – он вздохнул. – По крайней мере, ещё совсем недавно я был в этом полностью убеждён. Всё казалось таким логичным.

Кажется, маленькому деревянному духу мы показались откровенно скучными особами. Он забрался на колонну и исчез в галерее, где стоял орган.

– А сейчас тебе так не кажется?

– Я знаю только одно: всё было под контролем, пока не появилась ты! – сказал Гидеон.

– Ты что, винишь меня в том, что впервые в жизни не всё танцуют под твою дудку? – я подняла вверх брови, совершенно так же, как несколько часов назад это делал сам Гидеон. И правда, крутое чувство! Я почти улыбалась, так я была собой довольна.

– Нет! – он покачал головой и застонал. – Гвендолин! Почему с тобой всё так сложно? Почему ты не такая, как Шарлотта? – он подался вперёд. В его взгляде сквозило какое-то совершенно незнакомое мне чувство.

– А-а-а. Вот о чём вы сегодня так мило общались на школьном дворе, – обиженно сказала я.

Чёрт. Кажется, я оступилась и теперь проигрываю всухую. Новичок, что с меня возьмёшь!

– Ревнуешь? – резко спросил он и широко улыбнулся.

– Вовсе нет!

– Шарлотта всегда делала то, что я ей говорил. А ты мне не подчиняешься. Что иногда очень напрягает. Но вообще это очень весело. И мило.

На этот раз я потеряла самообладание не от одного его взгляда.

Чтобы скрыть смущение, я начала поправлять причёску. Волосы от такой пробежки полностью растрепались. Наверное, нас можно было найти по шпилькам, которые вели от самой Итон-плейс до ворот церкви.

– А почему мы не возвращаемся обратно в Темпл?

– Тебе что, не нравится тут? Как только мы окажемся в Темпле, они опять заведут эти нескончаемые разговоры. Честно говоря, мне бы хотелось немного отдохнуть от дядюшки Фалька, который помыкает мной направо и налево.

Ха! Вот и моя очередь:

– Не очень-то приятное чувство, правда?

Он покачал головой.

– Нет. Совершенно.

Снаружи раздался какой-то звук. Я спряталась в кабинку и выглянула из-за занавески. Всего лишь старушка. Пришла, чтобы зажечь поминальную свечку.

– А что, если мы прыгнем обратно прямо сейчас? Не очень-то хочется оказаться на коленях у… э-э-э… ребёнка, принимающего причастие.

– Не волнуйся, – Гидеон тихо рассмеялся. – В наши дни эта исповедальня свободна всегда. Она, так сказать, забронирована специально для нас. Пастор Джекобс называет её *лифтом в преисподнюю*. Он, конечно же, один из хранителей.

– А сколько нам ждать этого прыжка?

Гидеон посмотрел на часы.

– Время ещё есть.

– Надо провести его с пользой, – я хихикнула. – Не хотел бы ты исповедаться, сын мой? – это просто сорвалось с моих губ, и вдруг я совершенно отчётливо поняла, что же здесь происходит.

Меня развлекал Мистер-ранее-известный-как-Дурист-тер. Я сидела напротив него на лавке исповедальни в прошлом столетье и – флиртовала! Что за ужас! И почему Лесли не приготовила для меня никакой папки с полезной информацией на этот случай!

– Только если и ты выдашь мне, какие грехи совершила.

– А тебе только это и нужно, – я спешила сменить тему. Какая-то щекотливая ситуация получалась. – Кстати, ты был прав насчёт ловушки. Но как же Люси и Пол узнали, что мы окажемся здесь именно сегодня?

– Не имею ни малейшего понятия, – сказал Гидеон и наклонился вдруг так близко к моему лицу, что мы чуть не ударились друг о друга носами. В тусклом мерцании свечей его глаза казались совсем тёмными. – Но, может, *ты* это знаешь.

Я смущённо посмотрела на него (дважды смущённо – во-первых, из-за вопроса, а во-вторых, из-за неожиданной близости к нему).

– Я?

– Может, это ты рассказала Люси и Полу, где мы должны были встретиться с Маргарет Тилни.

– Что-о-о?! – я, должно быть, выглядела полной дурочкой. – Что за бред! Когда бы я смогла это сделать? Я ведь даже не знаю, где находится хронограф. И я бы никогда не допустила, чтобы... – я оборвала эту тираду прежде, чем успела проболтаться.

– Гвендолин, ты же не знаешь, что ты можешь натворить в будущем.

Это надо было сначала переварить.

– Тогда это мог быть и ты сам, – сказала я немного погодя.

– Тоже правда, – Гидеон снова залез на свою сторону кабинки. Там в тусклом свете белели его зубы. Он улыбался.

– Кажется, с нами случится в скором времени много всего интересного.

Эта фраза заставила моё сердце забиться быстрее. Предстоящие приключения, наверное, должны были меня напугать, но пока единственное, что я испытывала, было всепоглощающее счастье.

– Да уж, с нами и правда *могло бы* случиться много всего интересного.

Некоторое время мы молчали. Затем Гидеон сказал:

– Недавно, когда мы сидели в карете и говорили про магию ворона, – помнишь?

Конечно, как такое забудешь. Я помнила каждое сказанное им тогда слово.

– Ты сказал, что никакой магии во мне быть не может, потому что я всего лишь обычная девочка. Такая же, как сотни других. Они только и знают, что стайками бегать в туалет и сплетничать про Лизу, которая…

На мои губы легла рука Гидеона.

– Я знаю, что я тогда говорил, – Гидеон выдвинулся со своей стороны кабинки далеко вперёд и снова оказался совсем рядом со мной, – и я больше так не думаю.

Что? Я сидела, будто громом поражённая, не могла ни пошевелиться, ни даже вздохнуть. Он бережно провёл пальцами по моим губам, затем по подбородку, по щеке, наверх к виску.

– Ты не обыкновенная девочка, Гвендолин, – шептал он, гладя меня по волосам. – Ты очень, очень необычная. И не нужно никакой магии ворона, чтобы быть для меня особенной, – его лицо оказалось совсем близко. Когда его губы прикоснулись к моим, я закрыла глаза.

Кажется, я теряю сознание.

Хроники Хранителей

От 24 июня 1912
Светит яркое солнце, 23 градуса в тени.
Леди Тилни ровно в девять часов
прибыла на элапсацию.
Дорожное движение в Сити замерло. Проходит
марш протеста сумасшедших женщин, требующих
права голоса. Мы скорее завоюем колонии
на Луне, чем это случится.
А в остальном никаких особых происшествий.

Отчёт: Франк Майн, Внутренний Круг.

Эпилог

Гайд-парк, Лондон
24 июня 1912 года

– Эти зонтики и правда защищают от солнца, – сказала она и покрутила своим зонтом. – Не понимаю, почему люди от них отказались.

– Может, потому, что становится всё больше дождей и всё меньше солнца.

Он смотрел на неё с улыбкой.

– Но мне эти штуки тоже кажутся очень симпатичными. И белое летнее платьице тебе так идёт. Я уже начинаю привыкать к таким вот длинным юбкам. Ведь так прекрасно, когда ты их снимаешь!

– Но как привыкнуть к тому, что я никогда не надену брюки? – пожаловалась она. – Я каждый день очень скучаю по своим старым джинсам.

Он знал наверняка, что скучала она вовсе не по джинсам, но сказать это вслух не решался. Некоторое время они молчали.

В лучах летнего солнца парк поражал своим безмятежным великолепием, город, что простирался за ним, казалось, будет стоять целую вечность. Он же тем временем думал о том, что через два года начнётся Первая мировая война и немецкие дирижабли начнут сбрасывать на Лондон бомбу за бомбой. Наверное, тогда придётся на время переехать в деревню.

– Она так похожа на тебя, – неожиданно сказала она.

Он сразу же понял, о ком она говорила.

– Нет, она похожа на тебя, принцесса! Только волосы у неё мои.

– И эта привычка склонять голову на бок, когда она о чём-нибудь думает.

– Она такая красивая, правда?

Она кивнула.

– Как же это всё странно. Только два месяца назад мы держали её новорождённую, и вот ей шестнадцать и она на полголовы выше меня. И всего на два года младше.

– Да, в голове не укладывается.

– Но у меня прямо гора с плеч свалилась, когда я узнала, что у неё всё хорошо. Только Николас… Бедняга, так рано умер.

– Рак крови. Никогда бы не подумал. Так рано лишиться отца, бедная девочка, – он откашлялся. – Надеюсь, она будет держаться подальше от этого парня. От моего… м-м-м… племянника, или кем он там мне доводится. В наших родственных связях запутается кто угодно.

– Ну, не такие уж они и сложные: твой прадед и его пра-прадед были близнецами. Значит, твой пра-прадед является одновременно его пра-пра-прадедом.

По его взгляду было понятно, что продолжать объяснение бессмысленно. Она улыбнулась.

– Я тебе как-нибудь табличку нарисую.

– Я же говорю, кто угодно запутается. Во всяком случае, этот тип мне не понравился совершенно. Заметила, как он её опекает? На счастье, она может за себя постоять.

– Она его любит.

– Нет, не любит.

– Нет, любит. Только не знает об этом.

– Тогда откуда же ты об этом знаешь?

– Ах, ну не заметить такое просто невозможно. Ты видел его глаза? Зелёные, как у тигра. Я, кажется, и сама дрогнула, когда он гневно пронзил меня своим огненным взглядом.

– Что? Ты серьёзно? С каких это пор тебе нравятся зелёные глаза?

Она засмеялась.

– Не волнуйся. Твои глаза всё равно самые красивые на свете. По крайней мере для меня. Но мне кажется, что *ей* больше нравятся зелёные.

– Она в жизни не влюбится в такого зазнайку.

– Уже влюбилась. А он такой же, как и ты когда-то.

– Ты о чём? Этот...! Ни капли он на меня не похож! Я тобою никогда так не помыкал, никогда!

Она усмехнулась.

– Да ну.

– Разве только тогда, когда это было жизненно необходимо, – он сдвинул шляпу на затылок. – Пусть оставит её в покое.

– Кажется, ты ревнуешь.

– Да, – признался он. – А это неправильно? Когда увижу его в следующий раз, скажу ему, чтобы держал свои лапы от неё подальше.

– Мне кажется, мы будем теперь часто попадаться им на пути, – сказала она. Сейчас она больше не улыбалась. – И ещё мне кажется, что тебе пора вспоминать уроки фехтования. Они нам ещё пригодятся.

Он подбросил свою трость и ловко поймал её на лету.

– Я готов. А ты, принцесса?

– Если ты готов, то готова и я.

Список главных действующих лиц:

В настоящем:

В доме Монтроузов:
Гвендолин Шеферд, учится в десятом классе, однажды выясняет, что умеет путешествовать во времени.
Грейс Шеферд, мать Гвендолин.
Ник и Кэролайн Шеферд, младшие брат и сестра Гвендолин.
Шарлотта Монтроуз, кузина Гвендолин.
Гленда Монтроуз, мать Шарлотты, старшая сестра Грейс.
Леди Ариста Монтроуз, бабушка Гвендолин и Шарлотты, мать Грейс и Гленды.
Мэделин (Мэдди) Монтроуз, двоюродная бабушка Гвендолин, сестра покойного лорда Монтроуза.
Мистер Бернхард, дворецкий Монтроузов.

В школе Сэнт-Леннокс:
Лесли Хей, лучшая подруга Гвендолин.
Джеймс Август Перегрин Пимпелботтом, школьное привидение.

Синтия Дейл, одноклассница.
Гордон Гельдерман, одноклассник.
Мистер Уитмен, учитель английского языка и истории.

В штабе хранителей в Темпле:
Гидеон де Виллер, умеет путешествовать во времени, как Гвендолин.
Фальк де Виллер, его дядя, адепт второго уровня, Магистр ложи графа Сен-Жермена, так называемой ложи хранителей.
Томас Джордж, член ложи во Внутреннем Круге.
Доктор Джейкоб Уайт, врач и член ложи во Внутреннем Круге.
Миссис Дженкинс, секретарь хранителей.
Мадам Россини, портниха хранителей.

В прошлом:

Граф Сен-Жермен, путешественник во времени, основатель ложи хранителей.
Миро Ракоци, его брат по духу и друг, также известный как Чёрный Леопард.
Лорд Бромптон, знакомый и меценат графа.
Маргарет Тилни, путешественница во времени, прапрабабушка Гвендолин, бабушка леди Аристы.
Пол де Виллер, путешественник во времени, младший брат Фалька де Виллера.
Люси Монтроуз, путешественница во времени, племянница Грейс, дочь старшего брата Грейс и Гленды Гарри.

Оглавление

Литературно-художественное издание

Керстин Гир

Таймлесс.
Рубиновая книга

Перевод с немецкого Светлана Вольштейн
Редактор Пётр Абрамов
Ответственный редактор Наталья Ерофеева
Компьютерная вёрстка Алексей Баранов

ООО «Издательство Робинс»
115114 Москва, ул. Летниковская, д.7, стр.1
Телефон отдела реализации: (495) 604-17-77
E-mail: **info@robins.ru**
www.robins.ru

Подписано в печать 20.01.2014. Формат 60x90 $^1/_{16}$.
Гарнитура Garamond. Печать офсетная.
Тираж 10 000 экз.
Заказ № 6174.

Отпечатано в ООО «Тульская типография».
300600, г. Тула, пр. Ленина, 109.